O DESGOSTO DE August

O DESGOSTO DE August

WATSON E HOLMES: UMA DUPLA CRIADA NO DESASTRE

BRITTANY CAVALLARO

TRADUÇÃO DE MARYANNE LINZ E EDMO SUASSUNA

ROCCO

Título original
THE LAST OF AUGUST

Copyright © 2017 by Brittany Cavallaro

Todos os direitos reservados.

Nenhuma parte deste livro pode ser reproduzida em parte ou no todo sob qualquer forma sem autorização, por escrito, do editor.

Direitos para a língua portuguesa reservados com exclusividade para o Brasil à
EDITORA ROCCO LTDA.
Rua Evaristo da Veiga, 65 – 11º andar
Passeio Corporate – Torre 1
20031-040 – Rio de Janeiro – RJ
Tel.: (21) 3525-2000 – Fax: (21) 3525-2001
rocco@rocco.com.br | www.rocco.com.br

Printed in Brazil/Impresso no Brasil

preparação de originais
BEATRIZ D'OLIVEIRA

CIP-Brasil. Catalogação na publicação.
Sindicato Nacional dos Editores de Livros, RJ.

C369d   Cavallaro, Brittany
         O desgosto de August / Brittany Cavallaro ; tradução Maryanne Linz, Edmo Suassuna. – 1. ed. – Rio de Janeiro : Rocco Jovens Leitores, 2020.

         Tradução de: The last of August : a Charlotte Holmes novel
         ISBN 978-85-7980-482-3
         ISBN 978-85-7980-483-0 (e-book)

         1. Ficção americana. I. Linz, Maryanne. II. Suassuna, Edmo. III. Título.

19-62223   CDD: 813
                                                                CDU: 82-3(73)

Meri Gleice Rodrigues de Souza – Bibliotecária CRB-7/6439

O texto deste livro obedece às normas do Acordo Ortográfico da Língua Portuguesa.

Para Emily e para mim, em Berlim.

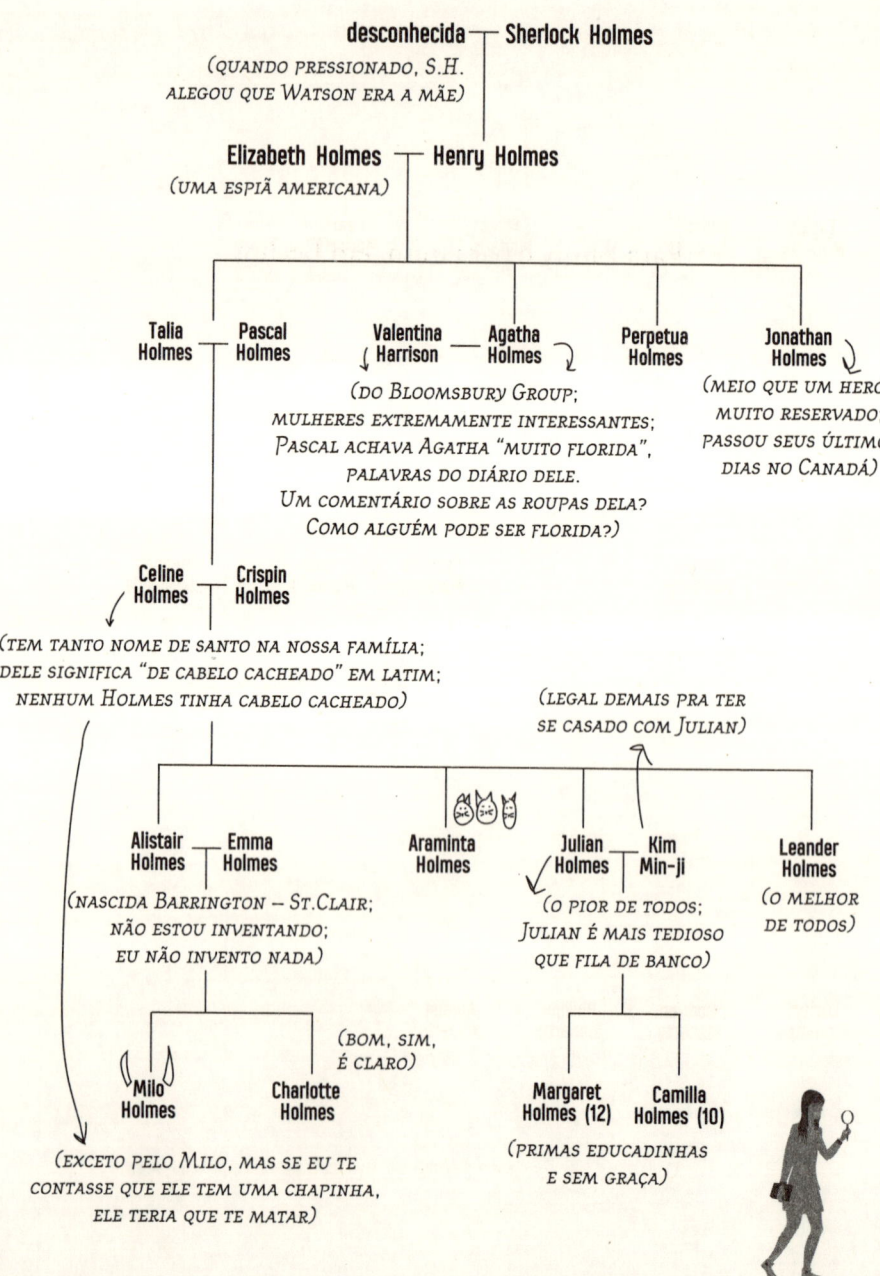

MORIARTY

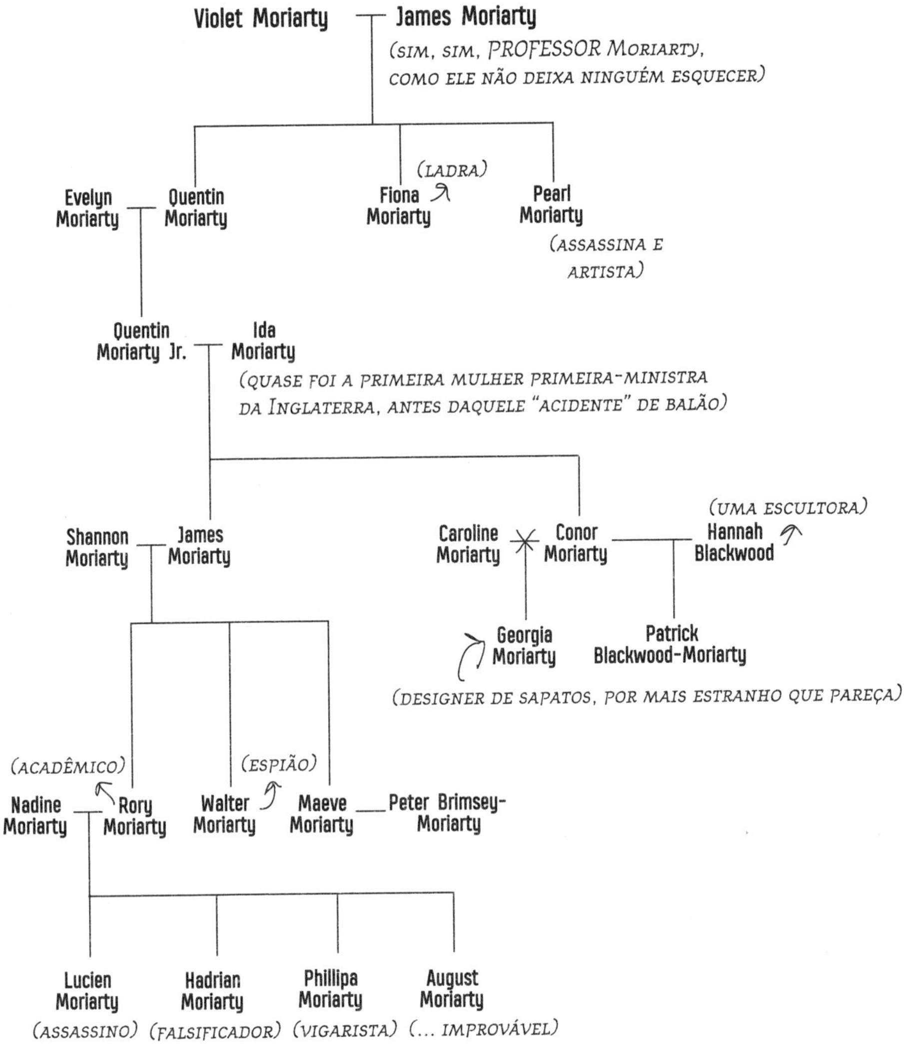

Violet Moriarty —— James Moriarty
(SIM, SIM, PROFESSOR MORIARTY, COMO ELE NÃO DEIXA NINGUÉM ESQUECER)

Filhos:
- Evelyn Moriarty —— Quentin Moriarty
- Fiona Moriarty (LADRA)
- Pearl Moriarty (ASSASSINA E ARTISTA)

Quentin Moriarty Jr. —— Ida Moriarty
(QUASE FOI A PRIMEIRA MULHER PRIMEIRA-MINISTRA DA INGLATERRA, ANTES DAQUELE "ACIDENTE" DE BALÃO)

Filhos:
- Shannon Moriarty —— James Moriarty
- Caroline Moriarty ✶ Conor Moriarty —— Hannah Blackwood (UMA ESCULTORA)

Filhos de Caroline e Conor:
- Georgia Moriarty
- Patrick Blackwood-Moriarty (DESIGNER DE SAPATOS, POR MAIS ESTRANHO QUE PAREÇA)

Filhos de Shannon e James:
- Nadine Moriarty —— Rory Moriarty (ACADÊMICO)
- Walter Moriarty (ESPIÃO) —— Maeve Moriarty —— Peter Brimsey-Moriarty

Filhos:
- Lucien Moriarty (ASSASSINO)
- Hadrian Moriarty (FALSIFICADOR)
- Phillipa Moriarty (VIGARISTA)
- August Moriarty (... IMPROVÁVEL)

Aí estão eles. Por favor, me diz que você não pretende emoldurar isso.
— C.H.

"Você sabe o que é o amor? Eu vou lhe contar: é tudo o que você ainda possa trair."
— *A guerra no espelho*, JOHN LE CARRÉ

um

ERA FIM DE DEZEMBRO NO SUL DA INGLATERRA E, EMBORA fossem apenas três da tarde, o céu do lado de fora da janela do quarto de Charlotte Holmes estava tão escuro e carregado como o céu do Círculo Polar Ártico. Apesar de ter crescido com um pé em cada lado do Atlântico, de alguma forma eu tinha me esquecido disso durante os meses passados em Connecticut, estudando na Sherringford. Quando pensava em inverno, eu imaginava aquelas noites amenas da Nova Inglaterra, que chegavam pontualmente depois do jantar e já tinham desaparecido no azul da manhã quando você se espreguiçava na cama ao acordar. As noites do inverno britânico eram diferentes. Elas chegavam brutalmente em outubro e o faziam de refém por seis meses.

Teria sido melhor se eu tivesse visitado Charlotte pela primeira vez no verão. A família dela morava em Sussex, um condado que abraçava a costa sul da Inglaterra, e, do último andar da casa deles, dava para ver o mar. Ou daria, com um par de óculos de visão noturna e uma grande imaginação. A escuridão de dezembro na Inglaterra já seria suficiente para me deixar de mau humor, mas o solar da família Holmes ainda ficava no alto de uma encosta, como uma fortaleza. Toda hora eu esperava que raios iluminassem o céu ou que algum pobre mutante torturado cambaleasse para fora do porão, com um cientista maluco no encalço.

O interior da casa não ajudava muito a afastar a sensação de que eu estava em um filme de terror. Mas em um tipo diferente; algum filme alternativo escandinavo. Sofás escuros, compridos e desconfortáveis que não eram feitos para se sentar. Paredes brancas repletas de quadros abstratos também brancos. Um piano de meia cauda espreitando em um canto. Resumindo, parecia a casa de vampiros. Vampiros muito bem-educados. E, em todo canto, silêncio.

Os aposentos de Charlotte, no porão, eram o coração daquela casa gélida – um coração caótico. O quarto dela tinha paredes escuras, prateleiras industriais e livros, livros por toda parte, organizados em ordem alfabética nas estantes ou jogados no chão com as páginas abertas. No cômodo ao lado, havia uma mesa de química com provetas e bicos de Bunsen. Plantas suculentas, retorcidas e nodosas em seus vasinhos, que toda manhã ela regava com uma mistura de vinagre e leite de amêndoas, usando um conta-gotas. ("É uma experiência", disse Holmes quando protestei. "Estou tentando matá-las. *Nada* as mata.") O chão estava cheio de papéis, moedas e guimbas de cigarro, mas, mesmo com toda a bagunça, não havia nem uma manchinha de sujeira ou poeira. Bem dentro do esperado, a não ser pelos biscoitos de chocolate e a coleção completa de capa dura da *Encyclopedia Britannica*, que ela mantinha na prateleira baixa que lhe servia de mesa de cabeceira. Aparentemente, Holmes gostava de ler a enciclopédia na cama, fumando. Naquele dia era o volume C, no verbete "Checoslováquia", e, por alguma razão incompreensível, ela insistiu em ler tudo em voz alta para mim enquanto eu andava pra lá e pra cá na frente dela.

Bem. Talvez tivesse uma razão. Era um jeito de evitar conversar sobre qualquer coisa importante.

Enquanto ela falava, tentei não olhar para os romances de Sherlock Holmes empilhados sobre os volumes D e E da enciclopédia. Eram do pai dela, surrupiados do escritório dele. Tínhamos perdido os livros dela na explosão de uma bomba, no outono passado, junto com seus experimentos químicos, meu cachecol preferido e uma bela porção da minha fé na humanidade. Aquelas histórias do Sherlock Holmes me lembravam de como Charlotte era quando nos encontramos, a garota que eu quis tanto conhecer.

Nos últimos dias, de alguma forma, a gente tinha conseguido regredir da nossa amizade fácil àquela velha relação de estranhamento e desconfiança. Pensar nisso me deixava mal, agoniado. Me fazia querer confessar tudo a ela para podermos começar a consertar as coisas.

Mas não fiz isso. Seguindo a ilustre tradição da nossa amizade, eu apenas puxei uma briga sobre algo completamente diferente.

— Cadê ele? — perguntei. — Por que você simplesmente não me diz onde está?

— Só em 1918 a Checoslováquia se libertou do Império Russo-Húngaro e se tornou o país que conhecemos no século XX. — Ela bateu as cinzas do Lucky Strike na colcha. — Depois, uma série de eventos que aconteceu nos anos 1940...

— Holmes. — Balancei uma das mãos na frente do rosto dela. — Holmes. Eu te perguntei sobre o terno do Milo.

Ela afastou minha mão e continuou:

— Durante os quais o Estado não existia exatamente como antes...

— O terno que com certeza não vai caber em mim. Que custa mais do que a casa do meu pai. O terno que você está me obrigando a usar.

— Até que aquele território foi cedido à então União Soviética, em 1945. — Ela estreitou os olhos para o volume, com o cigarro entre os dedos. — Não estou entendendo a parte seguinte. Devo ter derramado alguma coisa nessa página da última vez que li.

— Então você relê bastante esse verbete? Um pouquinho do Leste Europeu antes de dormir. Tão bom quanto as histórias da Nancy Drew.

— Quem?

– Ninguém. Olha – falei, ficando impaciente –, eu entendo que você queira que eu "me arrume para o jantar" e que você fale disso a sério porque cresceu com esse nível absurdo de luxo e, sei lá, talvez você *goste* de me ver incomodado...

Ela me encarou, um pouco magoada. Cada palavra que saiu da minha boca naquele dia soou mais cruel do que eu queria.

– Tá bom, beleza – falei, recuando. – Estou tendo um ataque de pânico bem americano, mas o quarto do seu irmão é tão protegido quanto o Pentágono...

– Ah, por favor. A segurança do Milo é melhor do que isso – respondeu ela. – Você precisa do código de acesso? Posso mandar uma mensagem pra ele. Milo troca a senha de forma remota a cada dois dias.

– O código para o quarto onde ele dormia na infância. Ele troca. De Berlim.

– Bom, ele é o diretor de uma empresa mercenária. – Ela pegou o celular. – Não pode deixar ninguém encontrar o sr. Fofinho. Coelhinhos de pelúcia precisam ser tão protegidos quanto segredos de Estado, sabia?

Eu ri e ela sorriu de volta, e por um instante esqueci que não estávamos nos entendendo.

– Holmes – falei, como tinha falado muitas vezes antes, por reflexo, como pontuação, sem nada a dizer em seguida.

Ela deixou o momento durar mais do que o normal. Quando enfim disse "Watson", foi com hesitação.

Pensei nas perguntas que eu queria fazer. Em todas as coisas horríveis que poderia falar. Mas disse apenas:
— Por que você está lendo sobre a Checoslováquia?

O sorriso dela diminuiu.

— Porque meu pai vai receber o embaixador checo para jantar hoje, junto com o novo curador do Louvre, e achei que seria melhor estarmos preparados, já que eu duvido que você saiba algo sobre o Leste Europeu sem a minha orientação, e queremos provar à minha mãe que você não é um idiota — disse ela, então seu celular apitou. — Ah, o Milo mudou o código pra 666, só pra gente. Que graça. Vai lá pegar o seu terno, mas rápido. A gente ainda precisa discutir a Revolução de Veludo de 1989.

Naquele instante, eu também quis pegar em armas. Curadores? Embaixadores? A mãe dela achando que eu era idiota? Para variar, eu estava perdido.

Para ser justo, meu pai tinha insinuado que aquela viagem seria difícil, apesar de eu não achar que ele previra os detalhes. Alguns dias depois de o lance da Bryony Downs se resolver, quando contei a ele meus planos de passar o começo das férias em casa e depois visitar Charlotte, ele começou dizendo que minha mãe odiaria a ideia, o que não teve grande efeito porque era óbvio. Minha mãe detestava os Holmes, os Moriarty e mistérios. Tenho certeza de que ela odiava capas de tweed só por causa deles. Mas depois do que aconteceu no outono, o que ela mais odiava era Charlotte Holmes.

– Bem – disse o meu pai –, se você for mesmo, tenho certeza de que vai ter uma experiência muito... agradável. A casa é linda. – Ele hesitou, claramente tentando pensar em algo mais a dizer. – E os pais da Holmes são... ah. Bem. Sabe, ouvi falar que a casa tem seis banheiros. Seis! Isso foi um presságio.

– Leander vai estar lá – comentei, meio desesperado por uma boa notícia. O tio da Holmes tinha dividido apartamento com o meu pai e os dois eram melhores amigos há anos.

– Sim! Leander. Muito bom. Leander com certeza vai te ajudar com... qualquer coisa em que você precise de ajuda. Ótimo – disse ele. Então falou que a minha madrasta estava precisando de ajuda na cozinha e desligou, me deixando com muitas dúvidas novas sobre o Natal.

Quando Holmes falou de passarem as férias juntos, comecei a nos imaginar em algum lugar como o apartamento da minha mãe em Londres. Casacos, chocolate quente, talvez assistindo ao especial de *Doctor Who* perto da lareira. Holmes com uma touquinha de lã, partindo um chocolate. Já estávamos até largados no sofá da minha sala quando Holmes me disse para parar de enrolar e perguntar logo à minha mãe se eu podia ir a Sussex. Eu realmente estava evitando aquela conversa.

– Seja diplomático – sugeriu Holmes, depois fez uma pausa. – Ou seja, pense em tudo que você quer falar, e não fale nada disso.

Não adiantou. Holmes e o meu pai tinham acertado sobre a reação dela. Quando contei nossos planos, minha mãe começou a gritar tão alto sobre Lucien Moriarty que até a Holmes, que normalmente é imperturbável, recuou para um cantinho.

— Você quase *morreu* — concluiu minha mãe. — Os Moriarty quase *te mataram*. E você quer passar o Natal na fortaleza dos inimigos deles?

— Na fortaleza? Mãe, isso não é um filme do Batman — respondi, rindo. Do outro lado da sala, a Holmes cobriu o rosto com as mãos. — Mãe. Vai ficar tudo bem. Já sou quase um adulto, posso decidir onde passar as férias. Bem que eu pedi para o papai não te contar esse negócio de que eu quase morri. Falei que a sua reação seria exagerada, e eu estava certo.

Houve uma longa pausa e então a gritaria ficou ainda mais alta.

Quando ela enfim cedeu — com muita má vontade —, teve um preço. Nossos últimos dias em Londres foram péssimos. Minha mãe me encheu o saco por tudo; reclamando de coisas como eu não limpar a sala ou ter voltado a falar com sotaque inglês. *Parece que aquela garota tirou até a sua voz*, disse ela. Talvez eu tenha forçado muito a barra com ela, que já não tinha gostado de eu levar a Holmes para visitar. Acho que as duas teriam achado melhor que a Holmes tivesse ficado na Inglaterra, mas eu fiz questão de deixar claro que estava cansado da minha mãe desprezando alguém que nem conhecia. Alguém importante para mim. Minha mãe precisava enxergar a garota genial e incrível que a minha melhor amiga era.

Isso funcionou tão bem quanto esperado.

A Holmes e eu passamos muito tempo fora de casa. Eu a levei à minha livraria preferida, onde a enchi de romances de Ian Rankin e ela me obrigou a comprar um livro sobre lesmas europeias. Eu a levei à lanchonete da esquina, onde ela me distraiu fazendo um relato detalhado, e provavelmente mentiroso, da vida sexual do seu irmão (drones, câmeras, a piscina no terraço dele) enquanto comia todo o meu peixe frito e deixava o próprio prato intocado. Eu a levei para caminhar às margens do Tâmisa, onde mostrei como fazer uma pedra quicar na água e ela quase abriu um buraco em um catamarã que passava. Fomos ao meu restaurante indiano favorito. Duas vezes. No mesmo dia. Ela fez uma expressão feliz ao dar a primeira mordida em um petisco frito deles, o pakora, os olhos meio fechados, e, duas horas depois, eu decidi que precisava ver aquilo de novo. Foi tão bom vê-la contente que compensou o constrangimento daquela noite, quando a encontrei ensinando a minha irmã, Shelby, o melhor jeito de remover manchas de sangue, usando a mancha de curry na minha camisa como exemplo.

Resumindo, foram os três melhores dias da minha vida, apesar da minha mãe, e uma semana relativamente comum com Charlotte Holmes. Minha irmã, que não estava acostumada a esse fenômeno, ficou totalmente apaixonada. Shelby começou a seguir Holmes como uma sombra, se vestindo toda de preto e alisando o cabelo, arrastando-a para mostrar coisas no quarto dela. Eu não sabia exatamente que *coisas* eram essas, mas pela música alta e animada que escapava por debaixo da porta, tinha a impressão de que a trilha sonora delas era L.A.D., a *boyband* do momento. Meu palpite era que Shelby estava exibindo seus desenhos. Minha mãe contou que ela começou a se interessar por arte enquanto eu estava no colégio interno, mas que até então não tivera coragem de mostrar a ninguém o que produzira.

Não que eu fosse saber o que dizer. Não entendia muito de arte. Eu sabia do que gostava, o que me despertava sensações; os retratos, normalmente. Eu gostava de coisas que pareciam secretas. Cenas em uma sala escura. Livros ou garrafas misteriosas, ou uma garota com o rosto virado. Se me perguntassem, eu diria que *A lição de anatomia do dr. Tulp*, de Rembrandt, era minha peça favorita, mas para ser sincero não me lembrava dela muito claramente. Geralmente eu passava muito tempo com as minhas coisas preferidas, as amava loucamente, até enjoar. Depois de um tempo, elas pareciam mais um resumo de quem eu era do que coisas de que eu gostava de fato.

— Shelby queria um conselho, e eu sei o bastante para opinar — disse Holmes quando eu perguntei se ela tinha conversado com a minha irmã sobre arte.

Era a nossa última noite em Londres. Partiríamos para Sussex na tarde seguinte. Minha mãe tinha transformado o meu quarto em um escritório, então estávamos em colchões escondidos na sala, onde tínhamos passado a semana toda, com as malas amontoadas atrás de nós como uma barricada. Do lado de fora estava começando a amanhecer.

Um dos sacrifícios de ser amigo da Holmes era o sono. Para manter a amizade, nunca mais se dormia.

– O bastante?

– Meu pai achava que arte era uma parte importante da minha educação. Sei um monte de coisas sobre cor e composição, graças a ele. – Ela fez uma cara feia. – E ao meu antigo professor particular, Demarchelier.

Eu me apoiei em um dos braços.

– Você... produz arte?

Foi então que percebi quão pouco sabia a respeito dela, o quanto de sua vida, antes de setembro eu tinha ficado sabendo por outra pessoa ou em pedaços pequenos e relutantes. Charlotte tivera um gato chamado Rato. A mãe dela era química. Mas eu não fazia ideia de qual havia sido o primeiro livro comprado por ela, ou se algum dia Holmes quis ser bióloga marinha, ou como ela era quando não estava sendo investigada por assassinato. Ela tocava violino, claro, então imaginei que tivesse experimentado outros tipos de arte também. Tentei visualizar como seria uma pintura feita por Holmes. *Uma garota em uma sala escura*, pensei, *com o rosto virado*, mas, enquanto a observava, ela virou o rosto para mim.

— Não tenho habilidade, e não invisto tempo em coisas em que sou ruim. Mas *sou* uma bela crítica. A sua irmã é muito boa. Um bom senso de composição, um uso interessante de cor. Está vendo? Pronto. Estou falando de arte. Mas o alcance dela é limitado. Eu vi tipo umas trinta pinturas do cachorro do seu vizinho.

— Woof passa o tempo todo dormindo no quintal. — Sorri para ela. — Acaba sendo um tema fácil.

— A gente podia levá-la na Tate Modern. Amanhã de manhã, antes de a gente ir embora. Se você quiser.

Ela se espreguiçou, erguendo os braços acima da cabeça. No escuro, sua pele parecia creme em uma jarra. Voltei os olhos para o seu rosto. Estava tarde, e, quando ficava tarde, eu cometia esse tipo de deslize.

Eu cometia esses deslizes o tempo todo, para ser sincero. Às quatro da manhã, dava para admitir isso.

— Na Tate — falei, me recompondo. A proposta parecera sincera. — Claro. Se você quiser mesmo. Você já foi muito legal com a Shelby. Acho que você já ouviu L.A.D. suficiente para a vida inteira.

— Eu adoro L.A.D. — respondeu ela, inexpressiva.

— Você gosta de ABBA, então não sei se isso é uma brincadeira ou não. Daqui a pouco vou descobrir que você usa pochete no verão. Ou que tinha um pôster do Harry Styles no seu quarto aos onze anos.

Holmes hesitou.
– Não acredito.
– Era do *príncipe* Harry, na verdade – comentou ela, cruzando os braços –, e ele se vestia muito bem. Admiro uma boa alfaiataria. E eu tinha onze anos e era solitária, e se você não parar de dar esse sorrisinho, eu vou...
– É, tenho certeza de que você admirava a *boa alfaiataria* dele, e não o...
Ela me bateu com o travesseiro.
– Pensando bem – falei, com a boca cheia de penas de ganso. – Você é uma Holmes. A sua família é famosa. Dava para ter criado a oportunidade. *Princesa* Charlotte e o bad boy reserva. Obviamente você é bonita o bastante para conseguir. Dá até pra imaginar você de tiara, fazendo aquele aceno de miss na traseira de um conversível.
– Watson.
– Você teria que fazer *discursos*. Para órfãos e em assembleias. Você ia ter que tirar foto com filhotinhos.
– Watson.
– Quê? Você sabe que eu estou brincando. Sua criação foi muito diferente da minha. – Eu estava divagando, sabia disso, mas estava muito cansado para parar agora. – Você viu o nosso apartamento. É um closet melhorado. Viu como a minha mãe fica toda tensa quando você fala da sua família. Acho que ela fica preocupada que eu vá pra Sussex Downs e seja sugado pelos decadentes e misteriosos Holmes e não volte nunca mais. E você sorri de forma educada

e engole tudo que pensa dela, da minha irmã e do lugar onde a gente mora. O que provavelmente é um esforço imenso da sua parte, porque você não é particularmente simpática. Não precisa ser. Você é rica, Charlotte Holmes. Repete comigo. *Eu sou rica, e Jamie Watson é um caipira.*

Em vez disso, ela falou:

— Às vezes eu acho que você não me dá o devido crédito.

— Quê? — Eu me sentei. — Eu só... olha, tá, talvez eu esteja exagerando um pouco. Está tarde. Mas eu não quero que você pense que tem que fazer isso ou aquilo para impressionar ninguém. A gente já está impressionado. Você não precisa agir como se gostasse da minha mãe, ou da minha irmã, ou de onde eu moro...

— Eu gosto do seu apartamento.

— Ele é do tamanho do seu laboratório na escola...

— Eu gosto do seu apartamento porque você cresceu aqui — declarou ela, me olhando de maneira firme —, e eu gosto de comer a sua comida porque é sua, ou seja, é melhor do que a minha. E eu gosto da sua irmã porque ela é inteligente, e ela te adora, o que significa que ela é *muito* inteligente. Eu notei que você fala como se ela fosse uma criança, mas não devia implicar com ela por tentar explorar sua sexualidade escutando garotos melosos de voz fina. Com certeza é mais seguro do que as outras opções.

A conversa tinha tomado um rumo que eu não esperava. Embora devesse ter previsto aquilo desde que as palavras "você é bonita" escaparam da minha boca.

Ela tinha se sentado para me encarar. Os lençóis dela estavam embolados em volta das pernas, o cabelo bagunçado, e ela parecia a estrela de algum filme francês sobre sexo proibido. O que não era algo em que eu deveria estar pensando. Percorri uma lista familiar na cabeça, as coisas menos eróticas em que eu conseguia pensar: a vovó, minha festa de sete anos, *O rei leão*...

– Outras opções? – repeti.

– É melhor molhar os pés antes de mergulhar de cabeça.

– A gente não precisa falar disso...

– Me desculpa se eu estou te deixando *desconfortável*...

– Eu ia dizer se você não quiser. Como foi mesmo que a gente chegou nisso?

– Você estava fazendo pouco da sua criação. Eu tava defendendo. Gosto daqui, Jamie. A gente vai pra casa dos meus pais e não vai ser a mesma coisa. Eu não vou ser a mesma.

– Como assim?

– Não se faz de idiota – rebateu ela. – Não combina nem um pouco com você.

Só para ficar registrado, eu não estava me fazendo de idiota. Estava sempre oferecendo uma saída a ela. Sabia que Charlotte estava se aproximando de um assunto em que nunca tocávamos. Ela foi estuprada. Nós fomos acusados do assassinato do estuprador. Qualquer sentimento que ela tivesse por mim estava interligado ao trauma, então qualquer sentimento que eu tivesse por ela estava em espera, por enquanto. Mesmo que às vezes eu tivesse uns devaneios idiotas sobre o quanto ela era linda, nunca tinha verbalizado esses pensamentos. Mesmo dando abertura para ela falar sobre a nossa relação, nunca forcei a barra. O mais perto que a gente chegava disso eram essas conversas elípticas ao amanhecer, onde ficávamos rodeando o assunto até que eu falava algo errado e ela se fechava completamente. Por horas depois disso ela sequer olhava para mim.

— Eu só quis dizer que não vou tocar no assunto, se você não quiser — respondi.

E por *assunto* eu queria dizer *Sussex. E Lee Dobson, que eu frequentemente fantasio em desenterrar e matar de novo. E falar de nós dois, o que não estou mesmo preparado para fazer. E seu cabelo, que fica roçando no ombro, e o jeito como você lambe os lábios quando está nervosa, e eu não estou pensando em você desse jeito, não estou, juro por Deus que não estou.*

A melhor e a pior coisa da Holmes era que ela sabia tudo que eu não dizia junto com o que eu dizia.

— Jamie.

Foi um sussurro triste, ou talvez baixo demais para eu saber. Para minha surpresa, ela se aproximou e pegou minha mão, levando a minha palma aos lábios.

Isso? Isso nunca tinha acontecido antes.

Senti o hálito quente dela, o toque de sua boca. Contive um som no fundo da garganta e fiquei imóvel, com medo de que eu pudesse assustá-la, ou pior, de que aquilo pudesse nos afastar.

Ela correu um dedo pelo meu peito.

– É isso que você quer? – perguntou ela, e aquilo acabou totalmente com o meu autocontrole.

Eu não consegui responder, não com palavras. Em vez disso, toquei a cintura dela, pretendendo beijá-la como queria beijar havia meses. Um beijo profundo, penetrante, com a mão enroscada em seus cabelos, com ela apertada a mim como se eu fosse a única pessoa no mundo.

Mas quando a toquei, Charlotte recuou. Uma onda de medo passou pelo rosto dela. Vi aquele medo se tornar raiva e depois algo que parecia desespero.

A gente se encarou por um instante insuportável. Sem uma palavra, ela se afastou e se deitou no colchão dela, de costas para mim. Atrás, as cores desbotadas do amanhecer se espalhavam pela janela.

– Charlotte – falei baixinho, estendendo a mão para tocar seu ombro. Ela afastou a minha mão. Eu não podia culpá-la, mas fiquei com uma sensação ruim no peito.

Pela primeira vez, me dei conta de que talvez a minha presença fosse mais uma maldição do que um consolo.

dois

Essa não foi a primeira vez que algo aconteceu entre nós.

Já nos beijamos. Uma vez. Foi fugaz, só o roçar de alguma coisa. Eu meio que estava morrendo na ocasião, então o beijo pode ter sido por pena; estávamos no fim da nossa investigação de assassinato, então também pode ter sido pela sensação de alívio. De qualquer forma, eu não tinha interpretado como o começo de nada. O que Charlotte confirmou. Mesmo que ela quisesse algo romântico comigo, dava para ver que ainda estava tentando superar muitos danos psicológicos. Como falei, eu não queria forçar a barra. Não sabia se *queria* ir além disso, se destruiria a relação estranha e frágil que tinha surgido entre nós, se a gente ia ficar em uma situação pior ainda. Depois da noite anterior, parecia que sim.

Não fomos a Tate na manhã seguinte. Não saímos para tomar café depois de dormir umas poucas horas, como tínhamos feito nos dias anteriores. Fizemos as malas em silêncio, com a Holmes pálida, de roupão e meias, e depois de nos despedirmos da minha mãe e da minha irmãzinha chorosa, andamos quietos até a estação. A viagem para Sussex foi em uma cabine particular, ela com o rosto firmemente virado para a janela. Eu fingi ler o meu romance, depois parei. Não estava enganando nem ela nem ninguém.

Quando enfim descemos do trem, em Eastbourne, havia um carro preto esperando por nós.

Holmes se virou para mim com as mãos enfiadas nos bolsos.

– Vai dar tudo certo – murmurou ela. – Você vai estar lá, então vai dar tudo certo.

– Tudo daria mais "certo" se a gente estivesse, tipo, se falando.

Tentei não soar tão magoado quanto eu me sentia e Charlotte pareceu surpresa.

– Eu sempre quero falar com você, mas eu te conheço. Você sempre quer tentar melhorar as coisas e acho que a gente conversar agora só vai piorar tudo.

Quando o motorista foi pegar nossas bagagens, ela deu um tapinha distraído no meu ombro e se aproximou para cumprimentá-lo. Fiquei parado segurando a minha mala, furioso por ela ter decidido lidar com a situação em silêncio. Por ela decidir tudo. Holmes me tratava como um bichinho de estimação, e fui tomado por um tipo de *desorientação* dilacerante que eu não sentia havia meses.

Tinha sido exatamente essa sensação que me metera em toda aquela confusão de Charlotte-Holmes-e-Jamie-

-Watson, pra começo de conversa, e eu não estava tão desorientado a ponto de não perceber a ironia.

Os pais dela não estavam em casa quando chegamos, o que, para mim, foi ótimo. Não conseguiria ser simpático com eles, nem com ninguém. Foi uma governanta que nos recebeu, uma mulher arrumada e discreta, da idade da minha mãe. Ela pegou nossos casacos e nos levou aos aposentos da Holmes. Já estava escuro quando terminamos o almoço que ela nos levou em uma bandeja.

Naquela noite, depois da minha aula sobre história europeia, a governanta arrumou uma caixa de madeira e me mandou subir nela enquanto fazia a bainha na calça do Milo, comprida demais para mim. Só ela estava no quarto da Holmes quando voltei com o terno. Enquanto eu esperava, constrangido, procurei não me mexer, tentei imaginar onde a Holmes tinha se escondido. Talvez estivesse jogando sinuca em um salão de jogos ou percorrendo vendada algum caminho de obstáculos da família, onde diziam que os Holmes treinavam as crianças. Talvez estivesse só comendo biscoitos de chocolate no armário.

– Terminei – disse a governanta, enfim. Ela se levantou para inspecionar seu trabalho com certa satisfação. – Está muito bonito, sr. Jamie. O colarinho aberto lhe cai bem.

– Nossa – falei, puxando os punhos da camisa. – Por favor, não me chame assim. A senhora sabe onde a H... onde a Charlotte está?

– Lá em cima, imagino.

– Tem muita coisa "lá em cima" – respondi, me imaginando vagando sem rumo pela casa em um terno emprestado. Falando em caminho de obstáculos... – No segundo andar? No terceiro? No quarto? Hum... tem um quarto andar?

– Tente no escritório do pai dela – sugeriu a mulher, segurando a porta aberta. – No terceiro andar, ala leste.

Acho que devo ter levado menos tempo para ir de Londres a Sussex, mas enfim encontrei o escritório dele, no final de um corredor lotado de retratos. Aquela ala parecia mais velha, mais sombria do que o resto da casa. As pinturas me observavam. Em uma delas, o pai de Holmes e seus irmãos estavam juntos ao redor de uma mesa com pilhas altas de livros. Alistair Holmes era muito parecido com a filha, sério e introvertido, com as mãos cruzadas no colo. O homem de sorriso jovial era claramente Leander, pensei. Imaginei se ele já teria chegado e torci para que sim.

– Pode entrar – disse uma voz abafada atrás da porta do escritório, embora eu não tivesse batido. Claro que eles sabiam que eu estava ali. Havia segredos naquela casa, isso era óbvio, mas eu não conseguiria esconder nenhum dos meus.

Estendi a mão para a maçaneta, então parei. Eu não tinha notado o último retrato. Ao meu lado, Sherlock Holmes estava sentado com os lábios franzidos e uma lupa em uma das mãos, claramente incomodado com toda

31

a ideia de ser pintado, de ter que aprumar sua aparência diante de outra pessoa. O dr. Watson, meu tataravô, estava de pé ao lado dele, com uma das mãos pousada de forma tranquilizadora no ombro do amigo.

Eu poderia ter encarado aquilo como um sinal de que tudo ia ficar bem, mas olhei para aquela mão por um longo instante e me perguntei quantas vezes Sherlock Holmes teria tentado afastá-la. *Os Watson*, pensei, *gerações de masoquistas*. Então abri a porta.

O aposento estava mal iluminado. Levou um instante para os meus olhos se adaptarem. Havia uma escrivaninha imensa no meio da sala e, atrás dela, prateleiras de livros se abriam como asas. Na frente de todo aquele conhecimento reunido, estava sentado Alistair Holmes, com os olhos perspicazes fixos em mim.

Gostei dele imediatamente, apesar de saber que não deveria. Para todos os efeitos, ele tinha levado a filha quase à morte com todo o treinamento e as expectativas. Mas ele me conhecia. Dava para ver pelo olhar observador no rosto dele, um olhar que eu já tinha visto várias vezes em Charlotte Holmes. Ele me via como eu era, um garoto atrapalhado de classe média usando um terno emprestado, e ainda assim ele não me julgava. Sinceramente, para melhor ou pior, acho que ele não ligava para a minha classe social. Depois do turbilhão emocional dos últimos dias, era bom lidar com aquela impassividade.

– Jamie – cumprimentou ele, em uma surpreendente voz de tenor. – Sente-se, por favor. É um prazer enfim conhecê-lo.

– O senhor também. – Eu me acomodei na poltrona em frente a ele. – Muito obrigado por me receber.

Ele balançou a mão.

– Imagina. Você deixou minha filha muito feliz.

– Obrigado – disse, apesar de não ser totalmente verdade. Eu a deixei feliz, ou pensei que tinha deixado. E também a deixei infeliz. Eu a abracei enquanto nosso esconderijo queimava. Eu desabei aos pés de Charlotte, fraco demais para ficar de pé, enquanto Lucien Moriarty zombava dela pelo telefone cor-de-rosa de Bryony Downs. *Essa foi uma rodada de treino. Queria ver o que era importante para você. Queria ver o quanto esse garoto idiota confiava em você. Eu o ameacei, e você o beijou. Soam os violinos. Soam os aplausos.* E agora eu tinha feito com que ela fosse se esconder em algum lugar daquela casa gigantesca à beira-mar, enquanto eu e seu pai tínhamos o tipo de conversa casual que ela sempre odiara.

– Você gostou daquela última pintura no corredor, de nossos ancestrais? Ouvi você parando para observá-la.

– O senhor se parece muito com Sherlock Holmes. Bom, pelo menos com as fotos que vi dele – comentei. Ele assentiu e eu me peguei desejando sair das amenidades e conversar sobre algo importante. – Isso me fez pensar em como as coisas acabaram. Quero dizer, Charlotte e eu andando juntos. Nós resolvemos um caso de assassinato e encontramos um Moriarty na outra ponta. A história parece estar se repetindo.

— Há muitos negócios de família no mundo — respondeu Alistair, pousando os longos dedos sob o queixo. — Os homens passam suas sapatarias para os filhos. Advogados mandam as filhas para a faculdade e depois dão um lugar para elas na empresa. Podemos passar certas afinidades aos filhos, pela herança genética ou pela forma como os ensinamos a pensar, mas não acho que esteja totalmente fora do nosso controle. Não é como se fôssemos descendentes de Sísifo, eternamente empurrando a pedra morro acima. Veja o seu pai, por exemplo.

— Ele está na área de vendas — falei, tentando acompanhar a linha de raciocínio dele.

O pai da Holmes ergueu uma sobrancelha.

— E a mulher que pintou aquele retrato que você estava admirando no corredor era filha do professor Moriarty. Ela presenteou a nossa família com o quadro como um pedido de desculpas pelos atos do pai. As ações do passado podem até ter eco, mas você não deveria encará-las como um sinal de que estamos predestinados. Seu pai pode gostar de resolver mistérios, mas desde que se mudou para os Estados Unidos, parece mais feliz como espectador. Acho que ficar longe da influência de Leander pode ter ajudado. Meu irmão é um verdadeiro agente do caos.

– O senhor sabe quando ele vai chegar? Leander?

– Esta noite ou amanhã – respondeu ele, verificando o relógio. – Com ele, nunca dá para ter certeza. O mundo tem que se adequar aos seus desejos. Nesse sentido, ele é bem parecido com Charlotte. Eles não ficam satisfeitos só em observar, nem mesmo em fazer justiça. Trabalhar para o benefício dos outros nunca foi o maior objetivo de nenhum dos dois.

Eu me inclinei para a frente, sem perceber. Alistair Holmes era como uma relíquia muito antiga, com sua linguagem formal e seu olhar determinado. Era quase hipnótico e eu não resisti ao feitiço.

– Então qual o senhor acha que é o maior objetivo da Charlotte e do Leander?

– Afirmarem-se no mundo. Ou pelo menos foi o que sempre pensei. – Ele deu de ombros. – Eles não se contentam em agir nos bastidores. Sempre dão um jeito de ficar sob os holofotes. Nesse sentido, acho que os dois são mais parecidos com Sherlock do que qualquer um de nós. Ele sempre foi o pretenso mágico da família. Sabe, eu trabalhei duro no Ministério de Defesa por anos, fui o arquiteto de alguns pequenos conflitos internacionais, e mesmo assim quase nunca saí de trás da minha mesa. Ficava satisfeito em mover exércitos hipotéticos em um campo de batalha hipotético e deixar que outras pessoas tornassem aquelas ideias reais. Meu filho Milo faz um trabalho parecido. De muitas formas, para o bem ou para o mal, ele seguiu esse molde.

— Mas será que esse é o melhor jeito? — Eu me ouvi perguntar. Não pretendia desafiá-lo, só escapou. — O senhor não acha que é melhor ver as consequências dos seus atos diretamente, para poder aprender com eles e tomar decisões mais inteligentes no futuro?

— Você é um garoto perspicaz — respondeu ele, embora eu não soubesse se estava sendo sincero. — Acha que eu deveria ter insistido para que Charlotte ficasse e encarasse as consequências das ações *dela*, depois daquele fiasco com August Moriarty, em vez de mandá-la para longe para recomeçar?

— Eu...

— Há muitas formas de assumir a responsabilidade. Nem sempre temos que pagar os pecados com nosso sangue ou sacrificando nosso futuro. Mas estou ouvindo Charlotte no corredor, então vamos mudar de assunto. — Ele me encarou com olhos estreitados. — Sabe, você não é como eu imaginava.

— O que o senhor esperava? — perguntei, de repente constrangido. Eu não era bom nesse tipo de conversa profunda, o tipo que lembra o fundo sombrio do mar.

— Bem menos. — Ele se levantou e foi até a janela, olhando por cima dos morros escuros que deslizavam até a água. — É uma pena.

– O quê? – perguntei, mas Holmes já estava batendo bruscamente na porta do escritório.

– A mamãe vai me matar – disse ela quando abri. – Nós já devíamos estar lá embaixo há cinco minutos. Oi, pai.

– Lottie – respondeu ele, sem se virar. – Vou descer logo. Por que não leva o Jamie para a sala de jantar?

– Claro.

Ela me deu o braço de um jeito prático. Será que ainda estávamos brigados? Será que a gente tinha brigado, para começar? Eu estava exausto com todos esses pensamentos e, de qualquer forma, não importava, não dentro daquela casa imensa no auge do inverno. Eu tinha a sensação de que, sem Holmes como tradutora, eu não ia sobreviver àquela semana.

– Você está muito bonita – elogiei, porque ela estava. Vestido longo, lábios escuros, o cabelo preso em um coque.

– Eu sei. – Ela suspirou. – Odeio isso. Vamos acabar com isso de uma vez.

EMMA HOLMES NÃO ESTAVA FALANDO COMIGO. NA VERdade, ela não estava falando com ninguém. Com a mão esquerda, que reluzia de tantos anéis, ela alisava a nuca. A outra mão estava ocupada com a taça de vinho. Isso não seria um problema se a sala de jantar deles não fosse um continente (era do tamanho de um), e eu não estivesse sentado perto da Sibéria.

Eu tinha sido acomodado entre a mãe de Holmes e a filha silenciosa e emburrada do embaixador checo, uma menina chama Eliska, que me deu uma examinada rápida e lançou um olhar suplicante para o teto. Ou ela podia farejar minha falta de capital ou esperara um Jamie Watson mais alto e forte, alguém que parecesse mais um bombeiro e menos um bibliotecário. De qualquer forma, fiquei tentando puxar conversa com a mãe da Holmes enquanto Eliska suspirava para a comida.

Holmes – a minha Holmes, se é que podia chamar assim – não ajudava em nada. Ela tinha cortado toda a comida no prato e agora a estava rearrumando com atenção, mas eu sabia, pelo olhar distante, que ela estava preocupada com a conversa do outro lado da mesa. A única conversa rolando, na verdade, algo sobre os preços atuais dos esboços de Picasso. Alistair Holmes estava corrigindo o curador do museu com cara de fuinha. Lógico que ele sabia mais de arte do que alguém que trabalhava no Louvre. Não consegui juntar forças para ficar surpreso.

Na verdade, eu não conseguia juntar forças para nada. Ficava o tempo todo esperando que a ameaça daquele lugar se concretizasse, algo que eu pudesse ver ou escutar, algo de que eu pudesse me defender. Eu tinha esperado uma recepção mais fria. Que os Holmes estivessem ávidos para me colocar no meu lugar. Talvez uma corda bamba de verdade. Mas, em vez disso, recebi ótima comida e uma conversa enigmática com o pai da Holmes. Lembrei-me do aviso que ela me deu antes de chegarmos e não consegui entender nada.

— Sherringford? Que colégio horroroso — dizia Alistair.

— Sim, foi uma decepção, mas não temos dúvida de que Charlotte se saiu bem, apesar das circunstâncias.

O sorriso de Charlotte foi mínimo e frio.

— Desculpe estar tão quieta, James — me disse a mãe dela em uma voz baixa. — Não estou em um bom momento. Tenho entrado e saído do hospital. Espero que esteja gostando da comida.

— Está ótima, obrigado. Sinto muito que a senhora não esteja se sentindo bem.

Com isso, a atenção de Holmes rapidamente se voltou para mim de novo.

— Mãe — disse ela, arrastando o garfo pelo prato. — Você podia fazer as perguntas normais pro Jamie. Não é um roteiro difícil. O que ele acha da escola. Se ele tem irmãs. Et cetera.

A mulher corou.

— Claro. Como foram os dias em Londres? Lottie adora a cidade.

— Nós nos divertimos bastante — respondi, lançando um olhar reprovador a Charlotte. Sua mãe parecia estar fazendo o melhor que podia. Eu me senti mal por ela, toda arrumada naquele salão ridículo quando obviamente preferia estar na cama. — Caminhamos às margens do Tâmisa. Fomos a várias livrarias. Nada de mais.

— Sempre acho boa ideia tirar uma folga depois de um semestre difícil. Pelo que ouvi, o seu foi bastante.

Eu dei risada.

— Na verdade, isso é um eufemismo.

Ela assentiu, os olhos meio desfocados.

— E por que foi mesmo que você e a minha filha foram os primeiros suspeitos pelo assassinato daquele rapaz? Eu sei que ele a atacou. Mas como *você* se envolveu nisso?

— Eu não me ofereci como suspeito, se é o que a senhora está perguntando — respondi, tentando manter o tom leve.

— Bem, *me* disseram que foi porque você estava apaixonadinho pela minha filha, mas ainda não entendo como isso o envolveu na história.

As palavras foram como um tapa na cara.

— Quê? Eu...

Charlotte continuava arrumando a comida. Sua expressão não tinha mudado.

— É uma pergunta simples — disse a mãe em voz baixa. — A mais complicada seria: por que você ainda está atrás dela, se a situação já se resolveu? Não vejo de que você serve para ela agora.

— Tenho quase certeza de que ela gosta de mim — falei lentamente. Não foi por raiva, só estava com medo de gaguejar. — Somos amigos, passando tempo juntos nas férias. Nenhuma novidade.

— Ah. — Havia um mundo de significados naquela sílaba: dúvida, escárnio, uma dose saudável de desprezo.

— Mas Charlotte não tem amigos. Também não atrapalha que você seja bonito e de uma situação mais humilde. Imagino que você a seguiria a qualquer lugar. Essa combinação deve ser um afrodisíaco para uma garota como Lottie. Um acólito prontinho. Mas o que você ganha com isso? Se estivéssemos em qualquer outro lugar, com qualquer outra pessoa, Holmes teria atropelado essa conversa como um tanque blindado. Eu sabia me defender, mas estava tão acostumado à perspicácia rápida e destemida dela que, em sua ausência, me vi sem palavras.

E havia uma ausência. Holmes estava ausente. Seus olhos tinham ficado sombrios e distantes, seu garfo ainda estava fazendo desenhos no prato. Há quanto tempo Emma Holmes vinha pensando tudo aquilo? Ou será que era algo de momento, uma punição pela insolência de Charlotte?

Emma Holmes virou seus grandes olhos para mim.

— Se você estiver tramando alguma coisa, se estiver a mando de alguém, se exigir dela coisas que ela não possa dar...

— Você não precisa... — começou Charlotte, enfim. Mas foi interrompida imediatamente.

— Se você magoá-la, acabo com você. Só isso. — Emma Holmes ergueu a voz para falar com o restante da mesa. — E por falar nisso, Walter, por que não nos conta a respeito da exposição na qual está trabalhando? Achei ter ouvido o nome Picasso.

Ela não estava punindo Charlotte. Estava protegendo a filha, e de um jeito assustador.

Observei os ombros de Charlotte estremecendo. Não era à toa que ela nunca tinha apetite, se as refeições eram sempre tão tumultuadas quanto aquela.

No fim da mesa, o curador estava limpando a boca com o guardanapo.

– Sim, Picasso. Alistair estava acabando de me contar a respeito da coleção particular de vocês. Fica na casa de Londres? Eu adoraria vê-la. Picasso era bastante prolífico, como sabem, e deu tantos esboços de presente que há sempre novos quadros surgindo.

A mulher acenou com uma das mãos. Reconheci o gesto da filha.

– Ligue para a minha secretária – respondeu ela. – Tenho certeza de que ela pode combinar uma visita às nossas propriedades.

Foi então que pedi licença. Eu precisava fazer aquela coisa clichê dos filmes de jogar uma água fria no rosto. Para minha surpresa, Eliska deixou seu guardanapo na cadeira e me seguiu pelo corredor.

– Jamie, certo? – perguntou ela, em um inglês com sotaque. Quando assenti, ela espiou por cima do ombro para ter certeza de que estávamos sozinhos. – Jamie, isso é... uma palhaçada.

– Tenho que concordar.

Ela entrou no banheiro para dar uma olhada em seu reflexo no espelho.

– A minha mãe, ela me diz que a gente vai para a Inglaterra por um ano. Não vai dar nem tempo de sentir saudades dos meus amigos em Praga. Vou fazer amigos novos. Mas todo mundo tem mil anos ou é idiota ou calado.

– Nem todo mundo aqui é assim – me peguei falando.

– Eu não sou. Charlotte Holmes não é. Normalmente.

Eliska limpou um pouco de batom borrado com um dedo.

– Talvez em outra situação ela seja melhor. Mas eu vou a esses jantares de família nessas mansões e os adolescentes são calados. A comida é muito boa. Na minha casa, a comida é horrível e os adolescentes são muito mais divertidos. – Ela me olhou por cima do ombro, pensativa. – Minha mãe e eu voltamos em uma semana. Ela está com um emprego novo no governo. Se visitar Praga, vá me ver. Eu estou... como se diz? Com pena de você.

– Sempre gosto de ser convidado por pena – respondi, mas não estava realmente chateado. Eliska percebeu. Ela me lançou um sorriso e saiu.

Quando voltei à mesa, Emma Holmes já tinha se recolhido. A sobremesa fora servida, uma peça arquitetônica de cheesecake do tamanho da minha unha do polegar, e Alistair Holmes estava fazendo a Charlotte uma série de perguntas bobas sobre Sherringford. *O que você aprendeu nas aulas particulares de química? Você gosta do professor?*

Como acha que vai aplicar essas habilidades em seu trabalho de dedução? Holmes respondia em monossílabos.

Depois de um minuto, percebi que não aguentava mais escutar as perguntas. Não conseguia, não com Charlotte Holmes fazendo um de seus truques de mágica bem na minha frente. Ela não estava tirando um coelho de uma cartola hipotética ou se transformando em uma estranha. Dessa vez, sem mover nenhum músculo, ela estava desaparecendo completamente em sua cadeira de veludo de encosto alto.

Eu não a reconhecia. Não ali. Não naquela casa. Eu não *me* reconhecia.

Talvez fosse isso que acontecia ao se construir uma amizade baseada em desastre mútuo. Ela desabava no segundo em que as coisas se acertavam, te deixando ancioso pelo próximo terremoto. Bem no fundo, eu sabia que era mais do que isso. Mas queria uma solução fácil. Era horrível desejar que um caso de assassinato caísse no nosso colo, mas mesmo assim me vi torcendo por isso.

Holmes deixou a sala de jantar sem falar comigo. Quando fui atrás, ela já tinha trancado a porta do quarto. Bati por uns cinco minutos sem nenhuma resposta. Fiquei parado no corredor por um instante longo e sem sentido. No andar de cima, escutei traços de uma voz masculina, gritando. *Eles não podem fazer isso conosco. Não podem tirar isso de nós.* E, em seguida, uma porta batendo.

— Não podemos permitir isso — disse uma voz atrás de mim.

Eu pulei de susto. Era a governanta, que tinha me encontrado esperando no corredor que nem um cachorrinho patético. Ela me guiou até o meu quarto. Pelo jeito impessoal e gentil dela, fiquei com a impressão de que estava acostumada a encontrar vira-latas por aí.

Passei aquela noite em uma cama gigantesca de frente para janelas gigantescas que tremiam toda vez que o vento batia. "Passei a noite" era o termo certo, seria mentira dizer que dormi lá. Não consegui dormir nem um pouco. Agora eu sabia que não era o único desejando coisas horríveis. Toda vez que eu fechava os olhos, via uma Holmes de ombros curvados querendo desaparecer do outro lado da mesa de jantar. Aquilo me manteve acordado porque eu sabia que, se ela se decidisse, era determinada o bastante para fazer mesmo aquilo; tomar um punhado de comprimidos e trancar o mundo do lado de fora. Eu já tinha visto Charlotte fazer isso antes, debaixo da varanda do meu pai. Não conseguiria assistir àquilo acontecendo novamente.

Naquela ocasião, eu a impedi. Não achava que podia fazer isso de novo. Agora eu era a última pessoa de quem Charlotte queria ajuda, porque eu era um cara, e o melhor amigo dela, e talvez quisesse ser mais que isso, e a cada hora que passava ela acrescentava mais um tijolo ao muro que estava erguendo entre nós.

Às duas da madrugada, me levantei e fechei as cortinas. Às três e meia, as abri de novo. A lua brilhava no céu como um farol, tão reluzente que botei o travesseiro na cara. Então eu dormi e sonhei que estava acordado, ainda admirando a região campestre de Sussex.

Às quatro, eu acordei, mas achei que ainda estava sonhando. Holmes estava empoleirada no pé da minha cama. Na verdade, ela estava empoleirada nos meus pés, me prendendo. Poderia ter sido sexy, só que ela estava usando uma camiseta gigante escrito QUÍMICA É PARA AMANTES, então era loucura, e dava para ver em seu rosto que ela andara chorando, então era assustador.

Do nada, a lista de regras do meu pai para lidar com os Holmes começou a passar na minha cabeça. *N° 28: Se você estiver chateado, um Holmes é a última pessoa a quem recorrer para se sentir melhor, a não ser que queira ser repreendido por ter sentimentos. N° 29: Se um Holmes estiver chateado, esconda todas as armas de fogo e instale uma nova tranca na sua porta.* Eu praguejei e tentei me erguer nos cotovelos.

— Pare — disse ela, em um tom fúnebre. — Pode só calar a boca e me escutar por um minuto?

Só que eu estava muito agitado para isso.

— Ah, já voltamos a nos falar? Porque achei que a gente ia só deixar a sua família maluca nos *estripar* no jantar e depois se abandonar sem dizer uma palavra. Ou talvez eu devesse tentar te beijar de novo, para ganhar outra rodada de silêncio...

– Watson...

– Dá para você parar de teatro? Já perdeu a graça. Isso não é um jogo. Não estamos na droga do século XIX. O meu nome é *Jamie* e não quero você agindo como se estivéssemos em alguma *história*, só quero que você aja como se gostasse de mim. Você sequer ainda gosta de mim? – Fiquei constrangido de ouvir minha voz falhando. – Ou eu sou apenas um... um tipo de suporte para a vida que você queria ter? Porque, não sei se você notou, mas a gente está de volta à vida real. Lucien Moriarty está na Tailândia, Bryony Downs está em alguma prisão, e a nossa maior ameaça é ter que tomar café com a sua mãe maluca amanhã, então seria bom você ter alguma noção da realidade.

Ela ergueu uma sobrancelha.

– Na verdade, a governanta vai trazer o nosso café em uma bandeja.

– Eu te odeio – falei, com raiva. – Eu te odeio tanto.

– Vamos parar com esse draminha? Ou você precisa rasgar suas roupas primeiro?

– Não. Eu gosto dessa calça.

– Ótimo. Ótimo – repetiu ela, e inspirou devagar. – Eu quero coisas de você, intelectualmente, que eu não quero fisicamente. Ou seja, eu até poderia te querer assim... desse jeito, mas não consigo. Eu... quero coisas que eu não quero. – Eu a senti se remexendo. – E talvez eu só queira porque acho que *você* quer essas coisas de mim, e tenho medo de que você suma se não conseguir. Não faço ideia. Enfim, como se já não bastasse saber que perdi o controle das minhas próprias reações, também sei que estou te magoando. O que, sinceramente, não é a minha principal preocupação no momento, porque não dá para ser. Mas eu me sinto mal com isso. Você está se sentindo mal com isso. Toda vez que olha para mim, você se retrai. E tenho quase certeza de que a minha mãe interpretou *isso* como você tendo terríveis planos secretos, e aí quando ela te esculhambou no jantar, eu fiquei feliz, porque estou *frustrada* com você e não posso expressar. Watson, isso é chato, toda essa enrolação, e não vejo saída a não ser que a gente se afaste. Mas isso não é uma opção para mim.

— Para mim também não — respondi.

— Eu sei. — Holmes torceu a boca. — Então acho que isso significa que a gente vai dividir essa prisão.

— Eu sabia que um dia a gente ia acabar em uma.

A lua se escondeu atrás de uma nuvem e o quarto foi lavado pela sombra. Esperei que ela dissesse algo. Esperei por um longo tempo e ela me observou observá-la. Nós éramos o espelho um do outro, sempre.

Mas o ar entre nós não estava mais tão carregado. Também já não estava sufocante.

— E agora? — perguntei. — Você arruma um terapeuta e eu volto para Londres?

— Eu odeio psicologia.

— Bom, neste momento, acho que você está precisando.

Fiquei surpreso quando ela caiu deitada ao meu lado, o cabelo escuro sobre os olhos.

— Watson, o que você acha de um experimento?

— Nada empolgante, para falar a verdade.

— Para. É um dos fáceis — continuou ela, com o rosto enterrado em um travesseiro.

— Beleza. Fala.

— Preciso que você toque minha cabeça.

Com cuidado, cutuquei o couro cabeludo dela com o dedo.

— Não — reclamou Charlotte e agarrou minha mão, colocando-a em sua testa como se eu estivesse medindo a temperatura. — Assim.

— Por que eu estou fazendo isso?

— Você está demonstrando toque não sexual. É como um pai tocaria um filho. Quando você estava doente, no semestre passado, eu não liguei de deitar na sua cama, porque sabia que não ia rolar nada. Olha, eu não estou recuando. Eu não quero te bater. — Ela parecia satisfeita.

— Sério, eu devia estar registrando minhas descobertas.

— Espera. Você quis me bater, na outra noite?

Holmes levantou a cabeça do travesseiro.

— Eu quero bater em tudo o tempo todo.

— Desculpa.

— Eu devia entrar para o time de rúgbi — disse ela, de um jeito nervoso. Evasivo. — Eu, hm... Quero que você...

toque meu rosto. Como teria feito na outra noite, se a gente tivesse continuado.

Eu a observei por um longo instante.

— Eu quero te ajudar a fazer... isso que você está fazendo. Mas não quero ser sua cobaia.

— Não te quero de cobaia. Quero que você entenda.

Por alguma razão, parecia perigoso respirar, então não respirei. Fiquei o mais imóvel que consegui, exceto pela minha mão correndo pelo cabelo macio e brilhante dela até a bochecha. A pele de Holmes estava pálida no escuro, mas quando passei o polegar por seu maxilar, ela ficou levemente rosada. Mordi o lábio e Holmes entreabriu a boca, aí, sem pensar, deixei um dedo correr por ali. Então as mãos dela subiram pelo meu peito, puxando minha camiseta, depois a gola, me puxando em sua direção até meu corpo pressioná-la ao colchão e meu nariz se enterrar em seu pescoço. E ela riu, soltando o ar, sua respiração suave e meio acelerada, e eu embrenhei os dedos no cabelo dela, como tinha desejado por meses, eu tinha desejado tudo aquilo por tanto tempo, e ela inclinou a cabeça como se estivesse prestes a me beijar...

Então de repente me deu uma cotovelada na barriga e me empurrou de cima dela.

— Merda — disse Charlotte enquanto eu ofegava. Ela xingou de novo, de modo bem claro, e enfiou a cara no travesseiro de novo.

— Essa foi uma péssima ideia.

Eu precisava vomitar. Precisava de um banho frio. Talvez tomasse um banho frio e vomitasse na banheira. Isso soava ótimo, na verdade. Levantei cambaleando. Holmes fez que sim. Percebi porque o travesseiro se moveu para cima e para baixo.

– Volta aqui – pediu ela.

Passei as mãos pelo cabelo.

– Meu Deus. Por quê?

– Só...

– Holmes, você está bem? Tipo, bem de verdade?

Era uma pergunta muito idiota, mas eu não conseguia pensar em outra forma de fazê-la.

– Você não acha que é meio errado ser você me perguntando isso, em vez da minha família?

– Sinceramente? Acho, sim.

Nós nos encaramos.

– Eles acham que esse tipo de coisa não devia ter acontecido comigo – sussurrou ela. – Não com alguém tão... capaz quanto eu.

– Não é sua culpa – respondi com firmeza. – Meu Deus. Será que ninguém te falou que não é sua culpa? De todas as famílias malucas no mundo...

– Nunca foi dito, com todas as letras. Ficou implícito.

– Como se isso melhorasse alguma coisa – respondi, encarando o chão. – Eu sei que esse não é o seu assunto preferido, mas você já considerou...

— Falar a respeito não resolve nada. Nem as drogas. Nem ficar desejando que passe. — Quando olhei para ela, Holmes exibia um pequeno sorriso triste. — Watson. Volta aqui.

— Por quê? Não, me dá uma resposta de verdade.

Com um suspiro, ela pressionou o travesseiro contra o peito.

— Porque, apesar de como acabei de reagir, não quero que você vá embora. — Ela me encarou com olhos ameaçadores. — Também não quero... fazer aquilo de novo. Só quero dormir e, se eu estiver certa, vai ser muito mais fácil a gente continuar conversando normalmente se não tivermos que passar primeiro pelas formalidades de amanhã.

Eu me sentei devagar.

— Ainda acho que isso faz muito pouco sentido.

— Por mim, tudo bem. — Ela bocejou. — Já está amanhecendo, Watson. Vai dormir.

Eu me enfiei de volta debaixo das cobertas, tomando cuidado para deixar alguns centímetros entre nós. *Deixe espaço para o Espírito Santo*, pensei de um jeito quase histérico. Eu não ia à igreja desde criança, mas talvez as freiras tivessem razão.

— Você está medindo o espaço entre a gente?

— Não, eu...

— Não tem graça — declarou ela, mas tinha amanhecido, estávamos exaustos e eu sabia que ela estava segurando o riso.

– A gente precisa é de um bom assassinato – falei, sem ligar para o quanto soava horrível. – Ou de um sequestro. Alguma coisa divertida, sabe, para nos distrair disso tudo.
– Disso tudo? Você quer dizer sexo?
– Deixa pra lá.
– Lena não para de me mandar mensagem. Ela quer vir da Índia e nos levar para *fazer compras*.
– Isso não é uma distração, é um motivo pra eu me jogar no mar. Preciso de uma explosão ou algo assim.
– Você é um garoto de dezesseis anos. Acho que a gente provavelmente vai precisar de um serial killer.

Leander Holmes apareceria no dia seguinte. Três dias depois, ele desapareceria. E por várias semanas depois disso, fiquei pensando se, por termos desejado, tínhamos atraído o que nos aconteceu em seguida.

três

Acordei com Charlotte do meu lado e alguém abrindo as cortinas.

Mesmo com a súbita claridade, mesmo sabendo que havia um estranho no quarto, não consegui me obrigar a olhar. Parecia que eu tinha dormido por menos de cinco minutos, talvez cinco minutos nos últimos cinco meses, e meu corpo estava, enfim, chegando ao limite.

— Sai daqui — resmunguei e virei para o outro lado.

A lâmpada acendeu.

— Charlotte — disse uma voz baixa e preguiçosa —, quando te dei essa camiseta, não pretendia que você a interpretasse de forma literal.

Abri um olho ao ouvir isso, mas havia luz demais atrás do homem falando para que eu conseguisse enxergar.

— Acho que você também não pretendia que eu usasse — respondeu Holmes ao meu lado, mas soou alegre. De alguma forma, ela não parecia nem um pouco cansada. Bem pelo contrário. Estava sentada, com os joelhos enfiados debaixo da camiseta, alargando as palavras QUÍMICA É PARA AMANTES. — Ela é realmente o pior presente de Natal que eu já ganhei na vida, e olha que isso não é pouca coisa.

— Pior do que quando o Milo te deu uma Barbie? Eu devo mesmo ser um monstro. Vamos lá, bobona. Me apresenta para o seu namorado, a não ser que você queira continuar fingindo que ele é invisível, e nesse caso eu entro no jogo.

Holmes fez uma pausa.

— Sem sermão?

Leander, porque só podia ser o Leander, deu risada.

— Você já fez coisas piores e, de qualquer forma, está na cara que vocês não estão mesmo transando. Isso pode soar indelicado, mas esses lençóis mal estão amarrotados. Então nem sei bem o motivo por que te dar um sermão. Chega. Eu ia aprovar uma lei que não deixasse as pessoas fazerem deduções antes da hora do almoço.

Enquanto me sentava, esfregando os olhos, Leander foi até o outro lado da cama. Enfim dei uma boa olhada nele. A gente já tinha se encontrado uma vez, no meu aniversário de sete anos. Ele tinha me dado um coelho de presente. Eu só me lembrava de um homem alto e de ombros largos que tinha passado a maior parte da festa rindo em um canto com o meu pai.

Aquela lembrança se confirmou, embora o homem na minha frente estivesse impecavelmente bem-vestido, dada a hora. (O relógio ao meu lado marcava 7h15, porque o mundo estava tentando me matar.) Ele vestia um blazer, e os sapatos estavam lustrosos como espelhos. Abaixo do cabelo penteado para trás, os olhos dele estavam enrugados em um sorriso. Ele estendeu a mão para me cumprimentar.

– Jamie Watson – saudou ele. – Sabe, você é igualzinho ao seu pai quando o conheci. O que deixa isso tudo ainda mais estranho para mim, então dá pra você sair da cama que está dividindo com a minha sobrinha?

Eu me atrapalhei para ficar de pé.

– A gente não é... eu não sou... muito prazer em conhecê-lo. – Atrás de mim, Holmes estava dando uma risadinha, e eu cochichei para ela: – Qual é, sério? Um pouco de apoio seria legal.

– Então você quer que eu conte os detalhes?

– Você quer que eu te dê uma pá para você poder continuar cavando esse buraco para mim?

– Por favor – devolveu ela. – Eu prefiro assistir. Você está fazendo um belo trabalho, afinal de contas.

Tinha algo errado. Nossas provocações de sempre estavam mais maldosas, mais mesquinhas do que o normal. Eu me detive, sem saber o que dizer.

Leander me salvou.

– Crianças – disse ele, abrindo a porta. – Parem de brigar, senão não vou preparar o café da manhã para vocês.

A cozinha era cavernosa, toda de metal, mármore e vidro. A governanta já estava a pleno vapor no trabalho, abrindo uma massa no balcão. Não sei por que aquilo me surpreendeu. A julgar pelo jantar formal da noite anterior, era óbvio que os pais da Holmes não preparavam as próprias refeições.

— Oi, Sarah — cumprimentou Leander, dando um beijo na bochecha dela. — Até que horas você ficou acordada ontem, arrumando tudo depois daquela festa? Eu assumo daqui. Vamos mandar café da manhã para o seu quarto.

Ele lançou a ela um olhar que eu conhecia muito bem, e um sorriso criminosamente charmoso saído direto do livro de cantadas *Charlotte Holmes está te iludindo*.

A governanta gargalhou, corou, e enfim, antes de sair, cedeu o avental às mãos dele.

No balcão, Holmes apoiou a cabeça nas mãos.

— Você é bem mais eficiente nisso do que eu.

Por um instante, Leander não respondeu, escolhendo uma panela da prateleira suspensa de cobre. Os olhos da Holmes seguiam as mãos dele.

— Você sabe que funciona melhor quando falamos com sinceridade — respondeu ele. — Ovos fritos?

— Não estou com fome. — Ela se inclinou para a frente.

— Você está com uns machucados bem interessantes nos pulsos.

— Verdade — concordou ele, como se ela tivesse comentado sobre o tempo. — Jamie? Bacon? Pãezinhos?

— Sim, por favor. Será que tem uma chaleira por aqui? Preciso de um chá.

Ele apontou com a espátula e nós dois nos pusemos a fazer café da manhã para um exército. O tempo todo Holmes ficou sentada com os olhos estreitados, observando-o.

– Vai em frente – disse Leander, enfim. – Vamos ouvir se as suas deduções estão corretas.

Holmes não perdeu tempo.

– Os seus sapatos foram amarrados de um jeito apressado, o direito está com o acabamento diferente do esquerdo, e o seu blazer está amarrotado nos cotovelos. E eu sei que você está ciente disso; está tão ciente dessas coisas quanto eu, o que significa que você está tentando passar algum recado ou está mesmo muito cansado para se importar em ficar menos que perfeitamente arrumado, o que significa que as coisas têm andado *muito* difíceis para você ultimamente. Você cortou o cabelo na Alemanha. Não me olha assim, está bem mais moderno que o normal, e o Milo comentou que te viu recentemente. Então, Berlim. Se você não passasse pomada, ele ia ficar que nem o cabelo de um dos cantores emo do Jamie. Ah, parem de me encarar, vocês dois. Eu sei que o tio Leander vai no mesmo barbeiro em Eastbourne desde a adolescência. – Ela puxou o próprio cabelo, impaciente. – Você está disfarçando que está mancando, deixou crescer uma barba horrorosa no pescoço e... você andou *beijando* alguém?

A chaleira começou a apitar tão alto que nenhum dos dois me ouviu gargalhar.

Leander fez um movimento de reprovação com a espátula.

– Charlotte. – Ele era o único na família, observei, a não chamá-la pelo apelido. – Minha querida, não vou te contar nada até você concordar em comer.

– Tá bom. – Um sorriso se abriu no rosto dela. – Você não presta.

Depois que Leander levou uma bandeja ao quarto da governanta, a gente se acomodou ao redor da bancada e eu dei outra olhada no tio da Holmes. Ela tinha razão, ele parecia mesmo cansado, o tipo de cansaço que eu sentira no outono, quando tinha medo de dormir e ficar vulnerável. Isso, mais o traço de preocupação por trás de seu sorriso de showman, me fez pensar em onde ele estivera antes de Sussex.

– Alemanha – declarou ele, lendo meus pensamentos.

– Nisso a Charlotte estava certa. O governo deles me pediu para desmascarar uma rede de falsificação que pode ou não estar produzindo uma grande quantidade de obras de um pintor alemão dos anos 1930. Fiquei disfarçado por um bom tempo. É um negócio delicado. Tem que se conquistar a confiança de pessoas perigosas *e* saber como falar com estudantes de arte inconstantes que imitam Rembrandt para ganhar a vida. – Inesperadamente, ele deu um sorriso. – Para falar a verdade, é bem divertido. É como um jogo, só que com armas e uma peruca.

Holmes puxou o punho da camisa dele, expondo o machucado.

– É, divertido.

– Coma o seu bacon ou não vou explicar. – Ele empurrou o prato na direção dela. – Conforme eu disse, não estive envolvido com as pessoas mais distintas nesses últimos meses. E, sinceramente, eu nem queria aceitar esse caso. Por mais interessante que seja, ele exige que eu ande *muito* e as minhas pernas ficam mais felizes no meu sofazinho. Gosto de um belo enigma tanto quanto qualquer pessoa, mas isso... Bem, aí eu almocei com o seu pai, Jamie, e ele me convenceu a aceitar. Como nos velhos tempos, argumentou ele, quando a gente investigava junto em Edimburgo. Agora ele tem uma família, então tem menos mobilidade que eu, mas trocamos e-mails todos os dias e seu pai está me ajudando a desvendar tudo de longe.

– Sério? – perguntei, confuso. – Ele é útil?

Meu pai se empolgava com tudo, era irresponsável, meio doido. Eu tinha dificuldade de imaginá-lo como um gênio analítico.

Leander ergueu uma sobrancelha.

– Você acha mesmo que eu ia envolvê-lo, se ele não fosse?

Eu ergui uma sobrancelha de volta. Meu pai podia ser útil, claro, ou podia apenas ser a plateia para o show de mágica de Leander. Com os Holmes, nunca sabíamos onde estávamos pisando.

Ao meu lado, a minha Holmes estava cortando um pãozinho.
— Tá, mas e os machucados? E o beijo?
— Disfarce — justificou o tio dela em uma voz dramática. — Um disfarce muito profundo.
Ela torceu o nariz.
— Então por que você está aqui, na Inglaterra? Não que eu não esteja feliz de te ver.
Leander se levantou e recolheu os pratos.
— Porque o seu pai tem contatos aos quais eu não tenho acesso pelos meus meios ilegítimos. E porque eu queria dar uma boa olhada no Jamie aqui, já que agora vocês andam supergrudados. Dia e noite, pelo jeito.
Holmes deu de ombros, aqueles ombros esguios sob a camiseta, e levou um pedaço de pão à boca. Eu a observei, a linha do braço, os lábios ainda intumescidos da noite anterior. Ou será que eu estava imaginando aquele detalhe, fantasiando porque eu precisava criar uma história, enxergar causa e efeito onde não existiam?
Ela quase tinha me beijado. Eu quis que ela beijasse. Estava tudo ótimo.
— Se fizer alguma diferença — disse Leander, da pia —, eu aprovo.
Holmes sorriu para ele, eu sorri para ele, porque nenhum de nós dois sabia o que dizer.
Era como se a noite anterior existisse em algum outro universo. Uma hora solitária em um mar de constrangi-

mento onde pudemos conversar como fazíamos antes. E agora que terminara, estávamos à deriva de novo.

Os dias seguintes passaram devagar, como a maioria dos castigos. Durante o dia, eu lia o romance de Faulkner que tinha levado em uma varanda ensolarada dos alojamentos dos empregados. A maioria daqueles cômodos agora estava vazia, então eu não precisava me preocupar em ser encontrado. O que era um alívio. Fiquei sem ter o que dizer aos pais da Holmes bem rápido. Mesmo achando a mãe dela assustadora, eu não a odiava. Ela estava doente e preocupada com a filha.

Então Alistair nos contou que o estado de Emma tinha começado a piorar. Ela parou de fazer as refeições com a gente. Certa noite, antes do jantar, encontrei Leander dando instruções à equipe de enfermagem enquanto eles arrastavam uma cama hospitalar pela porta da frente.

– Achei que ela tinha fibromialgia – murmurou Holmes, atrás de mim. – Fibromialgia não requer uma equipe particular de enfermagem. Achei... achei que ela estava melhorando.

Consegui não pular de susto. Ela estava com essa mania de pairar que nem um fantasma pelos cantos de qualquer aposento em que eu estivesse, e logo que eu notava sua presença, ela dava uma desculpa e fugia. Então não falei nada, não tentei consolá-la, só assisti à careta de Leander quando o enfermeiro bateu a cama na moldura da porta.

No andar de cima, a voz alta de um homem falou: "Mas as contas no exterior... não, eu me recuso." Será que era de Alistair? Uma porta foi batida.

Não importava. Quando me virei para ela, Holmes já tinha sumido.

Mais tarde, encontrei Leander na sala de estar. "Sala de estar" talvez fosse um nome muito amigável para aquele cômodo – um sofá preto, uma mesa baixa e de aspecto caro, um tapete de couro bovino. Eu estava zanzando pelos corredores, procurando minha melhor amiga sumida e, em vez disso, encontrei o tio e a mãe dela.

Fiquei surpreso. Uma cama hospitalar acabara de entrar pela porta, e eu esperava que Emma estivesse nela. Mas não, ela estava deitada no sofá com as mãos na testa, enquanto Leander se debruçava sobre ela.

– Esse é o último favor que faço para você – ele estava dizendo, em uma voz baixa e furiosa. – Pelo resto das nossas vidas. Esse é o último. Quero que você entenda. Nada de mensalidade do colégio, nada de empréstimo. Você podia ter me pedido qualquer coisa, mas isso...

Ela esfregou as mãos no rosto.

– Eu sei o que a palavra "último" significa, Leander – respondeu ela, soando exatamente como a filha.

– Então quando? – perguntou ele. – Quando você vai precisar de mim?

– Você vai saber – afirmou Emma. – Está quase na hora.

Então ela se levantou, oscilando. Como se todas as partes delicadas dela tivessem secado, deixando apenas uma concha empoeirada e exausta.

Leander também notou e estendeu a mão para ampará-la, mas Emma ergueu uma das mãos em advertência. Com passos lentos e sofridos, ela deixou a sala.

— Olá, Jamie – cumprimentou Leander, ainda de costas para mim.

— Como você soube que era eu? Vocês precisam usar truques diferentes. Já estava quase esperando por esse.

— Sente-se – convidou ele, e fez um gesto apontando o sofá. – Onde está Charlotte?

Dei de ombros.

— Imaginei – disse ele.

— Está tudo bem com a sra. Holmes? – perguntei, em uma tentativa de mudar de assunto.

— Não, mas isso é óbvio. Eu andei falando com o seu pai, é claro, mas queria ouvir de você. Me conte da sua família. Como está a sua querida irmãzinha? Ela ainda gosta dos *Your Little Ponies* ou qualquer que seja o nome? James sente muita saudade dela.

— A Shelby está bem. Ela já passou da fase dos pôneis e foi para a fase de pintar quadros de cachorros. Estamos começando a procurar uma escola de ensino médio perto da nossa casa.

Leander me deu um sorriso.

– James estava cogitando mandá-la para a Sherringford. Pode ser bom ter vocês dois no mesmo lugar. Ter jantares de domingo. Ir jogar minigolfe no fim de semana. Ou ir ao rinque de patins. O rinque de patins é uma atividade para a família, não?

– Hum, é – respondi, embora tivesse quase certeza de que se chamava pista de patinação e de que eu preferia morrer antes de ir a uma. – Mas escutei você dizer "nada de mensalidade de colégio". Não podemos bancar a Shelby na Sherringford sozinhos. E todo mundo já sabe que é você quem paga minhas mensalidades.

O sorriso dele desapareceu.

– Isso não se refere à sua família. Jamais. Eu apoiaria seu pai em qualquer coisa, Jamie, porque sei que ele nunca me pediria... Não importa. Escuta, jamais pense que você será uma vítima dessa guerra. Não será. Vou garantir isso.

Uma guerra invisível com sangue invisível. Ou visível – só que não era o nosso, ainda não. Lee Dobson já tinha sido uma baixa, e eu mesmo tinha chegado pertíssimo de ser outra.

– Como foi que isso começou? – perguntei a ele. Era uma pergunta que vinha me incomodando havia semanas. – Tipo, por que foi que os Holmes contrataram o August Moriarty? Eu sei que era um golpe de publicidade ou sei lá, mas se vocês todos se odiavam tanto, por que os pais da Holmes correram esse risco?

– É uma longa história.

Eu dei risada.

— Bom, não sei se vou ter tempo para ouvir, com o meu cronograma cheio de estar sendo ignorado.

E era verdade. O que mais eu ia fazer naquela tarde? Podia muito bem ocupar algum tempo que a Holmes deixava livre.

— Certo — concordou ele. — Mas se você vai me fazer contar, precisamos de um pouco de chá.

Dez minutos e um bule de Earl Grey depois, estávamos novamente acomodados no sofá.

Ao longe eu escutava a agitação do mar.

— Você sabe dos desentendimentos entre Sherlock Holmes e o professor Moriarty, certo? Sherlock derrubou vários homens "infames", mas Moriarty foi o maior deles. Um tremendo filho da mãe. Todos os criminosos na Inglaterra pagavam a ele por proteção. Ele orquestrava as ações, unia todos em uma rede. E Holmes foi capaz de deduzir quem era a aranha pela rede. — Ele esfregou a têmpora distraidamente. — Me interrompa se você já souber de tudo isso.

— Já sei de tudo isso — falei, assoprando o chá.

Meio mundo já sabia. A disputa entre Sherlock Holmes e o professor; a viagem de Holmes e do dr. Watson para a Suíça, para escapar dele; meu tataravô em uma colina contemplando uma catarata, perguntando-se se o melhor amigo e parceiro tinha morrido naquelas profundezas. Tanto Holmes quanto Moriarty haviam desaparecido naquele dia. Moriarty, de uma vez por todas, e o homem que voltaria a Baker Street alguns anos depois, após erradicar o último dos agentes do chefão do crime. Pelo menos essa era a história.

— Quando eu era criança, nunca entendi a fixação em Moriarty — dizia Leander. — Ele nunca é mencionado nas histórias do nosso bom médico, não até o conto "O problema final", onde parece que foi inventado para explicar todos aqueles crimes fabulosamente estranhos que Sherlock tinha investigado. Aí ele desaparece de novo. E, se quer saber, nosso relacionamento com a família Moriarty sempre foi bem civilizado. Com até um pouco de remorso, na verdade. Eles não tinham a melhor das reputações; é o que acontece quando se é amaldiçoado com um sobrenome infame. Mas os filhos não devem pagar pelos pecados dos pais e tudo mais. *Eles* não eram os Napoleões do crime. Falei isso para o meu pai.

— E como foi?

Leander passou a mão pelos cabelos penteados para trás.

— Não adiantou muito — admitiu. — Ele me disse que os Moriarty têm uma linhagem criminosa. Podíamos até estar em paz quando aconteceu esse negócio do August, mas passamos a maior parte do século XX nos envolvendo com eles, de um jeito ou de outro.

— Passamos? — falei, então me corrigi. — Vocês passaram?

Até onde eu sabia, os Watson basicamente passaram o século XX perdendo sua espetacular fortuna nas cartas.

— Perdoe se eu errar as datas — disse Leander, bebericando o chá —, mas... 1918. Fiona Moriarty, vestida de homem, consegue um emprego de guarda na prisão de segurança máxima Sing Sing. O traje, pelo que eu sei, incluía sacos de farinha ao redor da cintura, para que ela parecesse maior. Aparentemente era incrível. Depois de passar dois meses surrando os criminosos mais calejados do mundo e, imagina-se, recolhendo dados, ela larga o emprego. Duas semanas mais tarde, ela é presa por assaltar um banco em plena luz do dia, disfarçada como *outro* homem, e é jogada atrás das grades. Durante a noite, ela guia vinte prisioneiros para fora da Sing Sing por um túnel que tinha passado os dez dias anteriores cavando. Um túnel que seguia por baixo do rio Hudson.

Deixei escapar um assobio baixinho.

— Ela escapou dessa?

Leander abriu um sorriso.

— Túneis têm duas aberturas, não é? Meu bisavô tinha feito uma fogueira na saída. Todos aqueles pobres prisioneiros voltaram correndo e gritando para as celas. Pensaram que tinham encontrado a liberdade... em vez disso, encontraram muita fumaça. E ela foi para a cadeia de verdade. O plano foi inteligente, sabe? Meia dúzia daqueles presos eram tenentes do pai dela. Homens que tinham ajudado a criá-la e que, após a morte do pai dela, tinham fugido para os Estados Unidos para evitar Sherlock Holmes.

Leander ergueu uma sobrancelha.

— Sentimentos. Sempre nos pegam, no final — disse ele, usando sua voz de citação.

— Não acredito que você pense assim — falei.

— Ela com certeza pensava, no final de tudo. O curioso é que Fiona era *cheia da grana*. Ela tinha dinheiro o suficiente para subornar os juízes locais. Para subornar a força policial. Para subornar os membros criminosos da política. E ela tentou, mas nenhum deles quis aceitar dinheiro dela, por medo das consequências. No fim das contas, um deles escreveu ao seu velho amigo Henry Holmes, que embarcou em um navio para os Estados Unidos bem a tempo de revelar os planos dela e detê-la.

— E imagino que não acabou aí.

— Não. A história continua. 1930. Assalto a cofre de banco. Glasgow. Todos os culpados capturados, mas nada das joias. Adivinha quem aparece em público usando um milhão de libras em rubis? — Ele riu da minha expressão.

— Jamie, você ficou tempo demais nos Estados Unidos. Libras *esterlinas*. A moeda, não a unidade de peso. Aparentemente, um dos vigaristas contratados entregou os rubis a eles pelo esgoto, usando um sistema de roldana. Quentin Moriarty alegou que as joias da esposa tinham vindo de uma herança, mas Jonathan Holmes desmentiu o fato usando um par de ratos, um bisturi e um lenço feminino. 1944. Os Moriarty estão atacando os museus da Europa durante a Segunda Guerra Mundial. 1968. Estão presidindo o Comitê do Prêmio Nobel. 1972. Minha irmã mais velha, Araminta, foi requisitada a decodificar uma série de mensagens que usava o código de Francis Bacon. As mensagens estavam sendo usadas para negociar a venda de ogivas nucleares. Para *Walter Moriarty*. O que um Moriarty ia fazer com uma ogiva? Revendê-la, provavelmente, com lucro. Ele foi a julgamento. Dois jurados desenvolveram formas raras de câncer. A esposa do juiz desapareceu. Tudo na surdina. Tudo fora dos noticiários. E então alguém matou os três gatos da Araminta.

– Meu Deus, que horror.

– Walter Moriarty saiu da cadeia quatro meses depois. Um escárnio. E ainda assim, lembre-se disso, a família não era toda má. – Ele voltou a encher a xícara. – Na verdade, vinha uma maçã podre por geração. O resto... bem. Eu conheci um Patrick Moriarty, quando era mais jovem. Nos cruzamos em uma festa em Oxford e ficamos bêbados a ponto de ir para um canto conversar. Começamos a falar da inimizade entre as nossas famílias, embora não fosse como é agora, e ele comentou que a principal diferença entre nós era que os Holmes são otimistas insensíveis e eles são pessimistas hedonistas.

– Otimistas insensíveis? – A minha Holmes não parecia particularmente otimista. – O que isso significa?

– Você conhece aquela velha imagem da Senhora Justiça? Com a venda e as balanças? Feita de cobre reluzente e que não deve ser tocada. Sempre pensei em nós desse jeito. Para julgar outros homens, você tem que se isolar deles. Nem todos os Holmes são detetives, sabe? Longe disso. Na maioria das vezes, acabamos no governo. Alguns cientistas, alguns advogados. Uma prima muito tediosa que vende seguros. Mas quando fazemos trabalho de detetive, geralmente operamos fora da lei. Temos nossos próprios recursos. E, às vezes, quando a lei não funciona, somos o próprio júri. E para lidar com esse tipo de poder... faz sentido não se deixar cegar pelas próprias emoções. Você prenderia um homem se soubesse que ele deixaria para trás uma criança morrendo de fome? E também não somos efusivos por natureza. Nós somos basicamente o cérebro, sabe? O corpo é apenas algo que nos leva de um lugar a outro. Só que, com o tempo, nos calcificamos. Ficamos frágeis, de tão autocentrados. Talvez isso tenha nos deixado melhores no nosso trabalho. Porque ninguém trabalha em algo assim sem acreditar que realmente vai fazer diferença, que vai fazer o mundo melhor. E só um *tremendo* egomaníaco acha que consegue fazer o mundo melhor.

– E os Moriarty?

Leander me avaliou por cima da xícara de chá.

– Eles têm muito dinheiro e um sobrenome que os transforma em párias, e vários deles são geniais. Por isso sentem que têm direito a tudo de melhor. Você tire suas conclusões disso, meu caro Watson. Mas até a geração atual, nunca tinha visto tantos espécimes maravilhosamente depravados de uma só vez. Sinto falta daqueles como o Patrick – disse ele com uma risada. – Ele foi criado para ser gestor de fundos de alto risco. E isso é um mal menor. Fez alguns esquemas Ponzi. Essa safra... bem, August era um bom garoto, bem melhor do que Patrick jamais poderia ser. August era paciente com Charlotte. Muito inteligente. Quando Emma e Alistair o contrataram, Alistair estava prestes a se tornar o centro de um furacão na mídia e precisávamos conseguir um pouco de boa vontade com o público. Fazia vinte anos que não tínhamos uma briga com os Moriarty. As lembranças esmorecem. Pareceu uma boa ideia, na época.

– Isso vai estar escrito em algumas lápides, antes disso tudo terminar – comentei.

– Você tem um senso de humor bem mordaz. – Leander desviou os olhos. – Ainda assim, eu me pergunto se você tem razão. O ciclo todo está recomeçando.

– E a minha família? – perguntei. – Não tivemos um papel em nada disso?

Soei como uma criança, sabia disso, mas eu cresci com as histórias de Sherlock Holmes. Meu pai se intitulava um ex-detetive. Pensei que estaríamos envolvidos naquilo tudo, ao lado dos Holmes, lutando pela causa certa.

– Não por muito tempo – respondeu Leander. – Talvez muitos de nós fôssemos autômatos. Muito distantes.

Nossas famílias eram amistosas, certamente, mas não amigas. Não funcionavam em pares. Não até eu conhecer o seu pai. Até você conhecer Charlotte.

Eu suspirei. Não consegui evitar.

Ele se inclinou para a frente para me dar um tapinha no ombro.

— Você é uma boa influência para ela. Só dê um pouco de espaço. Acho que ela nunca teve um amigo antes.

Então eu dei a ela um pouco de espaço. Eu lia Faulkner pela manhã e passava as tardes em silêncio vagando pela biblioteca deles, separando os livros que eu queria ler, mas não lia porque eram todos de primeira edição, com páginas delicadas de bordas douradas, algo para ser admirado e nunca aberto. Eu tinha medo de estragá-los. Tinha medo de tantas coisas idiotas; de que, em algumas semanas, eu estivesse de volta à escola e sem a amizade da Holmes; de que a sensação ruim na minha nuca prenunciasse essa perda. Eu estava tão perturbado que não conseguia me distrair nem durante os jantares, sentado ao lado de Leander, que tinha tomado o lugar de Emma Holmes na mesa. Em uma tentativa de me animar, ele me contava histórias ridículas sobre o meu pai, que sempre pareciam terminar com um deles tirando o outro da cadeia.

— Eu nunca me dei ao trabalho de tirar uma *licença*, sabe, e a polícia não é muito fã de trabalhar com amadores. — Ele abriu um sorrisinho. — Mas os clientes, sim. Bastante. Me lembra de te contar a do seu pai e da domadora de leões ruiva.

– Por favor, por favor, por favor, não me conte.

Onde estava Holmes? Ali, mas ausente. Quieta como um corvo em um fio elétrico. O pai dela conversava em alemão com o convidado daquela noite, um escultor de Frankfurt que não falava inglês. Havia muitos convidados para jantar, um ou dois por noite. E logo que a refeição acabava, Leander e Alistair escapavam com eles para o escritório e fechavam a porta. Aquilo era interminável, esperar que se levantassem e saíssem para que pudéssemos sair também.

Então o feitiço do dia se quebrava, Holmes e eu voltávamos para o meu quarto e, de repente, conseguíamos conversar de novo.

Na primeira noite, ela se levantou da mesa, ajeitou a saia e me lançou um olhar demorado antes de sair da sala de jantar. Eu a segui como se estivesse em um sonho, perdendo-a de vista nos extensos e sinuosos corredores da casa. Mas eu sabia onde ela estaria. No quarto de hóspedes, no pé da minha cama, ela estava tirando os sapatos de salto. Ela segurou um na ponta do dedo enquanto me olhava, mordendo o lábio, e, em vez de ridículo, aquilo fez com que algo no meu peito queimasse.

– Oi – falei, a boca seca.

– Oi – respondeu ela, e pegou uma enciclopédia que eu não tinha notado no chão escuro. – O que você sabe do Bhagavad Gita?

Nada. Eu não conhecia nada daquele texto épico de setecentos versos escrito em sânscrito ou de por que eu deveria ligar para isso à meia-noite de uma terça-feira na casa dos pais dela quando, na noite anterior, ela tinha se enfiado na minha cama como um fantasma e me puxado para perto. Charlotte ficou me contando a história até eu cair no sono, encolhido em uma posição inofensiva.

Na noite seguinte, ela me falou sobre *As mil e uma noites*.

Nada de Holmes pela manhã; continuava escuro quando eu abria as cortinas. Mais Faulkner no sofá próximo à janela enquanto o gato da Holmes, Rato, me encarava da outra ponta. Pensei se Charlotte estaria me observando pelos olhos dele. E me perguntei se estava em um feedback loop, em um experimento, em um pesadelo sem fim.

Quando vagava pelos corredores, podia ouvi-la tocando seu violino, mas ela não estava no porão entulhado, não estava na sala de estar. Não estava em lugar nenhum. Os arpejos que tocava pareciam ecoar da fundação da casa.

Eu vagava pela mansão como um fantasma vitoriano. Quando passei pelo corredor cheio de quadros que levava ao escritório de Alistair, pude ouvi-lo claramente dizendo "Ele não vai mais ligar para cá", e a resposta de Leander, "Você não vai ter que sair daqui. Não vou deixar isso acontecer". Dinheiro era sempre o subtexto ali, a fortuna e a casa da família em jogo, e escutando apenas frases e pedaços, não dava para entender tudo. Eu estava cercado por riqueza. Por poder. Qual era a razão de todas aquelas brigas sussurradas? Era isso o necessário para manter a fortuna? Eu me peguei pesquisando horários de trens. Quando poderia voltar a Londres? Só faltava uma semana para o Natal, e a Shelby ia ganhar um cavalete de pintura da nossa mãe. Eu queria vê-la abrir o presente. Eu podia ir a Londres, pensei. Podia ligar para Lena e ver se ela estava com Tom, meu colega de quarto na Sherringford e namorado dela. Seria um alívio encontrá-los. A gente jogaria pôquer. Ficaria superbêbado. *Ele pode ser meu único amigo agora*, me peguei refletindo. *O cara que me espionou por dinheiro o outono todo.* E aí eu soube que precisava quebrar alguma coisa naquele instante.

Foi assim que fui parar no lago artificial dos Holmes. Eram quatro da tarde, então já estava um breu, e eu não confiava em mim mesmo para achar o caminho do mar. Será que ele sequer existia, ou era apenas um som, algo irreal ao longe, nos ameaçando com sua força? Não importava. Eu não precisava dele. Só das pedras gigantes meio enterradas naquele lago, das minhas unhas para arrancá-las da lama, dos meus braços para atirá-las longe na água preta.

Quando Leander me encontrou, eu tinha pegado um machadinho do depósito de ferramentas e começado a procurar algo mais para fazer.

— Jamie — chamou ele. Foi esperto o bastante para fazer isso a certa distância.

– Leander. Agora não.

Havia galhos o suficiente debaixo das árvores. Comecei a chutar uma pilha, procurando os maiores e mais grossos, os que iam dar trabalho.

– O que você está fazendo?

Eu olhei para ele. Leander tinha enfiado as mãos nos bolsos e seu sorriso travesso não estava à vista.

– Estou expressando a minha raiva de um jeito saudável – respondi, com as aspas visíveis no ar. – Então me deixa em paz.

Ele não deixou. E deu um passo para mais perto.

– Eu posso pegar um cavalete de cortar lenha para você no depósito.

– Não.

– Ou um casaco.

– Sai fora.

Outro passo.

– Posso pegar um machado maior.

Com isso, eu parei.

– É, pode ser.

Trabalhamos em silêncio, cortando os galhos dos tocos mais grossos, eliminando os pedaços com nódulos. Não tinha nenhum suporte por perto, então apoiei a primeira tora no chão, fazendo uma pilha de pedras para mantê-la de pé. Então levantei o machado acima da cabeça e o levei abaixo, com força.

Eu não enxergava minhas mãos na frente do rosto, não ouvia nada além do sangue nas têmporas. Leander arrumou a tora seguinte e eu a parti também, e depois outra, e outra, sentindo o calor brotar nos ombros até explodir em uma exaustão inacreditável e atordoante. Parei para recuperar o fôlego. Estava com bolhas sangrando nas duas mãos. Pela primeira vez em dias, me senti eu mesmo, e deixei aquele sentimento me inundar por um minuto antes que também desaparecesse.

— Bem — comentou Leander, limpando a roupa —, é uma pena que eles só tenham lareiras a gás nessa casa, ou você seria um herói.

Eu me sentei na pilha de lenha.

— Não preciso ser um herói.

— Eu sei. Mas às vezes é mais fácil ser um herói do que uma pessoa.

Juntos, olhamos para a casa que assomava na colina.

— Pensei que Sherlock Holmes criasse abelhas — falei. *Eu seria capaz de abrir as portas de todos os apiários. Enfiaria todas elas naquela gigantesca e horrorosa sala de jantar e as deixaria fazer colmeias pelas paredes.* — Não vejo nenhuma abelha aqui.

— O sítio dele agora é da minha irmã Araminta. Fica descendo a estrada — informou ele. — Não costumo ir lá com muita frequência. Ela não gosta muito de visitas.

Tentei levantar um dos braços, depois o estendi.

— Acho que todos os genes amigáveis da família ficaram com você.
— Alistair ficou com uma parte, junto com a casa da família. — Havia um traço de amargura na voz dele. — Mas, sim, você tem razão. Eu tenho amigos. Dou festas. Pode parecer chocante, mas de vez em quando saio de casa. E, se minhas deduções estiverem certas, sou o único Holmes a me apaixonar em muito tempo.

Abri a boca para perguntar sobre os pais de Charlotte, mas pensei melhor. Não parecia relevante se os dois eram apaixonados.

— Você ainda está com ele? — perguntei, então fiz uma pausa. — Era "ele", certo?

Leander suspirou e se sentou ao meu lado. A pilha de madeira se moveu com o peso de nós dois.

— O que você quer da Charlotte?
— Eu...

Ele levantou um dedo.

— Não me venha com "namorado" ou "melhor amigo" ou qualquer dessas fantasias. Esses termos são definidos de forma muito vaga. Seja específico.

Eu não ia dizer nenhuma dessas coisas. Estava prestes a falar para ele não se meter na nossa história. Mas já não era mais a *nossa* história.

— Ela faz de mim uma pessoa melhor. Eu faço dela uma pessoa melhor. Mas no momento estamos nos deixando piores. Queria voltar a como era antes.

Soava simples quando eu falava assim.

— Posso te dar um conselho? — perguntou Leander, e sua voz soou como a noite ao redor, sombria e triste. — Uma garota como ela nunca foi uma garota. E, ainda assim, ela é. E você? Você vai se magoar de qualquer jeito.

Por falar em ser vago...

— O que você quer dizer com isso?

— Jamie, o único jeito é encarar a situação.

Eu estava exausto demais para continuar discutindo, então mudei de assunto.

— Você ficou sabendo de alguma coisa? Dos seus contatos, digo. Algo útil para levar à Alemanha?

Os olhos dele se estreitaram.

— Mais ou menos. Fiquei sabendo que preciso trocar uma palavrinha com Hadrian Moriarty. Mas acho que não sou o único.

Hadrian Moriarty era um colecionador de arte, um vigarista de alto nível e, como eu tinha descoberto naquele outono, um convidado frequente de programas matinais da TV europeia. Não fiquei surpreso de saber que ele estava envolvido em um escândalo de arte.

— E está tudo bem? Escutei alguém gritando sobre ir embora — falei, baixando os olhos. — Sei que não é da minha conta.

— Não é — respondeu Leander, mas me deu um tapinha no ombro. — Depois de todo esse trabalho vigoroso, você vai dormir bem esta noite. Embora eu sugira que durma sozinho e tranque a sua porta. E depois coloque uma cadeira para segurá-la.

– Espera. – Fiz uma pausa. – Você e aquele cara. Vocês ainda estão juntos? Você não falou.

– Não. – Ele tocou meu ombro de leve e se levantou para ir. – Nunca estivemos. Ele não... Ele é casado. Ou era. E agora é de novo.

Eu estava começando a montar meu próprio quebra-cabeça.

Porque a história acontecia em círculos, principalmente a minha vida, se Leander tivesse sido apaixonado pelo meu pai. Pensei naquela lista que ele tinha feito. N° 74. *Não importa o que aconteça entre você e seu Holmes, lembre-se de que* não é culpa sua *e provavelmente não poderia ter sido evitado, por mais que você tentasse.* Observei Leander Holmes subir a colina para a casa e depois enfiei a cabeça nas mãos.

TRANQUEI A PORTA. COLOQUEI UMA CADEIRA PARA segurá-la. Fui para a cama sozinho e, quando acordei, encontrei Charlotte Holmes encolhida no chão.

– Watson – disse ela em uma voz sonolenta, levantando a cabeça do tapete. – Você não parava de receber mensagens. Então joguei seu telefone pela janela.

A janela em questão ainda estava aberta. Um vento frio entrava por ela. A meu favor, muito a meu favor, aliás, eu não a prendi nos cobertores, não gritei, não exigi respostas, nem ateei fogo ao quarto.

Pelo menos estávamos no térreo.

Eu me levantei do jeito mais despreocupado que consegui, passei por ela e tirei meu celular de uma roseira.

– Oito mensagens – falei. – Do meu pai. Sobre o Leander.

– Ah. – A Holmes se sentou, esfregando os braços. – Pode fechar a janela? Estou congelando.

Fechei a janela de maneira brusca.

– Parece que seu tio não falou com ele ontem. O que não parece muita coisa, mas faz quatro meses que meu pai recebe um e-mail dele toda noite. Ele quer que a gente veja se está tudo bem.

Tentei, sem sucesso, não me lembrar da voz triste de Leander. *Meu pai*. Meu pai, que estava eternamente amarrotado e satisfeito consigo mesmo. Meu pai, que já tropeçara por dois países, um emprego sem perspectiva, várias histórias de mistério horríveis que ele escrevia à mão e depois lia dramaticamente para mim ao telefone, fazendo um monte de vozes. O verdadeiro mistério era como alguém podia se apaixonar por ele.

O olhar atento de Holmes pairou sobre mim, me avaliando.

– Você o viu na noite passada.

– Vi?

– Leander. Ele não estava no jantar. Nem você.

Eu tinha pegado dois pedaços de pão da cozinha e ido para o quarto, incapaz de encarar uma sala cheia de olhos escrutinadores.

– É, não estava.
– Não, vocês estavam... – Ela deu uma olhada nas minhas mãos. – Cortando lenha? Sério, Watson?
– Foi uma válvula de escape.

Charlotte estava tremendo, então puxei o edredom da cama para colocar sobre os ombros dela.

– Ah, desculpa – rebateu ela, afastando a coberta. – Esqueci que se a gente não falar sobre os seus sentimentos a cada poucas horas, você vira um lenhador hipster. Como *eu* estou me sentindo não conta.

– Isso aí, realmente não conta como você está se sentindo. Porque é tão fácil falar com você enquanto passa o dia inteiro se escondendo de mim, tocando o seu violino em armários invisíveis, trancando a porta e fingindo que não está. Eu sou um exemplo de sensibilidade comparado a você. É você quem arromba uma fechadura e tira uma cadeira do caminho para *dormir no meu chão*.

– Eu não fiz isso. Entrei por aquela janela.

De fato, a cadeira ainda estava travando a maçaneta.

– Por quê? Você pode sequer me explicar *por que* veio aqui na noite passada?

– Eu queria te ver. Não queria falar com você. Então esperei até você estar dormindo. – Ela falou isso como se eu fosse um idiota. – Por que é tão difícil de entender?

– Vem, sua esquisita – falei, mas minha voz soou tensa. Apesar das palavras casuais, os olhos dela estavam repletos de algo que parecia muito com dor, e eu odiava ter causado aquilo. Eu estava causando naquele momento, só de ficar ali. – Vamos achar o seu tio. Ele deve estar elogiando o jardineiro ou ensinando os esquilos da vizinhança a cantar.

Ele não estava no jardim. Não estava na cozinha, nem na sala de estar, nem na sala com a mesa de sinuca a que todo mundo se referia, horrivelmente, como salão de bilhar. O chão de mármore estava gelado, por isso andei rápido atrás da Holmes, que tinha se embrulhado em um roupão comprido com cor de poeira.

– Ele deve ter ido resolver umas coisas em Eastbourne – falei quando nos aproximamos do hall.

Com um suspiro, ela fez um gesto em direção à janela que dava para o terreno da casa.

– É claro que não. Choveu ontem à noite e não tem marcas frescas de pneu no caminho. A gente também pode perguntar ao meu pai. Tem várias formas de deixar a casa, e Leander podia estar com pressa. A gente não sabe tudo que ele descobriu enquanto esteve aqui.

Ela saiu andando de novo, dessa vez subindo as escadas para o escritório do pai.

– Tudo? Você anda escutando atrás das portas? – perguntei, me apressando para alcançá-la.

– É óbvio que ando escutando atrás das portas. O que mais tem para se fazer nessa casa infeliz?

– Você não estava me evitando? Estava *escutando escondida*?

Ela pensou no assunto.

— Estava fazendo as duas coisas.
— Que seja. Continue.
— Pelo que entendi, Leander andava recolhendo informações para montar a persona que ele assumiu na Alemanha. Quais cartéis têm quais conexões, que artistas baratos são conhecidos por falsificar, quem tem conexões com outras cidades e quais. Ele está seguindo a pista de dois falsificadores em particular, uma tal de Gretchen e alguém chamado Nathaniel. — Ela franziu a testa. — Apesar de que Nathaniel pode ser o namorado atual dele. Ou as duas coisas? Isso seria fascinante.
— Holmes. Leander sumiu, lembra?
— Certo. Bom, toda hora eu escutava esse nome pelos tubos de ventilação, mas sem contexto suficiente para entender exatamente a relação dele com o meu tio.
— Pelos tubos de ventilação?

A Holmes fez uma curva.

— A tubulação que vai do meu closet ao escritório do meu pai.

Aquilo me fez lembrar do violino sinistro e onipresente dela, como o som parecia vir do nada. Ele devia subir pelos dutos de ar enquanto Holmes tocava no closet. Eu a imaginei em um ninho de roupas no chão, com a cabeça encostada na parede, tocando uma sonata de olhos fechados.

— Mas nada disso explica o que precisamos saber no momento. Portanto, meu pai.

– Holmes – chamei. Eu *não* queria ter que lidar com os pais dela a não ser em último caso. – Espera. Ele te deixou alguma mensagem? Você deu uma olhada no seu celular? Ele pode já ter explicado tudo.

Franzindo a testa, ela tirou o telefone do bolso do roupão.

– Tem uma nova mensagem. De cinco minutos atrás. Um número desconhecido.

Paramos no corredor e ela reproduziu a mensagem no viva-voz.

– Lottie, estou bem – disse Leander, com uma alegria fingida. – Vejo você em breve.

Ela olhou para o celular, incrédula. E tocou a mensagem de novo. "Lottie, estou bem. Vejo você em breve."

– Esse número não é dele – declarei, olhando a tela. – De quem é?

Holmes apertou o botão de retornar chamada imediatamente.

O número que você discou está desligado. Ela tentou de novo. E de novo. Então voltou à mensagem. "Lottie, estou..." E antes que ele pudesse dizer o resto, ela guardou o celular. Dava para ouvir a voz baixa saindo do bolso dela.

– Ele não me chama assim – observou ela. – Ele nunca... preciso ver meu pai.

No corredor que levava ao escritório, a longa fileira de quadros nos olhava atentamente. Eu estava prestes a perguntar para a Holmes se ela tinha escutado mais alguma coisa quando a porta no fim do corredor se abriu.

— Lottie — exclamou Alistair, bloqueando a entrada. — O que está fazendo aqui em cima?

— Você viu o tio Leander? — indagou ela, esfregando as mãos. — Ele ia nos levar para passar o dia na cidade.

Eu me perguntei como, exatamente, alguém mentia para um Holmes. Eu mesmo nunca tinha conseguido fazer isso com sucesso. Dava para fazer, se você fosse um deles? Pelo olhar demolidor que Alistair lançou à filha, decidi que não.

— Ele foi embora na noite passada. Um dos contatos dele na Alemanha estava ficando desconfiado de sua ausência prolongada. — Ele fez um aceno despreocupado com uma das mãos. — É claro que ele disse que te ama, te deseja tudo de bom etc.

Houve um ruído e o pai da Holmes esticou o braço, barrando a porta.

— Mãe? — perguntou Holmes, tentando passar por ele.

— Ela está aí dentro? Pensei que estivesse no quarto dela.

— Não faça isso — advertiu ele. — Ela está tendo um dia muito ruim.

— Mas eu... — E ela passou por baixo do braço esticado dele e entrou no escritório.

A cama hospitalar não estava à vista. Eu não via Emma Holmes fazia dias e tinha presumido que ela estivesse em seu quarto, mas ali estava ela, jogada no sofá como se tivesse caído. Seu cabelo loiro-acinzentado escorria pelo rosto e ela usava um roupão, como a filha, por cima de um pijama que parecia amarrotado e suado. Quando abri a boca, ela levantou a mão. Olhei para a Holmes, que congelou.

Aquela casa não era nem um pouco como o apartamento da minha família, onde tropeçávamos uns nos outros a caminho do banheiro. Ali, uma pessoa podia passar semanas vendo apenas chão de mármore, escadas flutuantes, cadeiras de plástico invisíveis. Dava para começar a acreditar que se estava sozinho no mundo.

– Quais são os seus planos para o Natal? – perguntou a mãe dela, de repente. Sua voz saiu em um sussurro ríspido.

– Eu...

– Estou falando com a minha filha.

Mas ela estava olhando para Alistair, e com raiva. Devia ser horrível ficar daquele jeito, vulnerável e fraca, quando se estava acostumada a comandar.

Alistair pigarreou.

– Lottie, seu irmão acabou de me dizer que gostaria que você fosse passar o Natal em Berlim.

– Ah – disse Holmes, enfiando as mãos nos bolsos. Dava para ouvir a engrenagem no cérebro dela ganhando vida. – É mesmo?

– Não fatigue sua mãe – pediu ele. – Podemos ter uma conversa racional sobre isso.

— Ela *tem que ir* — afirmou Emma, lutando para se apoiar nos cotovelos, como um caranguejo afundando. Sua respiração estava ofegante.

— Não tem — murmurou Alistair, sem fazer nenhum movimento para ajudá-la. — Eu prefiro que Lottie fique aqui. Nunca temos tempo juntos.

A Holmes parecia horrorizada, mas sua voz estava calma.

— Milo não fala com vocês há semanas. Não vi aquele tique muscular que se manifesta no canto da sua boca depois de falar com ele.

— Estou doente — respondeu a mãe, como se não fosse óbvio. — Isso altera os tiques de qualquer pessoa.

— Sim — respondeu ela, seguindo em frente. — Mas a médica que vocês chamaram, a dra. Michaels, do Hospital Highgate, não é especializada em fibromialgia. Ela é especializada em...

— Venenos — completou a mãe.

Nesse momento Alistair deu meia-volta e se retirou, batendo a porta atrás de si.

Venenos?

— Ela também é especializada em nanotecnologia — murmurou Holmes, mas ficou óbvio que seu cérebro tinha corrido na frente dos sentimentos. Então ela percebeu: — Ah, *meu Deus*, mãe. Veneno? Mas eu não notei nenhum sinal, eu devia ter... eu nunca quis...

Os olhos de Emma queimavam.

– Devia ter pensado nisso antes de se meter com Lucien Moriarty.

Eu me apoiei na parede, tonto. Ainda sonhava com aquilo, com o que tinha me acontecido no outono. A mola envenenada. A febre. As alucinações. Foi mais uma infecção proposital do que um envenenamento, mas ainda assim Bryony Downs tinha me transformado em algo pálido e indefeso. Não dava nem para imaginar o que Emma Holmes estava sentindo.

– Cadê o Leander? – perguntou Holmes, endireitando os ombros. – Por que ele iria embora sem se despedir de mim?

Eu me preparei para a reação, mas o fogo já tinha se apagado nos olhos de Emma e o rosto dela estava cinza de novo. Dava para ver as veias em sua testa. Eu me lembrei da foto que tinha visto dela, toda elegante em um terno preto, os lábios pintados de vermelho bem escuro, irradiando poder. Não conseguia relacionar aquela pessoa com a mulher exaurida à minha frente. *Envenenada*, pensei. *Meu Deus*. Ela devia ter tirado uma licença do trabalho. O que a Holmes falou que ela fazia? Ela não era uma cientista?

– Este não é o assunto em pauta – disse Emma Holmes. Ela fechou os olhos para se concentrar nas palavras.

– Você está me dizendo que Leander escapou como um fugitivo, aparentemente dias depois de você ter sido envenenada, e não há nada com que se preocupar? – Ela se virou para a porta do escritório. – Que isso foi tudo parte do plano? O que é que está acontecendo?

– Rastreamos a data em que o veneno apareceu, e foi no dia em que você chegou. Foi um evento isolado e estamos tomando precauções. Estamos controlando o que comemos, o que respiramos. Estamos separando os funcionários. Logo vamos descobrir o que aconteceu. Mas, por enquanto... Lottie, para sua segurança, não tem como você e o Jamie continuarem aqui. Fiz uma transferência para a sua conta, para a viagem. Vá encontrar o seu irmão. Saia desta casa.

Ela levantou a mão, como se quisesse tocar a filha, mas Holmes a ignorou. Suas costas estavam retas e imóveis. Seus olhos, estreitados.

– Você precisa acreditar que é para o seu próprio bem – completou a mãe.

– Para o meu próprio bem – repetiu Holmes. – Para o seu próprio bem, talvez, mas não o meu. Nunca o meu. Você é química; amanhã já vai ter tudo isso sob controle. Se eu for embora...

– Você vai.

– Então vou encontrar o meu tio, porque, se eu estiver certa, ele está correndo um grande perigo.

Emma me encarou.

– Você vai com ela – disse, com um olhar desesperado. Não era só uma ordem, mas também uma súplica. Uma oferta de paz para a filha.

Todo mundo naquela casa parecia existir em oposição a si mesmo, com ódio, amor, lealdade e medo em camadas, em um borrão incompreensível. Abri a boca para dizer não, para falar que minha mãe ia me matar, que eu não era o pajem nem o guarda-costas da filha dela. Que Charlotte Holmes era a pessoa mais capaz de cuidar de si mesma que eu conhecia e, se não fosse, eu era a última pessoa que ela deixaria ajudá-la.

Sem olhar, Holmes estendeu a mão para segurar a minha.

– Eu vou. – Me escutei dizendo. – É claro que eu vou.

quatro

DECIDI QUE TINHA BASTANTE PODER DE NEGOCIAÇÃO para usar em um acordo com o meu pai. Porque, se eu não fizesse isso, minha mãe me perseguiria e mataria por sair pela Europa sem supervisão paterna.

– Leander foi embora – contei ao meu pai, trocando o telefone de mão. – O pai da Holmes falou que ele saiu no meio da noite. Acho que um dos contatos dele estava ficando impaciente.

Enquanto eu falava, ficava de olho na Holmes, ao meu lado no banco traseiro. Ela estava de preto da cabeça aos pés: camisa de gola, calça chique, botas pretas estilosas que eu meio que queria para mim. Entre os joelhos, equilibrava sua pequena mala preta com enormes fechos prateados. O cabelo liso estava atrás das orelhas e eu a observava digitar furiosamente no celular, com os lábios franzidos. Ela tinha um ar perigoso, delicado. Parecia um sussurro que ganhara vida.

Parecia que tinha um novo caso a resolver. Eu não sabia como me sentia a respeito.

A linha telefônica estalou.

– Então você vai para Berlim. Procurar por ele.

Havia uma súplica na voz do meu pai. Eu não me lembrava da última vez que tantos adultos tinham me pedido favores, como se eu fosse alguém com quem negociar e não só dar ordens. Tinha sido uma semana esquisita, para dizer o mínimo.

Um ano esquisito.

– Eu vou para Berlim porque Emma Holmes foi envenenada pelo Lucien Moriarty. Aparentemente – respondi.

A Holmes levantou uma sobrancelha ao ouvir, mas não falou nada. Vi uma mensagem do Milo surgir no celular dela. *Rastreei aquele número. Leander estava te ligando de um pré-pago. Faz sentido. Ele estava disfarçado.*

Descubra de onde o celular veio. Onde foi comprado e por quem.

A essa altura, eu já estava esticando bastante o pescoço. Com um suspiro exasperado, ela colocou o celular entre nós para que eu pudesse ler.

Você está mais interessada nisso do que na situação dos seus pais? Envenenamento? Sério, por que eles contaram isso para você e não para mim?

Porque eu sou a filha inteligente e equilibrada, devolveu ela. *Que tem menos chance de sair atrás de vingança.*

Ah, sei.

Me conta, você já tirou o Lucien da Tailândia e começou a arrancar os dentes dele?

Ainda não. Por enquanto, estou designando uma força de segurança para a casa em Sussex.

Sim, ótimo, mas seja razoável.

Naturalmente. Você não está chateada com a mamãe, está?, perguntou Milo.

Holmes hesitou antes de digitar uma resposta. *Não. É claro que não. A situação está sob controle.*

– Aparentemente ela foi envenenada – disse o meu pai. – Meu Deus, Jamie. Que jeito de dar a notícia. Não que eu já não tenha visto esse tipo de coisa com eles, mas, escuta, os Holmes sempre souberam se cuidar. De qualquer forma, já que você está por aí, se importa de dar uma sondada sobre o Leander? Milo com certeza sabe de alguma coisa. Os espiões dele têm espiões. Eu mesmo faria isso, mas não tenho ideia de como entrar em contato com ele diretamente.

– Claro – falei, e me preparei para lançar minha proposta. – Eu faço isso se você contar para a mamãe por que eu não vou estar em Londres no Natal. E se garantir que ela não vai vir atrás de mim.

Ele deixou um longo suspiro escapar.

– É isso que você quer de presente? Eu em um espeto de assar?

– Você sempre tem a opção de ir para a Alemanha e procurar o Leander pessoalmente – respondi. Isso era meio injusto, porque eu tinha certeza de que era exatamente o que meu pai queria fazer. Mas meus meios-irmãos ainda eram pequenos e não tinha a menor chance de meu pai deixá-los no Natal, nem para procurar seu melhor amigo desaparecido.

Escutei meu pai bufar.

— Você é *mesmo* uma peça — comentou ele. — Tá bom, vou falar com a sua mãe, se você resolver tudo com o Milo. Tenho certeza de que ele pode designar alguns caras para procurar o tio.

Posso te garantir que Leander não está na cidade, dizia a mensagem na tela da Holmes. *Pelo menos não como ele mesmo.*

Ele não faria isso, escreveu Holmes de volta. *Preciso de todos os contatos que você tiver em Kreuzberg e Friedrichshain. Não tem uma escola tosca de arte lá?*

Espera.

— Não faço ideia do que você está inventando — sibilei para ela. — Achei que a gente ia para Berlim. Onde fica Kreuzberg?

— Em Berlim — disse Holmes, como se fosse óbvio.

— Jamie? — chamou meu pai.

— Dá para você repassar aqueles e-mails? Com certeza vão ser úteis.

Ele hesitou.

— Prefiro não fazer isso, mas se precisar de alguma informação específica, eu repasso.

— Por que você não me manda tudo logo?

— Se Charlotte tivesse te escrito todos os dias por meses, Jamie, você por acaso encaminharia todas as mensagens para o seu pai sem pensar duas vezes?

— É claro que sim. — É claro que não. Mas não havia tempo para discutir. O aeroporto já estava visível a distância. — Olha só, preciso ir.

— Me promete que não vai procurar o Leander pessoalmente. Ele criou um enredo complicado e não quero que você estrague tudo. Me prometa.

Nada de "não é seguro". Nada de "não quero você em perigo". Ele só não queria que eu estragasse o disfarce do Leander. Era legal saber que ele, como sempre, meu pai tinha suas prioridades claras.

— Juro que não vamos atrás dele — falei, sem nenhuma intenção de cumprir a promessa. — Que tal?

— Senhorita, chegamos ao aeroporto — avisou o motorista. Ao meu lado, Holmes irrompeu em uma gargalhada horrorizada, olhando o celular.

Arrumei um guia para vocês, estava na tela. *Mas acho que nenhum dos dois vai aprovar.*

— Não — falei, me lembrando exatamente de *quem* trabalhava para Milo Holmes. — Não. De jeito nenhum — repeti, e despejei mais algumas palavras que tinha aprendido com um homem sendo agredido no meio-fio de uma rua escura de Brixton.

— Jamie? — indagou meu pai. — O que está acontecendo?

Desliguei. Não conseguia desviar os olhos da porcaria da tela da Holmes, que agora mostrava: *Diga ao Watson para segurar a língua, por favor. Ele está ofendendo as minhas escutas clandestinas.*

Apesar de ter ficado indo e vindo entre a Inglaterra e os Estados Unidos quase a vida toda – ou talvez por causa disso –, eu nunca tinha feito muitas outras viagens. Nossas férias em família sempre foram sem graça. Como fui criado em Connecticut, tinha ido fazer o passeio clássico em Nova York com a família, mas a gente comeu em restaurantes baratos e viu um musical na Broadway sobre tigres de patins. (Eu culpava meu pai por isso, e por quase todo o resto.) Depois que me mudei para Londres, viajei uma única vez: minha mãe alugou um motorhome e nos levou para Abbey Wood. Ficava no sul da cidade, mal dava uns dois quilômetros da nossa casa. Choveu todos os quatro dias que ficamos lá. Minha irmã e eu tivemos que dividir uma cama de armar e, no último dia, acordei com o cotovelo dela dentro da minha boca.

Resumindo, não foi nem um pouco parecido com viajar para Berlim com Charlotte Holmes.

A sede da Greystone ficava em Mitte, um bairro a nordeste da cidade. Ela tinha começado como uma empresa de tecnologia especializada em vigilância, depois expandiu as operações quando ficou claro que havia certas coisas que seres humanos não podiam fazer. Tudo o que eu sabia era que os funcionários de Milo – seus soldados e espiões – eram a principal força independente em solo no Iraque, e que uma vez ele tinha mandado que seus guarda-costas pessoais revistassem todo mundo na formatura do oitavo ano da Holmes. Holmes me contou tudo isso e muito mais no táxi do aeroporto para lá, apesar de eu já saber quase tudo. Não sabia se ela pensava que minha memória era ruim ou se falava sem parar porque estava nervosa. Ela tinha bons motivos para estar. Em dez minutos estaríamos cara a cara com o irmão da pessoa que passara o outono explorando formas divertidas e criativas de nos matar, alguém que tinha forjado a própria morte para escapar da família (e da prisão), alguém que Charlotte Holmes tinha amado tanto que tentara mandar para a cadeia porque ele não a amava de volta. August Moriarty tinha um PhD em matemática pura, um sorriso de príncipe encantado e um irmão chamado Hadrian que, provavelmente, tinha lhe ensinado tudo sobre transporte e negociação de pinturas roubadas. Quem mais Milo arrumaria para nos guiar pela cidade?

Eu queria meu machado de volta. Ou a cabeça de Milo na ponta de uma lança.

A cidade estava sem neve e menos fria que Londres, e percebi que não conhecia muito do lugar. Tudo que eu sabia sobre Berlim vinha de livros de história e de filmes sobre a Segunda Guerra Mundial. Sabia dos nazistas e que a Alemanha produzia os melhores carros; que o idioma deles tinha palavras compostas para emoções que eu nem sabia que tinham nomes. Minha mãe gostava de citar *schadenfreude*, a alegria com a desgraça dos outros, sempre que ria do noticiário sobre o trânsito no rádio. *Quem seria idiota de ter um carro em Londres?*, comentava ela. Nós pegávamos o metrô, como bons londrinos, ou como o que ela achava que bons londrinos deviam fazer.

A Berlim que eu via agora me lembrava um pouco de Londres, já que todos os prédios à vista pareciam restaurados. Passamos por um mercadinho com a fachada de um antigo museu. Um correio tinha se transformado em uma galeria de arte, com a velha placa onde se lia *Deutsche Bundespost* desbotada acima de uma janela que exibia esculturas de... orelhas. Vi um poste pintado assomando em um muro de tijolos, atrás de um poste de verdade. Havia arte em todo lugar, nos prédios, nos outdoors, descendo as paredes em direção às ruas em murais que diziam MATE O CAPITALISMO e ACREDITE EM TUDO e MANTENHA OS OLHOS ABERTOS. As palavras eram em inglês – a língua franca, imaginei, embora me lembrasse de escutar que a cidade estava cheia de artistas imigrantes, atraídos pelos aluguéis baratos e pela comunidade. O que mais me impressionou foi que nenhum dos grafites tinha sido apagado. A cidade parecia feita disso, daquela transformação e inquietação entrelaçadas, e, de alguma forma, as fachadas de lojas que permaneciam novas e limpas começaram a parecer inacabadas, pelo menos para mim.

Embora nem tudo fosse assim, principalmente nos arredores de Mitte. O carro passou por diversos pequenos parques em cada vizinhança, e perto da Greystone passamos por antigos museus, lindos e majestosos, gigantescos cruzamentos e muros encobertos por jardins.

Peguei meu caderno para anotar tudo. Ao meu lado, Holmes também estava olhando pela janela, mas não parecia prestar atenção em nada. Ela já tinha estado lá. E, de qualquer forma, se eu fosse ela, estaria pensando no que dizer a August Moriarty.

Quando paramos na Greystone, eu tinha uma página inteira de anotações e me apressei para finalizá-las enquanto o táxi estacionava.

— Vem logo, Watson — disse Holmes, pagando o motorista e me arrastando porta afora.

A Greystone ocupava os dez últimos andares de uma torre de vidro que assomava ao resto do quarteirão, nova e estranha em relação ao entorno. Como era de segurança privada, e como era o Milo, fomos encaminhados a um detector de metais, a uma varredura de corpo inteiro e a dois quiosques de impressões digitais antes de sermos enviados até ele pelo elevador de carga. Subimos andar após andar de escritórios. O dele ficava na cobertura.

— Ele sabia que a gente estava vindo, né? — perguntei à Holmes pela décima vez.

— É claro — respondeu ela enquanto o elevador balançava. — Percebeu como aquele scan de retina foi armado às pressas? É óbvio que ele está assistindo à segurança com um balde de pipoca. Idiota.

O elevador sacudiu de novo.

– Para de insultar ele ou a gente vai despencar para a morte – avisei.

Milo Holmes sempre me lembrava algum ator saído de um filme passado em outro século. Ele tinha o tom melodioso de um professor de inglês e eu nunca o vira usando nada além de ternos sob medida. (Um desses ternos estava dobrado na minha mala. Tentei me sentir mal por roubá-lo, mas não consegui.) Seu escritório era como ele: antiquado e sufocante, como o serviço secreto dos romances de espiões. Parecia que ele tinha pegado suas referências ficcionais preferidas e as rearrumado em uma miscelânea de lugares e tempos descombinados.

Mas eu realmente não esperava pelos guardas armados.

Mal saímos do elevador e um par deles nos deteve, com pistolas automáticas apontadas para o nosso peito. Um guarda começou a resmungar rapidamente para o próprio pulso, algo sobre *hostis* e *acesso não autorizado*.

– Nós fomos liberados. Está tudo bem – falei aos guardas, com as mãos levantadas. Eles não se mexeram. – Será que eu devia estar falando alemão?

O outro soldado ergueu a arma para a minha cara.

– Acho que não – falei, a voz meio esganiçada.

Holmes encarou o lustre, tranquila.

— Milo. Sei que você está me ouvindo. Esqueceu totalmente os bons modos? Você está assustando o Watson.

— É claro que não esqueci — respondeu ele, saindo de uma porta escondida sob o papel de parede.

Ele assentiu para os soldados e eles guardaram as armas, desaparecendo pelo corredor naquele show de mágica típico de Milo Holmes.

— Não foi engraçado? — perguntou ele.

— Não — respondi. — Você trata todos os seus convidados desse jeito?

— Só a minha irmãzinha — disse ele, enfiando as mãos nos bolsos. — Sabe, vocês podiam ter pegado o elevador de visitas, assim teríamos bem menos problemas.

— *Colocaram* a gente no...

Holmes ergueu uma das mãos, me calando. Seus olhos examinavam a sala.

— Você não modernizou seu saguão. Ainda parece uma loja feia de antiguidades.

— Como você bem sabe, não é um saguão. É a minha casa — respondeu ele. — Você já viu o saguão várias vezes. Fez até um raio x nele. Quer voltar lá?

— É tão bom ver você perdendo tempo em coisas que valem a pena, como fotografar os meus dentes, quando poderia estar procurando o nosso tio. Ou botando mais guardas na propriedade da nossa família.

— Quem disse que não estou?

— Eu digo. Estou vendo você não fazer nada.

— Você não saberia como procurar.

Charlotte deu um passo na direção dele.

— Seu idiota, eu já sabia como ler as pessoas antes de você aprender o alfabeto...

— Ah, é? Só porque eu resolvi não comentar sobre você e o seu "colega" ali terem começado com indecências e a coisa infelizmente não estar indo bem...

Então a Holmes partiu pra cima dele, e Milo se esquivou, soltando uma gargalhada triunfante.

— Gente. *Gente*. Cadê ele?

— Quem, Watson? – perguntou ela.

— August Moriarty. O motivo por que vocês estão brigando? Eu posso estar enganado. É só uma suposição. — Olhei para Milo dos pés à cabeça, como tinha visto ele fazer comigo. — Assim como suponho que ninguém faz indecências com você há anos. Três? Quatro?

Milo ajeitou os óculos, depois os tirou e começou a lustrá-los com a manga.

— Dois, na verdade – declarou uma voz baixa atrás de mim. — Ele nunca superou aquela condessa, e não vejo garotas por aqui desde então.

Charlotte Holmes ficou completamente imóvel.

— Embora faça ainda mais tempo para mim – continuou a voz. — Então não deveria zoar o Milo. Falando nisso, ouvi dizer que tenho que agradecer a vocês três pelo término do meu noivado. E não estou brincando. Obrigado.

Milo suspirou.

– August. Que bom que está aqui. Lottie, eu dei a ele acesso aos meus contatos. Ele vai te mostrar tudo por aí. Eu... bom, sinceramente, tenho mais o que fazer. – Ele parou no fim do corredor. – Aliás, Lottie, Phillipa Moriarty ligou para confirmar o almoço de vocês. Deixei o número dela no seu quarto.

E com essa bomba, ele foi embora. Não tive tempo de processar a informação. Eu tinha sido deixado com Holmes e Moriarty. E como eu era – sou – um covarde, esperei até o último segundo para me virar.

August Moriarty estava vestido como um artista miserável. Usava uma calça jeans preta rasgada, camiseta preta e botas – pretas, é claro – com biqueira de aço. E o cabelo loiro tinha um corte fauxhawk. Mas mesmo vestido como um poeta, tinha o refinamento de um garoto rico, e seus olhos ardiam com uma intensidade que me lembrava...

Bem, que me lembrava de Charlotte Holmes. Tudo nele me lembrava ela. Na foto que eu vira no site do departamento de matemática, ele estava sorrindo em um blazer de tweed, e agora estava ali, como o gêmeo refletido da Holmes. Antes mesmo que trocassem uma palavra, ficou claro que *tinham* uma história, talvez tivessem se magoado, se destilado, como a uma bebida alcoólica, até sobrar apenas algo bruto, forte e escasso. Eles tinham um passado que não me envolvia.

Talvez eu estivesse exagerando a situação. Exagerando com ele. Mas as coisas entre mim e a Charlotte já estavam bem frágeis e ali estava uma rajada de vento que podia derrubar o que sobrava.

Uma rajada de vento muito educada.

– O Milo falou bem de você – disse August enquanto apertava minha mão. Ele tinha uma tatuagem no antebraço, um desenho escuro. – O que é curioso, já que em geral ele não presta atenção em pessoas que não sejam hologramas.

– Eu não sabia que vocês eram próximos – respondi. Eu tinha que dizer alguma coisa. Ainda estávamos apertando as mãos.

Ele tinha um aperto forte. Eu fiz mais força.

August deu risada, um som amigável.

– Nós dois somos fantasmas. Onde mais alguém trabalharia, sem existir legalmente? Tenho quase certeza de que o Milo apagou tão bem sua pegada digital que tecnicamente nem é nascido. Temos isso em comum.

– Faz sentido – comentei, porque ele ainda estava apertando a minha mão.

– Também tenho que me desculpar pelo meu irmão. Saiba que eu nunca pedi a ele que te matasse.

Meus dedos estavam começando a ficar dormentes.

– Tenho certeza de que sou apenas dano colateral.

– Certo, claro. Claro – disse ele, com um olhar estranho que logo sumiu. – Desculpe.

– Então. E a Phillipa? – perguntei. – Vocês dois são... próximos? Tem ideia de por que ela quer nos ver?

– Não exatamente – respondeu ele. – Não nos falamos desde que eu morri.

Arrisquei olhar para Holmes. Ela não tinha se mexido, a não ser as mãos, que estavam na cintura. Ela não parecia nervosa, nem assustada. Sequer parecia estar catalogando--o, como eu esperava, absorvendo todas as mudanças que os últimos dois anos tinham causado. O que a traição dela tinha feito. Se ele a odiava por isso.

Ela apenas o encarava.

– Recebi o seu cartão de aniversário – disse ela, baixinho. – Obrigada.

– Espero que você não tenha se importado de estar em latim. Eu não queria que parecesse pretensioso. Eu só queria...

– Eu sei. Ele me lembrou daquele verão. – Os olhos dela brilharam. – Era isso que você queria, né?

August Moriarty ainda estava apertando a minha mão. Para ser mais preciso, estava segurando-a, porque nenhum de nós se mexia. Ele encarava a Holmes como se ela fosse uma moeda no fundo de um poço, e eu, bem, eu estava olhando para o espaço entre eles.

– Preciso dela de volta – falei, e soltei minha mão.

August não pareceu notar.

– Vocês devem estar exaustos da viagem. Os dois. Vão passar a semana aqui, não é? Vou pedir para o homem de guarda do Milo levar vocês aos seus quartos. Já almoçaram no avião? Ótimo. E hoje à noite, bem, tem um bar aonde devemos ir. Eu queria a opinião de vocês sobre algumas coisas lá.

– A gente não vai conversar sobre esse negócio da Phillipa? – Despejei toda a raiva que estava sentindo no nome dela.

– O bar é o Old Metropolitan? – perguntou Charlotte.

– É sábado à noite, então é onde Leander estaria.

– A gente vai. Nem consigo imaginar o que ele... não posso esperar mais tempo.

– O Old Metropolitan – disse August, e havia uma amargura surpreendente na voz dele. – Você sabia disso, não? Como adivinhou?

– Eu nunca adivinho.

Eu pigarreei.

– A gente podia ter perguntado para o meu pai. Ele tem recebido notícias do Leander desde outubro. Com certeza tem uma lista de lugares onde a gente pode procurar. E podemos falar sobre a Phillipa? O que ela quer com você?

Nenhum dos dois sequer olhou para mim.

– Me explica. Como você sabia que era o Old Metropolitan? – pediu August, conduzindo-a a um banco entre os elevadores. Ele parecia intrigado, e algo mais, algo mais sombrio. – Passo a passo, e devagar. Charlotte, você só pode ter adivinhado.

– É sábado à noite – repetiu ela. – E eu nunca...

– É, você nunca – eu disse, mas estava falando sozinho.

* * *

RESOLVI ACHAR SOZINHO O CAMINHO PARA O QUARTO, sem esperar pelo "homem de guarda" do Milo, o que quer que fosse aquilo. Não conseguia ficar nem mais um segundo entre Holmes e August. Mas não foi difícil me orientar. A maioria das portas estava trancada por códigos (sinceramente, eu não queria saber o que havia por trás delas), até que tentei uma no final do corredor.

Eu a abri. Respirei fundo.

Era como estar de volta à sala 442 do prédio de ciências. Como estar de volta ao quarto de Holmes em Sussex. Era como estar de volta à cabeça de Charlotte Holmes.

O quarto estava escuro. Diferente do laboratório dela na Sherringford, aquele ali tinha uma janela, mas estava tingida de um tom tão escuro que nenhuma luz natural conseguia entrar. Várias lâmpadas serpenteavam do teto.

Havia um experimento químico inacabado na mesa, com um conjunto de maçaricos e pó branco dividido em pilhas. Nenhuma prateleira, mas livros por toda parte, empilhados junto a uma poltrona cheia de tralha, atrás do sofá, dos dois lados de uma lareira branca de gesso e dentro dela também, como se fossem lenha. Peguei um da pilha ao lado da porta. Era em alemão, com uma cruz na capa. Deixei-o de lado.

Em um canto, incomodamente perto do kit de química, alguém tinha colocado uma cama de solteiro. Era obviamente um móvel novo, bem melhor que a mobília gasta em volta. Era obviamente para mim.

Mas decidi me acomodar na cama de Holmes. Milo (ou um de seus funcionários) tinha construído um loft para ela, uma cama pregada bem alto na parede, tão pequena e afastada quanto o cesto no mastro de um navio. Lá de cima, ela podia vigiar seu pequeno feudo. Fiquei imaginando quantos anos a Holmes tinha quando Milo lhe deu esse quarto. Onze? Doze? Ele era seis anos mais velho, então teria dezoito, começando a construir seu império, pelo que a Holmes tinha me contado. E tinha dado a ela um espaço próprio naquela nova vida. Enquanto eu subia a escada, tentei imaginar uma Holmes em miniatura fazendo o mesmo, segurando uma lanterna na boca.

Ela deve ter se sentido a primeira marinheira de Milo, cercada pelos homens leais a ele, em uma cabine de navio só dela. Intocável. Isolada do mundo.

Eu sabia o que estava fazendo. Ao ocupar o poleiro dela, estava pedindo uma briga. Algum sinal de que ela ainda sabia da minha existência. *Watson*, diria ela, acendendo um cigarro. *Não seja infantil. Desça aqui, eu tenho um plano.*

August Moriarty não era infantil. Era um homem-feito. Essa foi minha primeira impressão, e a que importava, no fim das contas. Não conseguia evitar enxergá-lo como um padrão que eu já não tinha alcançado. Se ele era o esboço finalizado, eu era o espaço em branco ao redor. Vou colocar as coisas desse jeito: nos meus melhores dias, eu tinha 1,78 de altura, estava usando meu jeans desbotado e a jaqueta do meu pai e tinha doze dólares na conta. E ainda assim, de alguma forma, estava junto naquela viagem, e a viagem era na *Europa*, onde a minha melhor amiga pagou tudo e falou alemão com o motorista e eu tentei não me sentir a bagagem que ela tinha prendido em cima do carro.

O tempo passou. Trinta minutos. Uma hora. Eu odiava aquela linha de pensamento, mas era o que me restava.

Para me torturar, me perguntei o que Phillipa Moriarty podia querer com a Holmes. Por que ela concordaria em almoçar juntas. Tipo, eu não era burro. Eu tinha algumas ideias – morte, desmembramento –, mas entrar na empresa do Milo me fez achar que ela não estava considerando violência. Uma tentativa de trégua, talvez? Talvez ela soubesse onde Leander estava. Talvez ela fosse nos dizer que não apoiava Lucien naquela guerra ridícula.

Talvez ela tivesse descoberto que seu irmão mais novo, August, estava vivo.

Em um ato de desespero, peguei o celular e mandei uma mensagem para o meu pai. *O que você sabe sobre Phillipa Moriarty?*

A resposta foi rápida. *Só o que saiu nos jornais, e você também viu tudo. Por quê?*

E de um bar chamado Old Metropolitan?

Leander ia lá aos sábados encontrar um professor da Kunstschule Sieben. Uma das escolas de arte locais. Um cara chamado Nathaniel. Gretchen era outro nome mencionado com frequência.

Os falsificadores de que Holmes havia falado. *Mais algum lugar de que eu deva saber?*

Vou te mandar uma lista por e-mail. Fico feliz de saber que o Milo esteja levando isso tão a sério.

Eu tinha quase certeza de que Milo não estava, e de que tinha nos empurrado para August por causa disso. Deixei o celular de lado.

Depois de um minuto, peguei-o de volta.

Quando você trabalhava com Leander, já se sentiu como se fosse só a bagagem dele? Tipo, ele insiste para você ir junto num caso, aí some e resolve tudo sem você?

Lógico. Mas tem um jeito de deixar de se sentir assim, sabe.

Como?, perguntei.

Não sei quando o meu pai virou alguém em quem eu confiava para pedir conselhos. Era uma sensação desconfortável.

Meu celular apitou. *Depositei cem dólares na sua conta. Agora vá e resolva tudo sem ela.*

O OLD METROPOLITAN ESTAVA MAIS CHEIO DO QUE qualquer bar que eu já tivesse visitado na Grã-Bretanha. Não que eu tivesse ido a muitos, mas tinha visto o bastante. Na Grã-Bretanha, dava para pedir uma cerveja com o jantar aos dezesseis anos, se os seus pais estivessem junto;

aos dezoito, já dava para pedir qualquer coisa sozinho. As leis da Alemanha não eram muito diferentes. Uma das maiores ironias da minha vida era ter sido despachado para os Estados Unidos para fazer o ensino médio, em um país que não deixava as pessoas beberem até elas estarem perto de se formar na faculdade.

O lugar estava lotado de estudantes. Ficava a poucas ruas do campus da Kunstschule Sieben, algo que descobri ao perambular pela vizinhança. Quando deixei o quartel--general da Greystone, ainda era fim de tarde, então decidi passar o tempo antes de anoitecer criando um disfarce. Já tinha visto a Holmes se transformar na minha frente, notei como uma mudança sutil no visual a convertia em uma pessoa totalmente diferente. Certa vez, perguntei o que ela achava de eu me disfarçar. Ela riu na minha cara.

Dessa vez, não. Comprei um chapéu e umas botinas em um brechó. Depois fui a um barbeiro e pedi um corte que estava vendo muito nas ruas; raspado nas laterais e comprido em cima. Meu cabelo era ondulado, mas o barbeiro usou algum produto que o deixou ensebado e liso. Quando acabou, botei os óculos e me olhei no espelho.

Sempre tive um jeito que fazia as vovozinhas puxarem assunto comigo nas salas de espera. Acho que eu parecia amigável. Nunca consegui identificar bem o que era, mas naquele momento notei que tinha sumido. Sorrindo, enfiei o chapéu bem para trás na cabeça, paguei o barbeiro e saí para jantar.

Simon, pensei. *Vou me chamar de Simon.*

Andei até o Old Metropolitan comendo um sanduíche grego de um food truck esquisito mais acima na rua. Sempre que estava sozinho em um lugar desconhecido, eu ficava preocupado com meu jeito de andar, de olhar ao redor, preocupado de parecer um turista e ser menosprezado por isso. Naquela noite, andava como um morador, lambendo o molho tzatziki dos dedos, olhando para a arte de rua com olhos desinteressados. Simon não dava a mínima para o dragão gigante de néon pintado na entrada do Old Metropolitan, com os dentes à mostra em aviso. Simon já tinha visto aquilo um milhão de vezes. O tio dele morava logo ali naquele quarteirão.

Simon também estava acostumado com a muvuca lá dentro, por isso mantive uma expressão entediada enquanto abria caminho até o bar. Mas quase perdi a pose quando dei uma olhada na multidão. Apesar das minhas roupas novas e do corte de cabelo, eu era a pessoa menos estilosa ali. A garota ao meu lado tinha um cabelo rosa que terminava em um dourado elétrico e estava gesticulando com um copo gigante de alguma bebida que respingou em mim, enquanto falava alemão com os amigos. A única palavra que reconheci foi "Heidegger", que era um filósofo. Que eu achava que era um filósofo. Eu tinha aprendido isso em *Os Simpsons*? Tentei evitar contato visual.

Mas acabei encarando o barman.

– O que vai ser? – perguntou ele, claramente me reconhecendo como inglês. Me lembrei de que estava tudo bem. Simon era inglês.

Jamie estava entrando em pânico.

– Uma caneca de Pimm's – respondi com um sotaque elegante, porque tinha decidido que Simon era rico e porque nas corridas que eu tinha visto na TV as pessoas tomavam Pimm's. Sim, estava ficando muito claro que a Holmes estava certa, eu era um péssimo espião. Naquela noite estava descobrindo que tinha aprendido tudo vendo televisão.

Mas o barman não fez nenhum gesto de desprezo, nem ergueu uma sobrancelha. Ele só se virou para preparar o drinque. Eu me obriguei a relaxar, um músculo de cada vez, e fiz meu cérebro desacelerar. Finquei o chapéu com mais força na cabeça.

Meu plano era enrolar com a bebida e ficar escutando as conversas até ouvir a Kunstschule Sieben surgir em algum papo. Aí eu me aproximaria e me apresentaria como um futuro aluno visitando meu tio nas férias. *Talvez você o conheça – alto, cabelo penteado para trás, inglês que nem eu. Posso te pagar uma bebida? Você conhece uma garota chamada Gretchen? Eu conheci ela aqui na semana passada...* et cetera, *ad nauseam*, até que alguém mencionasse o último lugar em que tinha visto um dos dois, ou o misterioso professor do Leander, e eu sairia com uma nova pista antes que a Holmes aparecesse com o Gaston loiro dela.

Quando pensei nesse plano, pareceu muito simples e seguro. E como todo plano simples e seguro, ele se revelou ridículo. Primeiro de tudo, estava uma *barulheira* no Old Metropolitan. Eu mal conseguia distinguir os idiomas à minha volta, muito menos as palavras em si. Segundo, eu não tinha levado em conta o quanto ficaria intimidado. Nunca tive dificuldade para engatar uma conversa com desconhecidos e não sabia por que estava sendo um problema agora.

Talvez porque eu tivesse passado os últimos três meses falando exclusivamente com alguém cuja ideia de conversa casual envolvia manchas de sangue.

Ela me estragou, pensei, e me encurvei um pouco mais. Os últimos pedacinhos do Simon se dispersaram. O que eu pensava que estava fazendo, afinal? Não era bom nisso. Eu nem queria estar ali, naquele bar, estremecendo com a música alta do Krautwerk enquanto o cara ao lado brincava com o piercing no lábio. Eu me inclinei para pedir a conta ao barman, mas não consegui chamar a atenção dele.

Quando voltei a me sentar, notei uma garota do outro lado do bar me desenhando.

Ela não estava fazendo a menor questão de disfarçar. O bloco de papel estava apoiado nos joelhos e ela ficava me dando umas olhadas. Tinha um cabelo preto sedoso, cacheado e comprido, e um nariz arrebitado bonitinho, o tipo de garota que eu gostava, quando gostava de outras garotas. Sem parar para pensar no que estava fazendo, peguei minha caneca e fui até ela.

Os olhos da garota se arregalaram. Depois ela mordeu o lábio. Eu estava me sentindo bem confiante. Bom, Simon estava bem confiante.

– Oi. – Ouvi-o dizer. – Você está usando carvão vegetal?

– Estou. O que você usa?

– Minha aparência estonteante. – De onde eu estava tirando essa porcaria? – Qual é o seu nome?

– Por quê? – Ela falava com sotaque americano.

– Você é dos Estados Unidos?

– Não – respondeu ela, rindo. – Mas meu professor de inglês era.

Simon se sentou ao lado dela.

– Eu vou te fazer uma pergunta e quero que você me fale a verdade, está bom, meu bem? – Meu Deus. – Você estava me desenhando?

Ela virou o bloco de desenho para o próprio corpo.

– Talvez.

– Talvez sim ou talvez não? – Simon levantou um dedo para o barman, que veio na mesma hora. – Um desses que ela está tomando...

– Soda com vodca...

– Soda com vodca. – Ela não tinha dispensado o Simon de cara. Ele deu um sorrisinho para ela. Se havia alguma parte do Jamie naquele sorriso, ele e eu decidimos não prestar atenção. – É um talvez sim agora?

117

O nome dela era Marie-Helene. Ela tinha nascido em Lyon, na França, mas o resto da família morava em Kyoto. Ela adorava visitá-los, contou, mas queria mesmo era um dia morar em Hong Kong.

— É tipo um lugar do presente que está no futuro — comentou ela.

Estava estudando na Kunstschule Sieben porque, quando era pequena, tinha se perdido no Louvre durante um passeio em família e, em vez de ficar apavorada, ela se viu vagando extasiada pela ala dos impressionistas.

— Desenhei lírios por anos depois disso. Fiz os meus pais me chamarem de Claude, como Claude Monet.

Simon gostou dela. Mais do que isso, eu gostei dela. Marie-Helene tinha algo de travesso, como se estivesse guardando um segredo. Mas um segredo pequeno, nada comparado aos da Holmes. Na verdade, ela não se parecia nem um pouco com Holmes, e eu quis chorar de alívio.

— Eu *estava* desenhando você.

De repente voltei ao foco.

— Quê?

— Esse olhar que você acabou de fazer. Também estava com ele antes. Como se a sua avó tivesse morrido, mas você estivesse com raiva disso. É... interessante. E um pouco perturbador.

Marie-Helene virou o caderno para me mostrar. Um garoto com um chapéu idiota, olhando para as mãos como se pudesse encontrar algumas respostas ali.

Era um bom desenho. Eu odiava que fosse de mim. Eu me forcei a voltar para a persona do Simon.

– Eu sou mais bonito que isso, não sou? – perguntei a ela.

– É. – Ela brincou com a bebida, me olhando. – É, sim.

Eu não sabia o que fazer em seguida porque, normalmente, em uma situação daquelas, eu me inclinaria para beijá-la. Ou melhor: isso era o que eu *costumava* fazer, mas nas festas na casa dos meus colegas, não em bares. Será que isso funcionaria ali? Era o que Simon provavelmente faria. Eu queria, queria muito, mas ao mesmo tempo não queria de jeito nenhum. Será que eu deveria mudar de assunto? Perguntar pela Gretchen, a falsária com quem Leander tinha feito contato? Sobre os professores dela? Será que eu deveria só beijá-la e fingir que a ideia não me deixava nauseado?

O instante passou. Ela tomou um gole e então pareceu se animar.

– Ei! – exclamou, acenando para alguém por cima da minha cabeça. – Aqui!

Em um segundo, estávamos cercados por garotas falantes. Uma delas estava com uma mochila salpicada de tinta, então imaginei que fossem amigas da faculdade.

– Gente, gente, esse aqui é o Simon, ele é *britânico* – disse Marie-Helene, e na enxurrada de apresentações que se seguiu pensei ter escutado o nome Gretchen. Meu pulso acelerou.

— Eu estava pensando em estudar na Kunstschule Sieben no ano que vem – gritei por sobre a música, que agora era disco e estava mais alta. – Eu faço instalações de vídeo! Alguma de vocês faz instalações de vídeo?!

— Sim! – gritou de volta a garota do meu lado.

— Posso te fazer umas perguntas?!

— Sextas de manhã!

Não tive certeza se ela tinha escutado a pergunta ou se seu inglês não era grande coisa, mas a multidão de garotas estava se movendo e Marie-Helene me pegou pela mão. Um convite para segui-las. Joguei algum dinheiro no bar, me sentindo totalmente vitorioso. A gente ia a uma festa. Haveria outros alunos por lá. Com certeza alguém saberia algo sobre Leander, e eu poderia voltar para a Holmes com alguma *informação*, algo que ela e August não teriam...

Ou teriam. Porque, como um pesadelo, ela e August estavam no caminho para a porta.

cinco

Eu não tinha visto os dois entrarem. Poderia dizer que isso era prova do quanto eles tinham se disfarçado bem, mas os dois não estavam vestidos para se misturar à multidão. Tinham tomado o caminho oposto ao meu. August estava todo no modo turista idiota, do cabelo com gel ao tênis branco e meia até a panturrilha. Holmes estava ao lado, catando alguma coisa na pochete. O cabelo castanho escorrido de sua peruca caía ao redor do rosto. Ela ergueu os olhos e correu-os até a minha mão, grudada na de Marie-Helene, e acho que a vi empalidecer. De qualquer forma, ela se recuperou rápido.

– Olha você *aí* – exclamou a Holmes. Pensei que estivesse prestes a estragar meu disfarce, então ela se virou para o August e falou: – Eu te disse que ele não ia conseguir se livrar da gente por muito tempo.

Marie-Helene me lançou um olhar intrigado.

– Eles são meus primos de Londres que vieram visitar – expliquei, tentando tomar controle da história. – E eu não fugi. Eles falaram que queriam passar a noite turistando.

— Bom, fala para eles virem junto.
As amigas dela já estavam na rua. Ela soltou a minha mão e abriu a porta para o ar da noite.
August e Holmes estavam logo atrás de mim.
— Qual é o seu nome? — cochichou Charlotte.
— Simon. E o de vocês?
— Tabitha e Michael.
— É para vocês serem irmãos? — perguntei ao August. Os dois estavam usando lentes de contato castanhas.
— É, mas isso não é muito crível. Eu sou muito mais bonito que ela.
Eu dei um sorrisinho, depois me lembrei de que o odiava.
— Ela te arrastou para cá?
— Ei, eu estou bem aqui — reclamou a Holmes, batendo os pés de leve por causa do frio. — Pra onde a gente vai, Watson? O que você descobriu?
Nada ainda, mas eu não queria dizer isso a ela. Ainda estava irritado por Charlotte e August terem me ignorado mais cedo. A gente ia almoçar com a Phillipa no dia seguinte? Íamos mesmo ignorar o fato de a mãe dela ter sido envenenada?
— Descobri que as francesas gostam muito do Simon — respondi e acelerei o passo para alcançar Marie-Helene e as amigas.
O ar tinha esfriado desde o comecinho da noite. Peguei a mão de Marie-Helene sob o pretexto de aquecê-la. Se eu sabia que Holmes estava atrás de mim, de olho? Claro. Se

eu era maduro o bastante para não fazer nada para deixá-la com ciúmes? Bom... não.

Mas não era difícil gostar de Marie-Helene e das amigas dela. Todas falavam sobre a nova mostra de Damien Hirst que estrearia na semana seguinte, e quando cansei de manter minha pose de sabe-tudo e confessei que não o conhecia, elas foram gentis em me botar a par. Pelo visto, ele colocava vacas em formol. Isso era arte? Segundo elas, era sim. Em um mundo onde informação era moeda, eu geralmente estava falido. Era bom não ser sacaneado por isso, para variar.

– Onde exatamente a gente está indo? – perguntei para a menina com a mochila salpicada de tinta.

– Uns amigos nossos alugam quartos de um negociante de arte super-rico. Ele tem uma casa ali na frente. – Ela apontou com o queixo para um prédio de tijolos na esquina. – A única desvantagem de morar lá é que ele às vezes usa a casa para dar festas nos fins de semana, quando está na cidade. Você vai ver por quê, é um espaço bem maneiro. A gente sempre vai.

– Mas? – perguntei, porque o tom dela foi mais sombrio que as palavras.

– Mas ele é muito esquisito – comentou ela, dando de ombros. – Tem tipo uns cinquenta anos e está sempre com uma namorada nova, estudante da Sieben. Várias dessas meninas já saíram com ele. É como fazer um pacto curto com o diabo. Você conhece umas pessoas, ganha umas coisas legais, dorme com um velho nojento e quando ele te dá um pé na bunda, você tirou algo da experiência. Mas vai ficar tudo bem com você, ele não gosta de garotos.

Minha pele se arrepiou.

– Você é a Gretchen, né? – perguntei, esperando que ela apontasse quem era.

– Gretchen? – Ela negou com a cabeça. – Eu sou a Hanna. Marie-Helene estava nos chamando de *mädchen*, garotas. Foi isso que você confundiu?

Eu estava indo para uma porcaria de uma festa baseado em algo que eu não tinha escutado direito em um bar.

Marie-Helene me empurrou escada acima até a porta do prédio de tijolos.

– Nosso destino nos aguarda – disse ela, nos conduzindo para dentro.

O térreo estava surpreendentemente escuro e silencioso, mas não era o nosso "destino". Sem acender nenhuma luz, Hanna tateou à direita até encontrar uma porta.

– Descendo as escadas – sussurrou ela. – Use o celular se precisar de luz.

No fim da escada tinha uma porta, e além dessa porta tinha uma caverna.

Marie-Helene e as amigas foram direto para o bar no canto. Eu fui deixado sozinho, com uma das mãos no chapéu, absorvendo aquilo tudo.

A caverna não parecia natural. As paredes eram azulejadas e o teto tinha um arco perfeito, o que significava que tinha sido construída. Um cheiro intenso e úmido pairava no ar, e levei um instante para identificá-lo como cloro. Passei por um grupo de pessoas e vi a fonte daquele cheiro: uma piscina imensa no meio do local. Uma garota em um cisne inflável batia as pernas, segurando o copo de martíni em segurança acima da cabeça. Dois garotos estavam com os pés na água enquanto se agarravam. Em todo canto, uma espécie de luz fragmentada, fraca, manchava o rosto das pessoas e as paredes.

Sem pensar, eu me virei para ver a reação de Holmes. Era o que eu sempre fazia naquelas situações surreais. Levei um minuto para encontrá-la, ainda perto da escada agora deserta, e peguei o final de uma transformação. Sutil, dessa vez. No caminho, ela tinha se livrado da pochete. Uma das mãos estava desabotoando rapidamente o cardigã e a outra estava passando algum gloss nos lábios. O processo inteiro levou menos de um minuto e, quando ela entrou na festa, estava com um vestidinho preto e uma expressão arrogante. Naquela luz, seu cabelo castanho parecia macio e cálido. Era possível reconhecê-la como a garota do Old Metropolitan e, ao mesmo tempo, estava totalmente diferente.

Avançando em seus saltos altos, ela se enfiou entre mim e August.

– Rapazes? – disse ela. E, com a deixa, nós lhe oferecemos o braço e a conduzimos à festa.

Eu me inclinei para sussurrar no ouvido dela:

— Essa é a parte em que a gente compartilha informações? Porque eu sei como você sabia do Old Metropolitan. Você entreouviu em Sussex. Nada de mágica.

Ela olhou para mim.

— É tudo mágica, Simon, se eu for acreditar no que você escreve sobre mim.

— Ele é seu biógrafo? — perguntou August. — Tipo o Dr. Watson? Meu Deus, que fof...

— Não é *fofo* — retruquei, parando na beira da piscina. Ao meu lado, Holmes deu uma olhada no lugar. A luz vinda da água refletia em seu rosto e eu resisti ao impulso de tocá-lo para ver se conseguia dispersar o reflexo. — É lógico que eu sei que não é mágica. E vou provar. Quer que eu diga o que você vai fazer agora?

Ela sorriu de forma quase imperceptível.

— Vai em frente.

Eu observei a festa por um segundo. Hanna tinha razão. Havia uma ou outra pessoa fora dos parâmetros, mas tinha basicamente dois tipos de gente ali: universitárias e homens com aquele brilho particular de riqueza. Quase todas as garotas estavam de vestido curto, mas os homens variavam, alguns de terno e alguns com estilo mais artístico, alguns de preto e amarrotados e outros bem-arrumadinhos. Alguns tinham corpo de dançarinos ou o olhar ansioso de um escritor.

Do nosso lado, uma garota parecia passar slides de seu trabalho no iPhone.

– Como você pode ver – ela estava dizendo –, eu sou uma excelente candidata para sua vaga.

Imediatamente, Holmes virou a cabeça para escutar.

Foco, eu disse a mim mesmo, e olhei em volta de novo. Não ia dar uma de idiota, não com o Gaston Loiro do outro lado.

– Tem um homem no canto – falei, enfim. – O cara de lenço de seda e óculos redondos. Ele é o mais provável de ser o tal professor do Leander. Qual era mesmo o nome dele? Nathaniel?

Holmes soltou um murmurinho. Ela não estava olhando para ele. Sua atenção estava fixa na conversa atrás de nós.

– Explique o seu raciocínio.

De repente me pareceu muito importante estar certo. Para que ela me olhasse, olhasse *de verdade*, da forma como eu precisava. Analisei o homem em questão discretamente enquanto ele gesticulava contando uma história.

– A linguagem corporal dele. Parece bem mais relaxado que os outros homens aqui. Ele não está tentando impressionar, nem pegar ninguém. Parece só estar botando o papo em dia com os amigos. E as pessoas em volta dele também estão à vontade. Olha o cara do lado, ele tem o quê? Uns dezoito anos? E acabou de dar um soquinho no braço do Nathaniel enquanto ele falava. Agora parece chocado, provavelmente com a própria falta de noção, e todo mundo está rindo. Todo mundo está confortável. Ele é uma figura de autoridade, mas eles gostam do cara.

Com a eletricidade tranquila de um cão de caça em campo, Holmes encarou o homem de terno. O único problema era que era outro homem em outro terno.

– Além do mais, ele é bonito – falei, desesperado, tentando que ela voltasse ao foco –, e as pessoas se encontram no Old Metropolitan para vir pra cá no sábado à noite, e você disse que o seu tio estava envolvido com alguém aqui, alguém desse meio. Leander gosta de ruivos?

Holmes fez uma careta à menção da vida sexual do tio.

– Tá, tá, beleza, a não ser pelo fato de que a gente não tem como ir falar com ele, então não importa. Nenhum de nós tem jeito de negociante de arte e você está perfeitinho demais para se passar por um futuro estudante. Parece que acabou de sair de uma agência de atores. Esse corte de cabelo, Watson? Jura?

August sorriu para si mesmo.

– Marie-Helene caiu – comentei, cerrando o maxilar.

– Porque ela te acha bonito.

– E você não acha?

Agora Nathaniel estava olhando para nós. Eu tinha ficado encarando. Holmes se virou rapidamente para mim, ajustando minha gola.

– Você está ridículo – disse ela. Suas mãos estavam quentes. – Gosto muito mais da sua versão natural.

Havia um aroma no ar, familiar e muito doce. Algodão-Doce Para Sempre. O perfume japonês que August tinha dado a ela anos atrás.

– Você está ótimo, Simon – disse ele, passando por Charlotte para me dar um tapinha no ombro. – E belo trabalho com as deduções.

Ele não soou muito natural, como se tivesse aprendido a elogiar as pessoas em um manual de instruções.

– Enfim – continuou Holmes, se afastando. – A gente lida com ele depois. O peixão primeiro.

– Que peixão?

August fez uma expressão estranha e ansiosa, mas quando olhei de novo, já tinha desaparecido.

– Charlotte, a gente vai jogar sinuca – disse ele.

– Sinuca? – Eu hesitei. – Por que eu ia querer jogar sinuca?

– Podem ir – retrucou ela, enrolando um cacho em volta do dedo. Já estava voltando ao personagem. – Acho que eu vou trabalhar mais rápido sozinha, de qualquer maneira.

A Holmes e a não Holmes. Palavras de negócios em uma voz de estrela pornô.

– Tenho certeza que vai, Tabitha – disse August, irritado, e me puxou para longe.

Passamos pelo bar, por uma roda de cadeiras superestofadas, por um grupo de homens de terno fumando e olhando os celulares enquanto uma garota de saia servia bebida a eles. Me perguntei se ela era uma das estudantes de arte que moravam ali. Se aquilo era parte do acordo. E me senti enjoado.

Tinha uma mesa de sinuca no canto. Diferente das mesas pesadas e antigas na casa da Holmes, aquela era de acrílico. Dava para ver a parede através das pernas. Só a superfície de feltro era de um branco opaco.

— Isso parece desnecessariamente complicado — comentei.

— O quê?

— Essa festa. Essa situação. Essa mesa de sinuca. — Chutei a perna dela. — Quem é que estava entediado a ponto de fazer essa coisa?

August já estava reunindo as bolas.

— Você sabe jogar?

Eu já tinha jogado um pouco em um bar perto da escola. O que não queria dizer nada, porque eu passava quase o tempo todo olhando para Rose Milton, a garota dos meus sonhos naquela época.

— É...

— Bom, é tudo geometria e coordenação entre os olhos e as mãos.

Ele me passou um taco e organizou sua jogada.

— Maravilha. Então a ideia era me arrastar para o canto e me dar uma surra ritualística, depois explicar por que você e a Holmes me botaram para escanteio no Parque de Diversões Militar do Milo, mais cedo?

Com um estalo retumbante, ele espalhou as bolas pela mesa. Duas foram direto para o buraco mais distante, na direita.

– Me conta uma coisa – disse ele, se encostando na parede. – Você nunca se cansa de bancar a vítima? Aquilo foi tão distante de tudo que ele já tinha me dito que achei que tinha imaginado.

– Hein?

– Jamie, eu te conheço há menos de um dia, e você já se retrai toda vez que eu falo contigo.

– Eu não...

– Eu só fui gentil até agora. Então, qual é o problema, exatamente?

– Você parece... ou é totalmente ingênuo ou é um falso. O jeito como fala comigo é ridículo. O jeito como olha para ela... – *Respira fundo*, falei para mim mesmo. *Se eu sair na porrada com ele, a Holmes vai me matar.* – Eu tenho que encaçapar as bolas listradas?

– Tem, mas ainda é minha vez. – Ele estava encarando a mesa. As bolas de cor sólida tinham se espalhado em cantos improváveis. Eu tinha certeza de que ele estava pensando em uma solução matemática. – Você é mesmo tão inseguro? Ou é alguma outra coisa?

– Você sabe o que significa para ela? – disparei. – Porque eu sei.

– Não sabe, não. Pelo que eu vejo, não sabe. E eu não estava perguntando da Charlotte.

Eu o encarei com raiva. Sua tatuagem feia, o sotaque esnobe, toda a confiança do alto de seus vinte e três anos.

– Então me explica, gênio.

— Talvez você precise mesmo que eu explique — respondeu ele e, com um gesto elegante, encaçapou outra bola. — Talvez eu precise te dizer com todas as letras que não abusei de nenhuma criança. — Outra tacada. Outra bola. — Nem forneci drogas a ela. Nem pedi para o meu irmão acabar com a vida dela e explodir um internato americano.

— Nem quase me matar. Você também não pediu para ele fazer isso. Tem algum motivo para ter ficado tão bravo de repente?

— Eu não estou bravo.

— Está, sim.

O taco de sinuca nas mãos dele parou.

— Eu fingi a minha morte para escapar da minha família. Da cadeia também, mas principalmente deles. Meus pais concordaram, meus irmãos acham que estou morto. Eu não sou seu inimigo. Não sou o vilão. Achei que tinha deixado isso claro.

O rosto dele estava impiedosamente inexpressivo, como se tivesse limpado todas as emoções com um pano. Mas suas palavras pareciam sinceras.

— Eu... bom... "Inimigo" é uma palavra meio forte.

— Jamie.

— Só... dá sua tacada.

Ele voltou a olhar para a mesa e, de forma bem deliberada, errou.

Eu recolhi a bola do chão.

– Você não me fez nada, não precisa se sentir mal. Não quero que me deixe ganhar por pena.

– Não – respondeu ele. – Acho que você precisa de uma chance de jogar.

– Parece que você andou ensaiando essa fala.

Ele franziu a testa.

– Estou tentando ser legal com você.

– Então para. Você não é legal. Ou, se é, está fora de forma – disse, então fiz uma pausa. – Eu também não sou muito legal. E a Holmes muito menos.

Aquilo o fez dar um sorrisinho. Um verdadeiro, embora triste.

– Eu sou legal, Jamie. É só que... faz tempo que não falo com ninguém.

Revezamos jogadas depois disso. August começou a jogar com uma tranquilidade que não tinha demonstrado antes, apontando ângulos, alinhavando uma tacada para mim quando eu não conseguia calcular como colocar certa bola no buraco lateral.

– Você está apaixonado por ela? – perguntei enquanto ele encaçapava mais uma.

O rosto dele ficou inexpressivo outra vez. Será que era o tique revelador dele? Era assim que ele demonstrava irritação?

– Você está?

– É complicado – respondi, observando-o, mas a expressão dele não mudou. – Se você não está, por que olhou pra ela daquele jeito? Quando a gente chegou?

August suspirou.

— Faz alguns anos que estou em Berlim. Eu trabalho com digitação de dados. Milo me dá uma pilha de planilhas, normalmente números, que listam que base aérea tem x número de gaxetas metálicas, e eu insiro no computador. Eles vieram de um computador, para começar, então é completamente desnecessário. É um trabalho de faz de conta. Só para me manter ocupado. Tem coisas de verdade que eu poderia estar fazendo pela Greystone, mas...

— Mas você é um Moriarty.

A garçonete se aproximou com a bandeja. Peguei um copo e ofereci a August.

Com um meio-sorriso, ele aceitou.

— Por causa do meu irmão, e da minha tia e do meu tio, e assim por diante, não podem confiar informações sensíveis a mim. Ou um trabalho interessante, pelo jeito.

— Milo te odeia tanto assim?

— Milo é um mestre da espionagem. Só Deus sabe como isso deu certo, para alguém tão decidido a não sair do prédio. Ele não odeia ninguém. Ele também não *gosta* de ninguém. Mas ama a irmã, e Charlotte queria que eu tivesse para onde ir, então ele fez esse favor. Eu estou morto. Ninguém pode saber que eu *não* estou morto. Ninguém no mundo pode me reconhecer. Eu tinha opções limitadas. Então aceitei. — Ele virou o vinho em um gole decidido. — Quer saber por quê?

– Quero – respondi, porque eu vinha me perguntando isso havia semanas.

– Eu aceitei o trabalho porque existe uma guerra ridícula entre a minha família e a deles, e eu queria uma bandeira branca. Se ficasse amigo do Milo, se convencesse meus pais a oferecer uma trégua, se conseguisse acalmar as coisas... mas eu era jovem e ainda mais idiota. Meus pais sequer falam comigo agora.

Eu assoviei. August fez uma pequena mesura irônica.

– Você sabe o que dizem sobre boas intenções – continuou ele.

– Não brinca.

– E aqui estou eu. Sem amigos. Sem familiares que não sejam ou queiram ser criminosos. Apenas eu e uma tese de matemática que nunca acabo de pesquisar porque mortos não fazem pós-doutorado, e eu trabalho com fractais. Na Antártica. Não tem navios de mortos indo para lá em datas próximas. Eu moro em um quartinho triste no palaciozinho triste do Milo, não posso sair do prédio porque... – Ele balançou a cabeça com raiva. – Olha, quando a Charlotte entrou, eu fiquei... sei lá. Foi como se o meu passado não tivesse sido realmente apagado. A parte boa, a ruim, tudo... foi como se ainda existisse em algum lugar. Eu ainda existisse. Não percebi o quanto me sentia solitário até vê-la.

– E é simples assim.

– Ela é minha amiga. Talvez seja autodestrutivo gostar dela, mas eu gosto. – Ele deu de ombros. – Tento não culpá-la pelo que aconteceu. Os pais dela... bom, deixa pra lá. Você não pode mantê-la em uma caixa, Jamie, e não pode deixar que ela faça isso com você também. Charlotte e eu éramos bem próximos, acredite se quiser, e quando as coisas não aconteceram como ela queria, ela jogou uma granada em mim e saiu correndo.

– August...

– Nós fomos treinados da mesma forma. Pensamos da mesma forma. Temos as mesmas soluções autodestrutivas para os problemas que encaramos...

– Ah, então agora vocês são apenas colegas? Eu não caio nessa. Você quer que eu acredite que pode simplesmente *passar tempo* com a garota que destruiu a sua vida?

As palavras saíram mais sarcásticas do que eu planejei.

August piscou rapidamente, quase como se estivesse lutando contra as lágrimas, e lá estava, a emoção verdadeira que eu estava esperando para ver. E era brutal.

– Não tenho nada melhor para fazer – disse ele, enfim.
– Morto, lembra?

Eu o observei. Apesar das roupas, da arrogância e da autopiedade, era difícil não gostar dele. Depois eu me perguntaria se era porque ele me lembrava de uma versão da Charlotte criada pelo inimigo.

– Você nunca se cansa de bancar a vítima? – perguntei, porque eu era bom em aproveitar esse tipo de oportunidade.

– Não, na verdade é bem divertido – disse ele, e encaçapou as últimas bolas, uma atrás da outra.

– Babaca.

– Para sua informação, esse é o único jeito sensato de responder a esse tipo de pergunta.

– Recolha as bolas, otário – falei e, pelo menos por aquela noite, fomos amigos.

Duas partidas depois, Marie-Helene apareceu, a tempo de me pegar no meio de um bocejo.

– Noite longa? – perguntou ela, fazendo aquilo que as garotas faziam, de deslizar casualmente para debaixo do meu braço.

– Não – falei, enquanto August acertava a quinta bola em sequência. – No final eu vou ganhar.

Eu não tinha certeza se acreditava nisso. Mas Simon tinha. Simon também gostava de como ela era macia e, depois de um instante, me peguei brincando com as pontas de seu cabelo.

Sinceramente, era bem bom. Simples. Quando foi que eu comecei a pensar que um bom relacionamento tinha que ser complicado?

Para amizades, eu até entendia. Amizades precisavam de um arco narrativo, alguma história que se formasse desse laço. Alguma ficção sobre o que se esperava do mundo e como ele era de verdade. Alguma coisa que pudessem dizer um ao outro, quando precisassem se sentir compreendidos. A minha seria: *Eu te vi na quadra aquele dia. Sempre te imaginei loira. Sempre achei que você seria minha irmã gêmea. Minha outra metade. Então eu te conheci e alguém matou aquele idiota do dormitório, e então você se tornou outra coisa para mim.* Porque, tirando a nossa amizade, nada mais naquele ano prestara. Como se eu fosse uma placa de circuito em que todos os fios emaranhados levassem direto a Charlotte Holmes.

E, ainda assim, não era só uma amizade. Quando a conheci, parei de olhar para as garotas do mesmo jeito, e eu olhava para garotas o tempo inteiro. Mais do que olhar, eu ficava com elas no meu quarto, com Radiohead tocando no último volume. Mandava mensagens para dar boa noite. Eu era um bom namorado, enquanto o relacionamento durava – embora jamais durassem muito. Só que essas garotas nunca foram minhas amigas, não como a Holmes era, e eu não sabia se o que estava sentindo era algum tipo de regressão ao meu antigo eu. Será que estava voltando a ser o James Watson Jr. de quinze anos, com um par de ingressos para os jogos de primavera da Highcome no bolso? Eu era muito mais agora. Já tinha superado os crushes impossíveis, a incapacidade de separar amizade e amor.

Não tinha?

Fazia tempo que eu vinha pensando que o que eu queria da Holmes era... tudo. Como se a coisa entre nós fosse o buraco do coelho da Alice, em que a gente podia cair eternamente sem chegar ao fim. Eu queria que fôssemos totalmente um do outro, de um jeito que ninguém mais conseguisse chegar perto. Talvez me sentisse assim porque ela era estranha e reservada e, mesmo assim, de alguma forma, tinha me convidado a entrar em sua vida. Logo eu, dentre todas as pessoas. Talvez fosse pelo jeito como a gente se conheceu, nós dois juntos em uma trincheira. Talvez eu a quisesse como namorada porque não conseguia enxergar como as coisas ficariam se eu quisesse outra pessoa. Eu queria um carimbo para estampar no nosso arquivo: *Todos os itens preenchidos. Ninguém mais é necessário.* Holmes não queria que eu a tocasse, mas me queria por perto o tempo todo. *Perímetro fechado. Mantenha distância.*

Filho da mãe, pensei, e não só porque August tinha ganhado aquela rodada também.

– Que pena – disse Marie-Helene, se recostando no meu peito. – Se você quiser desistir, posso te apresentar a uma pessoa. O meu professor de desenho está aqui. Ele não faz instalações de vídeo, como você – *Graças a Deus*, pensei, *eu não ia conseguir enganar um professor* –, mas talvez pudesse te falar de como ingressar na Sieben ano que vem.

August estava recolhendo as bolas em silêncio para outra partida.

– Já volto – falei para ele, porque a pessoa que Marie--Helene estava apontando era o homem que eu tinha deduzido ser Nathaniel.

– Tá bom, Simon – respondeu August, e eu lembrei o quanto nada daquilo era simples.

※ ※ ※

E FOI ASSIM QUE ME VI ENCARANDO VÁRIOS DESENHOS A carvão em um sótão a cinco blocos dali.
— Pensem na *forma* — gritava Nathaniel. — Pensem no *estilo*.
— Estou pensando em matá-lo — falei para Marie-Helene, que pareceu horrorizada. Holmes teria dado um risinho, mas Holmes não estava ali.

Depois de uma hora interminável ouvindo-o tagarelar sobre *criar* das próprias *entranhas*, *sentir* de verdade a *crueza* do *mundo* em sua *obra*, concordei um pouco mais com Holmes e sua aversão a expressar emoções. Falar sobre os próprios sentimentos era muito diferente de falar sobre "sentimento" no abstrato. Se isso era ser um artista ou um escritor, talvez eu realmente não fosse um. Principalmente se envolvesse deixar crescer barba no pescoço. A do Nathaniel era tão viçosa e cheia quanto musgo.

Pensei que, se aquele era o cara que Leander andara beijando, estava muito bagaceiro.

Mas Marie-Helene e todo o seu círculo social bebiam cada palavra dele. Eu entendia o porquê — ele escutava as opiniões dos alunos, sabia coisas sobre a vida deles. Brincou com Marie-Helene sobre seu "novo crush" minutos após me conhecer. Eu pensei no sr. Wheatley, meu antigo professor de escrita criativa, e em como foi bom quando ele demonstrou interesse no meu trabalho. (Mesmo que tivesse fingido esse interesse por razões desprezíveis.)

Então talvez Nathaniel fosse um fanfarrão. No fundo, ele parecia um cara legal, e me senti meio mal sabendo que eu era o vilão naquela situação.

A não ser que ele fosse um vilão também.

– Você devia ir para a Sieben ano que vem – dissera Nathaniel na festa. – Você é um garoto legal. Inteligente. Dá para ver que é inteligente. Como sempre, esses depravados vão ficar até tarde bebendo e desenhando e me convenceram a vir. Por que você não me mostra suas habilidades? Posso fazer uma recomendação de você para o comitê de admissão.

Por isso andamos algumas quadras até o loft industrial, que talvez fosse de Nathaniel, vai saber, e naquele momento eu estava segurando um pedaço de carvão do jeito que segurei um cigarro na única vez na vida que tentei fumar. O que, só para deixar registrado, não era o jeito certo de se segurar um cigarro *ou* um carvão vegetal.

– É assim que vocês chamam? Um carvão? – perguntei a Marie-Helene, enquanto os alunos em volta da gente circulavam com garrafas de cerveja para olhar o progresso uns dos outros. Nathaniel estava profundamente absorto no trabalho de uma menina do outro lado da sala. Eu não sabia como abordá-lo novamente, e as pessoas estavam começando a botar os casacos. A noite já estava quase acabando.

– Não. – Marie-Helene franziu o rosto para o meu caderno de esboços. – Simon, já faz uma hora. Todo mundo desenhou natureza-morta...

Ela não precisava concluir o pensamento. Minha folha parecia estar com catapora.

– É experimental – justifiquei, empinando o queixo.

– Um estilo bem Picasso. O meu tutor sempre dizia que meu trabalho lembrava o Período Azul dele.

Marie-Helene fez uma careta. Eu não podia culpá-la. Simon era uma péssima pessoa.

SOS. Você sabe desenhar?, mandei para a Holmes por baixo da mesa. *Estou prestes a ser desmascarado. Você está ocupada? Dá para vir?*

A resposta foi imediata. *Não estou ocupada. Passei por um tremendo fracasso. O leiloeiro nega veementemente qualquer ideia de trabalho roubado comprado ou vendido, mesmo quando persuadido a falar.* (Eu não quis saber de que tipo de persuasão ela estava falando.) *Não sei desenhar, mas consigo fingir melhor que você. Endereço, por favor.*

Dez minutos depois, ela estava lá, espiando sobre o meu ombro.

– Simon! – exclamou alto o suficiente para todo mundo escutar. – Você ainda fica tímido em desenhar na frente das pessoas? Ele é *tão* envergonhado. Não me diga que ele veio com alguma história de arte "experimental". – Holmes balançou a cabeça para Marie-Helene com uma lentidão deliberada. – Homens... vivem se autossabotando. Você pode me mostrar onde fica o vinho? Minha noite está *péssima*...

Nathaniel devia estar escutando, porque quando a Holmes se afastou com Marie-Helene, ele se aproximou com uma expressão preocupada.

– Isso é verdade, Simon? Está tudo bem, eu sei que é muita pressão trabalhar na frente de artistas mais experientes. Você quer falar sobre isso?

– Quero, muito – respondo, odiando a Holmes por consertar toda a minha operação secreta desastrosa em trinta segundos.

Nathaniel me conduziu à cozinha, no canto. O loft era um espaço gigantesco e cheio de ecos, com paredes de tijolo e piso de concreto, mas a cozinha só tinha uma pia e um micro-ondas.

– Quer um chá? Percebi que você não estava bebendo.

– Não sou muito de beber – falei, na pele do Simon. – Já estou meio nervoso. Para mim, uma dose nunca ajuda muito com isso.

– Que estranho. Em geral, é o contrário. – Ele pegou uma caneca de um armário que só tinha canecas e a encheu de água. – Você é um bom garoto.

– Sou? – Eu gargalhei. E soei meio doido.

– Não, sério. Mas você parece meio triste. Tem alguma coisa errada?

Dei de ombros.

– Só estou me sentindo um peixe meio fora d'água.

– Ficarei feliz em te apresentar às pessoas.

— Obrigado — falei, odiando querer aceitar. — Acho que eu preciso fazer isso com calma.

— Hum, noite ruim, hein? Certo, vamos mudar de assunto. Mas então, como você ficou sabendo da faculdade? Não somos muito conhecidos fora da cidade.

Resolvi tentar uma abordagem direta.

— Meu tio mora aqui. Estou ficando na casa dele, aqui perto. Ele não pôde vir hoje, mas frequenta o Old Met nos sábados à noite, e me falou para conhecer o lugar. Talvez você conheça ele? Alto, cabelo escuro puxado pra trás...

Com um choque ruidoso, Nathaniel deixou a xícara cair.

— Ah... ah, meu Deus, desculpe, mãos trêmulas, noite longa. Sabe como é. Não acredito... você é o sobrinho do David? Ele nunca me falou da família.

A isca tinha funcionado. E eu que achei que estava ferrado. Contanto que David fosse, de fato, o pseudônimo de Leander.

— Você o conhece? — perguntei, enquanto Nathaniel juntava os cacos com os pés.

— Pode-se dizer que sim. — Ele estava evitando contato visual. — E ele está em casa esta noite? Eu não achei... bom.

— Está — falei, alegre. — Você sabe como ele é. Ficou cozinhando. Discutindo com as respostas das palavras cruzadas.

— É bem a cara dele — respondeu Nathaniel.

Ainda bem, porque eu não fazia ideia do que "David" faria em uma noite de sábado em casa. Ou qual relação ele tinha com Nathaniel, exatamente. Tudo o que eu sabia era seu nome e que ele era um dos contatos de Leander. Talvez. Isso significava que era um suspeito? Ele tinha roubado quadros? Organizado uma rede de falsificação? Era parte de um cartel de drogas? Estava ajudando Leander? Será que ficou tão surpreso em ouvir falar de "David" porque sabia que ele estava preso em algum lugar ou – que pensamento horrível – morto?

O que eu estava fazendo, e onde estava a Holmes?

– Na verdade, eu devia ir para casa – falei, forçando um bocejo. Precisava falar com o meu pai. Precisava que ele me desse os detalhes. – Ele se preocupa se eu fico na rua até tarde. Tenho certeza de que vai ficar feliz de saber que eu te conheci.

– Sim. Sim, é claro. – Nathaniel me olhou de soslaio. De repente, me senti um inseto em uma lâmina. – Diga a ele para me encontrar amanhã à noite na Galeria East Side. No nosso canto de sempre, na hora de sempre.

Aquilo nem pareceu suspeito.

– Tá bom.

– É Simon, né? – disse Nathaniel, seu olhar mais atormentado.

– Isso. Até mais!

Antes que ele pudesse perguntar o sobrenome do Simon, eu já tinha saído.

Holmes me encontrou do lado de fora. Seus braços estavam arrepiados de frio, então dei a ela o meu casaco. Ela o aceitou com certa relutância.

– Essa é a nossa nova dinâmica? Você me larga de babá da sua namorada enquanto estraga minha investigação? – disse Holmes.

– *Nossa* investigação. E talvez eu é que seja a babá. Como é que eu fui acabar jogando sinuca com o seu namorado enquanto você se jogava pra cima de um leiloeiro?

– Dá para parar de me imaginar como uma Mata Hari arrumada? Meu trabalho de espionagem é bem mais refinado que isso.

– Sério?

– Sério.

– Então como você o abordou?

– Eu apelei para a empatia dele.

– Holmes.

Ela hesitou.

– Talvez eu tenha ameaçado matar o shih tzu dele...

– Não. Deixa pra lá. Para.

Nós nos encaramos. Depois de um segundo, ela começou a rir.

– Watson, você pelo menos sabe o que o Leander está fazendo aqui em Berlim?

– Não – admiti. – Não exatamente.

– Nem eu. Então não é melhor a gente voltar para a Greystone e descobrir?

seis

Vocês já encontraram ele? A mensagem do meu pai me acordou às cinco da manhã seguinte. *Me liga quando acordar. Preciso saber*, dizia minha tela. Virei o celular para baixo em uma tentativa de amenizar a culpa.

A gente tinha passado o último semestre se virando sozinho porque a Holmes fora orgulhosa demais para pedir ajuda à família. *Chega*, eu disse a mim mesmo, e desci da cama alta dela. Quando a gente chegou, na noite passada, Charlotte caiu de cara na cama de armar e dormiu imediatamente, como se seu corpo reconhecesse a rara oportunidade de recarregar as baterias.

Eu tive um sono agitado e, agora que estava acordado, queria começar logo o dia. Mais dez minutos e eu ia acordar o Milo. Ia convencê-lo a designar uns recursos de verdade para a situação do Leander. Com a ajuda dele, a gente certamente ia encontrar o tio da Holmes naquele mesmo dia e aí poderia voltar à vida normal. Museus. Restaurantes indianos. Compras de Natal, talvez, e por um instante fiquei pensando no que deveria dar à Holmes. Pipetas? Um livro sobre algo bizarro, tipo peixes carnívoros? August daria algo melhor do que isso. Algo mais criativo.

Não, definitivamente era melhor manter o foco na tarefa em questão.

Milo estava me esperando no corredor, como se fosse um robô deixado ali para recarregar a noite toda.

— Watson — disse ele, de forma impaciente. — Vem, o café da manhã é na minha cozinha.

Enquanto eu o seguia, percebi que a parte onde ele morava mesmo ficava do outro lado do andar. A Holmes e eu tínhamos aparentemente sido acomodados bem na frente dos aposentos da guarda pessoal de Milo. Ele nunca falou com todas as letras, mas fiquei com a impressão de que a irmã fora hospedada fora da área do apartamento para a própria segurança, e não porque ele pensava que ela sujaria seu tapete vintage.

Charlotte foi a primeira pessoa que vi quando entramos nos aposentos do Milo. Estava emoldurada pela janela que ia do chão até o teto, tocando uma música ao violino. Parei na porta para ouvir. O som era espectral, quase galáctico em sua sinuosidade, e tinha um contraponto dolorido. Uma música inquietante. Exceto por isso, as dependências estavam em silêncio. Milo se apressou para a cozinha, ocupando-se com o moedor de café. Ele provavelmente já tinha destruído uma pequena cidade naquela manhã. No momento, estava preparando um café na prensa francesa.

Seu apartamento tinha um clima meio antiquado, com design dos anos 1950, como o saguão, só que mais surrado. Sentado no sofá xadrez, August segurava uma caneca e escutava o violino da Holmes com os olhos fechados. Fiquei surpreso ao perceber mais sentimento no rosto dele do que eu tinha visto em toda a noite anterior.

– Jamie – disse August quando me sentei ao lado dele.

– Você conheceu o Peterson, né? Ele está providenciando um resumo da situação do Leander para nós. A Holmes está esperando o café, mas tem chá.

– Obrigado.

Ele voltou a se recostar nas almofadas e comentou:

– Adoro essa.

Ela tinha mudado de estilo. Agora estava tocando algo mais direto e matemático, o que significava que provavelmente era Bach. Estava usando um par de meias que era meu, a camiseta QUÍMICA É PARA AMANTES e tocando a música preferida do seu ex-professor particular, por isso me perguntei se aquilo era seu jeito de ser sentimental.

A Holmes fez uma pausa, uma nota ainda flutuando no ar.

– Peterson – comentou ela em direção à porta, a voz ainda sonolenta. – Que bom ver você.

– Senhorita.

Ele estava trazendo tipo um rack de TV, só que esse tinha doze telas saindo de uma espécie de processador brilhante.

Milo chegou com uma bandeja e serviu o café com cuidado, de uma forma que sugeria bastante prática.

— Pensei que você ia ter alguém para fazer isso — comentei.

— Você subestima a importância da rotina — respondeu ele. — Meu pai sempre falou da importância de fazer as coisas para si mesmo, do mesmo jeito, todos os dias. Liberta a mente para focar em atividades mais essenciais.

Meu Deus, pensei, imaginando-o fazendo toda aquela cerimônia sozinho, com o café da manhã na bandeja de cerâmica, no sofá, enquanto Peterson preparava o resumo matinal. Eu tinha me cercado de gênios — os gênios mais terrivelmente solitários do mundo.

— Jamie. — Peterson ligou os monitores. — Está se sentindo melhor?

— Estou, obrigado.

— Vamos falar de maneira mais geral do que fazemos normalmente — declarou ele em seu tom afável. — O sr. Holmes solicitou que eu os coloque a par do básico a respeito de roubo de obras de arte e da aplicação da lei.

— Não seria mais fácil ligar para o governo alemão e pedir que eles digam o que Leander estava tramando? — perguntou Holmes, se jogando no tapete.

— Na verdade, o sr. Holmes já recolheu essa informação — informou Peterson, calmamente. — Mas ele acredita que vocês precisam se ilustrar sobre o assunto.

Com ar de quem já tinha muita prática, Holmes esperou até Milo levar a caneca aos lábios e aí esticou o braço para golpear o cotovelo dele. Foi café pra todo lado. Ela deu aquele sorriso felino.

— Quando acabarmos aqui, pego uma caneta antimanchas e uma camisa limpa para o senhor — disse Peterson enquanto Milo arfava. — Agora, para sua educação básica sobre investigação moderna de crimes relacionados à arte... Aprendemos que o mundo das artes é amplamente não regulado. Não existe uma base de dados mundial com os registros de compra e venda das obras, então é incrivelmente fácil para negociantes antiéticos venderem peças roubadas ou falsas. Como a maioria dos grandes governos só emprega dois ou três investigadores dedicados integralmente ao roubo de arte, esses negociantes podem operar sem nenhum receio real de serem pegos.

Tudo isso se complica, nos informou Peterson, pela quantidade assombrosa de arte que os nazistas roubaram de artistas e colecionadores, em sua maioria judeus, quando escaparam da Alemanha durante a Segunda Guerra Mundial. Claro que nem todos escaparam. Quando os judeus alemães eram mandados para os campos de concentração, suas casas também eram saqueadas. Embora o governo alemão tenha feito tentativas de rastrear essas peças e devolvê-las às famílias de seus detentores, muitas desapareceram completamente. Nesse ramo, era moleza essas obras reaparecerem, magicamente, e ninguém jamais perceber que na verdade eram falsificações, apesar dos esforços dos autenticadores.

– Em essência, não há leis – explicou Peterson. – E a maioria das forças de segurança têm assuntos mais importantes a tratar. Investigadores particulares como Leander Holmes quase sempre são a última esperança para aqueles que esperam rastrear falsários e organizações de falsificação, redes de negociantes vendendo obras pilhadas de refugiados judeus ou o clichê do cartel de drogas usando pinturas como garantia. Como esses círculos são muito reduzidos e exclusivos, para investigar ele teria que passar meses estabelecendo seu disfarce antes que pudesse sequer ter esperanças de conseguir acesso a qualquer informação de verdade.

Enquanto ele falava, os monitores atrás exibiam uma proteção de tela de aquário. Fiz anotações em um bloquinho que Milo me emprestou.

August levantou a mão, como se estivéssemos em uma aula.

– Como é que os meus irmãos se encaixam nisso? Lucien? Hadrian?

Peterson hesitou.

– Hadrian Moriarty é mais conhecido por subornar os líderes de países corruptos para se fingirem de cegos enquanto ele e a irmã fogem com tesouros nacionais.

– Sim, claro – disse ele, virando-se para Milo –, mas como eles se encaixam nessa situação específica?

Milo fez um movimento com a mão, e as doze telas mudaram para um sistema de vigilância. Vários sistemas de vigilância, e nenhum deles em preto e branco, como no cinema, mas em muitas e definidas cores. Uma cabana na praia com cortinas esvoaçantes que emolduravam uma vista para o mar. Um quarto com uma cama de dossel. Outras cenas, outros quartos, e os quatro monitores de baixo mostrando locais diferentes na casa de Sussex. Reconheci, em um sobressalto, a pilha de lenha em que eu tinha visto Leander pela última vez.

Milo começou a contabilizar nos dedos.

– Ali, o último esconderijo do seu irmão Lucien. E ali o apartamento-reserva do seu irmão Hadrian em Kreuzberg. Sério, August, vê se nasce em uma família melhor da próxima vez. A entrada da frente, a vista das janelas dos fundos e um dos banheiros dele, embora, em nome da decência, eu tenha escolhido não mostrar essa a vocês. Mas como tem uma janela bem grande nele, considerei que era necessário. – Ele mexeu o punho de novo e as telas mudaram. – Eu tenho cada ângulo de cada cômodo na casa da sua família, incluindo uma câmera na fossa séptica, e dois especialistas que não fazem nada além de monitorar essas telas e sintetizar as deduções deles.

– Isso não responde a minha pergunta – observou August. Ao lado dele, a Holmes se inclinou para a frente para ver melhor as telas, tamborilando os dedos nos joelhos.

— Se o Lucien espirrar, eu vou saber. Se ele pedir um drinque diferente do que normalmente pede em seu refugiozinho infeliz de frente para o mar, será um dos meus homens que vai entregar a ele. Se ele sequer *pensar* em entrar em um carro, vão faltar três gaxetas e o pneu direito traseiro. Se alguém remotamente ligado a ele pegar um voo para a Grã-Bretanha, vai fazer uma parada de emergência em Berlim, durante a qual será retirado à força do avião. — A voz de Milo estava elétrica de raiva. — Eu tomei os recursos e as conexões dele. O último telefonema que ele deu foi há três semanas, para a irmã Phillipa, e fiz com que fosse interrompido depois de 1,3 segundo.

"Então, para responder sua pergunta, se Lucien tiver algo a ver com o desaparecimento do Leander, ele é melhor do que eu no meu próprio jogo, e eu sou o melhor. Eu disse à minha irmã que ela não deveria se preocupar, então ela não vai. Nós vamos resolver isso."

A Holmes ergueu os olhos para o irmão de forma interrogativa. Ele a encarou com o rosto ainda tenso de raiva, até que ela ergueu a jarra esmaltada de café para encher sua caneca. Milo relaxou um pouco.

Ela se virou para olhar as telas de novo. Quando Milo falou, estava novamente controlado.

— Quanto a Hadrian Moriarty, ele me contratou.

Eu tossi. August escondeu o rosto nas mãos.

— Explica isso — pediu a Holmes. Ela não parecia surpresa.

— Por quê, Lottie? Achei que você seria capaz de concluir.

Ela respirou fundo. Pensou a respeito. Em seguida começou uma contagem regressiva com os dedos.

— O tipo de serviço que você forneceria a um homem desses seria proteção pessoal. Não consigo imaginá-lo contratando os seus mercenários para nada além disso, a não ser que fosse o transporte de obras de arte legalmente duvidosas de um país a outro. E como a maioria dos governos que se dão ao respeito odeiam você e os seus "contratantes independentes", duvido que você sujasse as mãos assim por um Moriarty. Desculpa, August.

August soltou um grunhido por trás das mãos.

— Então você está fornecendo agentes para servirem de... guarda-costas dele. Só pode ser guarda-costas. Mas como isso aconteceu? Hadrian nunca te procuraria, a não ser que descobrisse que o August está trabalhando para a Greystone. E acho que, se fosse esse o caso, a gente já teria presenciado as consequências. A não ser que o desaparecimento do Leander seja a consequência. Mas não, ele teria ido atrás de mim diretamente. Pelo que já ouvi falar de Hadrian Moriarty e seu relógio de seis mil dólares, ele não é particularmente sutil. Não. Você o procurou.

Milo deu um gole no café.

— Mas por que ele concordaria? Mesmo que Hadrian não queira arrancar minha pele, seu irmão mais velho quer, e não consigo imaginá-lo arrumando problema sem um bom motivo. O que você pode ter oferecido a ele? Você não inspiraria confiança em um Moriarty. Desculpa, August – disse ela, e August gemeu de novo –, mas você não ia conseguir nada na base da amizade, então deve ter tido que ameaçá-lo. – Ela leu alguma pista invisível no rosto do irmão. – Não. Não foi isso. Você apelou para alguma coisa que já era uma ameaça.

– Leander – falei, juntando as peças. – Ele tem medo que Leander exponha a rede de falsificação dele.

– Mas ele não estava investigando Hadrian diretamente... ah. Leander estava trabalhando infiltrado. Deve ter descoberto alguma informação perdida que levou direto ao Hadrian. E se ninguém no governo está prestando atenção aos pilantras das artes...

– E aí chega um Holmes com um monte de informações e passa isso tudo para a imprensa...

– ... mesmo que o governo nunca vá atrás dele, sua reputação internacional seria arruinada – concluiu Holmes habilmente. – Chega de encher o cofrinho com a grana de tesouros roubados.

August ergueu os olhos com uma expressão infeliz.

– Então você dá informações da investigação do Leander ao meu irmão e faz a segurança particular dele. Aí os seus homens te informam o que Hadrian anda fazendo.

– Peterson – chamou Milo. – Dê umas estrelas douradas a esses três.

Talvez eu estivesse melhorando naquilo. Talvez fosse o único que estava com medo.

– Você é mesmo tão amoral que apostaria a vida do seu tio? – perguntei.

– Informação é uma via de mão dupla – comentou Milo. – Eu disse ao Leander como ficar fora do caminho do Hadrian. – Disse como evitar o Hadrian. Foi o único jeito de acompanhar a situação. É uma lição do meu pai; sempre vale sacrificar a segurança pela onipotência.

– Não foi a sua segurança que você sacrificou – observei, e ele cerrou o maxilar.

– Então não pode ter sido o Hadrian que sequestrou Leander – disse August, com alívio visível. – Nem Phillipa, os dois são inseparáveis. Você está me dizendo que eles não estão envolvidos?

– Até onde eu sei, não – respondeu Milo.

Holmes baixou os olhos para as próprias mãos. Ela não estava com raiva. Não estava irritada. Por um breve instante, ela pareceu... abatida. Como se tivesse sabido, com *certeza*, a solução para o desaparecimento de Leander, e essa certeza lhe fosse arrancada. Eu havia me perguntado por que ela não parecia mais preocupada com o tio. Agora eu tinha a resposta: Charlotte pensava que bastaria localizar o irmão de August para encontrá-lo.

Ela não estava acostumada a errar.

Holmes franziu a testa e se inclinou para estudar de novo o sistema de vigilância de Milo, como se a resposta estivesse ali. Talvez estivesse.

Eu me voltei para Milo novamente.

— Hadrian sabe os detalhes da investigação do Leander. E você não acha que ele está envolvido no desaparecimento do seu tio.

Milo fungou.

— Leander não tinha chegado nem perto da operação do Hadrian até bem recentemente, quando acabou se aproximando de uma fonte, um negociante que também representava os interesses dos Moriarty. Hadrian ficou sabendo disso, então eu também fiquei. E assim que descobri, liguei para o meu tio e falei para ele sair do país. Para ir ficar com o meu pai, que tinha contatos que podiam trazer novas informações à investigação a distância. Era tempo suficiente para o negociante sumir do mapa antes do Leander voltar. Todo mundo feliz. Todo mundo a salvo.

— Hadrian podia ter agentes na Inglaterra — comentei.

— Ele não ousaria. Eu tenho cada centímetro da nossa casa vigiado.

— E a Phillipa?

— Imagino que Lottie tenha os próprios planos a esse respeito. — Ele franziu a testa. — Enfim, não é como se vocês estivessem em perigo. Vou mandar um ou dois atiradores de elite.

— Um ou dois atiradores de elite — resmungou August. — Vocês são todos iguais.

Ao lado dele, Holmes mexeu as mãos para cima e para baixo na frente da tela. Nada aconteceu.

– Como é que é? – disse Milo. – Eu estou fazendo malabarismo com vários bastões flamejantes aqui. Um deles, inclusive, é *você*. Eu ficaria mais do que satisfeito de te achar um posto na Sibéria, August.

– Obrigado. Sério. Tenho certeza de que Leander também apreciava esse tipo de intromissão.

– Ah, sim – respondeu Milo calmamente. – Ele adorava.

– Espera – falei. – Se ele não estava caçando Hadrian nem Phillipa, o que Leander estava investigando exatamente?

Com um pequeno som de triunfo, Holmes fez um movimento rápido com o punho para a direita. Todas as doze telas de vigilância mudaram: uma série de visualizações da porta da frente da casa de Sussex. Ela fez um movimento brusco na diagonal com a mão esquerda e todas as imagens começaram a rebobinar rapidamente.

Milo apertou os lábios.

– Você está indo rápido demais.

– Não estou, não – respondeu ela e virou as duas mãos para baixo. As telas pararam obedientemente. – Aliás, esses sensores são um desperdício ridículo de recursos. Qual é o problema de um controle remoto?

August tossiu.

– Eu projetei a ciência dos sensores. É baseada em um diferencial de...

— Sim, sim, eu sei — interrompeu ela. Com um gesto imperceptível, fez as telas voltarem a reproduzir as imagens. — Olha aqui. A noite em que Leander desapareceu. Temos ele e o Jamie compartilhando um momento muito tocante na pilha de lenha. Aqui vão eles, um, dois, de volta à casa. Pela janela dá para ver a família reunida na hora do jantar. Leander no quarto dele. — Um movimento rápido e a tela mudou. — Estamos em um intervalo de tempo, do lado de dentro. Milo só tinha câmeras fotográficas nos quartos de hóspede. Elas só fotografam a cada dez minutos.

— Um descuido que já corrigi — afirmou ele.

— Claro. Aqui: Leander no celular. Andando de um lado para o outro ou, pelo menos, se mexendo. Agora Leander fazendo as malas. E aqui, no hall de entrada. Ele vai rapidamente para as escadas, segurando as malas, e — ela trocou para a câmera no exterior da casa, onde um homem de boné preto saía pela entrada de carros — lá vai ele. Sai do alcance da câmera, na direção de um carro esperando. — Ela olhou para o irmão. — Para onde ele foi depois disso?

Com um suspiro, Milo estalou os dedos. As telas se apagaram.

— Não sabemos onde ele está, mas sabemos onde ele esteve e o que estava fazendo antes. De acordo com os meus contatos, o governo alemão o contratou para se infiltrar em uma rede de falsificadores e reunir indícios suficientes para provar que o trabalho deles era falso. Esses falsários vêm reproduzindo o trabalho de um artista dos anos 1930, Hans Langenberg. O número total de quadros "restaurados" soou alguns alarmes, então estão tratando esse caso como especial.

Um quadro apareceu na tela. Eu pisquei. Tinha aquela característica atmosférica que eu amava, todos os azul--escuros e cinza com toques de branco. Na pintura, uma menina de vestido vermelho lia em um canto, entediada. Um homem ao lado tinha um abridor de cartas nas mãos. Outro homem olhava por uma janela escura. Todos estavam amontoados no único ponto de luz do quadro; o resto do cômodo estava mudo, inexplorado.

– Este é o quadro mais famoso dele, se chama *O fim de agosto*. Langenberg era alemão, de Munique. Solteiro, sem família. Profundamente misterioso e, embora acreditem que ele fosse muito prolífico, só deu três quadros para que seu agente vendesse. No último ano, um verdadeiro tesouro de "obras recentemente descobertas" apareceu no circuito de leilões.

De repente, as telas se encheram de quadros parecidos, imagens de sótãos e de um jardim de fundos à noite. Sempre um grupo de pessoas em algum lugar ao fundo, segurando objetos brilhantes, olhando e ao mesmo tempo não olhando uns para os outros.

– Eles desnortearam os certificadores de obras de arte. É impossível dizer se são de fato trabalhos de Langenberg. E se isso for revelado ao público, pode parecer que falsários oportunistas estão se beneficiando de genocídio. Já há rumores de que o dinheiro está enchendo bolsos neonazistas. O governo alemão quer detê-los o mais rápido possível.

Falsos ou não, todos os quadros eram interessantes, e fiquei decepcionado quando as telas foram desligadas. August notou minha expressão.

— São lindos — comentou ele naquela voz que eu odiava, aquela em que ele fingia ser ele mesmo.

— Sim — concordou Holmes, para minha surpresa. — *O fim de agosto*. Engraçado, é bonito. Todos eles são. E Leander estava tentando localizar o suposto falsário, examinar o estúdio dele, encontrar provas de que o renascimento de Langenberg é falso?

— Sim, ele estava nessa operação específica — confirmou Milo. Ele assentiu para Peterson, que começou a arrumar o rack para retirá-lo. — Para a segurança dele, eu não tive mais informação do que isso. Mas, Lottie, essa organização atua na Europa inteira. Claro que Berlim é um bom lugar para começarmos, mas sei que ele estava explorando conexões em outras cidades. Budapeste. Viena. Praga. Cracóvia. É uma tarefa gigantesca e ele pode estar quase que literalmente em qualquer lugar. Sim, ele parou de enviar e-mails para o pai do Jamie, mas pode estar tão infiltrado que não quer arriscar se expor. Mandar enormes relatórios diários para o melhor amigo, de sobrenome Watson, não é exatamente o auge da sutileza.

– Ele me chamou de Lottie – disse ela, com uma súplica na voz. – Na mensagem. Ele nunca me chama de Lottie. E não me deixou um presente quando foi embora.

– Querida, todo mundo chama você de Lottie. – Milo se levantou. – Não seja criança. Leander podia estar com problemas. Podia até estar em perigo. Mas isso já aconteceu antes e vai acontecer de novo. É o trabalho dele. Não vou me meter. Principalmente porque já estou em uma situação precária com o Hadrian. Acha que foi fácil convencê-lo de que Leander decidiu passar um tempo fora do país por livre e espontânea vontade e não porque estava a dois passos de esbarrar em uma informação que iria desmascarar seus negócios escusos? Não. Eu estou andando em uma corda bamba.

– Essa situação não é igual àquele fiasco da girafa desaparecida em Dallas, ou àquele caso de pirataria no País de Gales. Dessa vez... tem alguma coisa diferente. Ele desapareceu da *nossa casa*.

– E papai diz que ele está bem – respondeu Milo, como se aquilo fosse um argumento irrefutável. – Eu sei que você está preocupada, mas preciso focar meus esforços extraprofissionais em uma única direção. Sinceramente, Lucien é uma preocupação muito maior no momento. Se houver alguma chance de ele estar envolvido no envenenamento da mamãe... e quem sabe? Talvez aquela ameaça envolvesse Leander também. Obviamente seria penoso para mim ter que dobrar a vigilância sobre Lucien Moriarty e a segurança da nossa família. Nossa mãe está em perigo e mesmo que Lottie não seja tão apegada a ela – disse ele, e Holmes se retraiu –, também sei que ela não quer vê-la morta. Meus homens em campo estão examinando as falhas de segurança. Recebo relatórios semanais. Já estou quase terminando a limpa na nossa equipe. A *minha* preocupação é que Lucien esteja na Tailândia contatando os homens dele de alguma forma, e preciso descobrir como.

— O que isso significa? – perguntou August.

— Significa que vou para a Tailândia. Hoje à noite. Preciso ver a situação com os meus próprios olhos. – Ele deu um pequeno sorriso. – Volto logo. Tenho uma guerra a comandar, sabe.

Eu me lembrei de Alistair dizendo algo assim. *Fui o arquiteto de alguns pequenos conflitos internacionais.* Era óbvio que o impulso de dominar o mundo corria nas veias da família Holmes. Mas a irmã não tinha o mesmo âmbito das ambições dele. Ela era muito mais focada.

Milo estava dando à irmã um resumo de quais agentes ela poderia procurar, se precisasse de ajuda, mas eu não tinha certeza de que ela estava ouvindo. Já August estava preocupado, com os olhos fixos no rack que Peterson empurrava para fora.

— A gente tem aquele almoço com Phillipa, que eu tenho certeza de que vai ser totalmente normal e nem um pouco horrível e estranho. E depois eu e a Holmes vamos para a Galeria East Side, de noite – informei a August, apesar de não ter discutido esses planos com ela. – Aquele professor, Nathaniel, marcou um encontro lá com Leander. Vai ser interessante ver o que acontecerá quando ele não aparecer. Principalmente porque... será que ele é o tal negociante que Leander abordou? Antes de desaparecer? Mas August mal estava ouvindo.

– Ele confia em mim – disse ele. – Ele simplesmente... soltou toda aquela informação sobre a minha família como se não fosse nada. Milo confia que eu não vou contar a eles o que ele sabe ou o que está fazendo.

– E você vai? – perguntei, encarando-o seriamente.

– Não – respondeu ele, dando uma risada. – Eu nunca faria isso. Eu te falei que vim para cá selar a paz, e fui sincero. Só que ele nunca confiou em mim desse jeito antes. Não sei o que mudou.

Holmes estava tocando o ombro de Milo, se inclinando para dizer algo no ouvido dele. Ele balançou a cabeça e deu um beijo rápido na bochecha dela.

– Nos vemos em breve – disse ele, então assentiu para nós e saiu.

– Parabéns, August. Você recebeu autorização para acessar o arquivo da sua própria família – disse a Holmes, ajeitando a camiseta QUÍMICA É PARA AMANTES. – Podemos continuar com o nosso dia, por favor? Já são sete da manhã e quero estar com isso resolvido até meia-noite.

* * *

Holmes pediu que August e eu voltássemos ao quarto para traçarmos "estratégias" antes do almoço com Phillipa, mas August pediu para ser liberado, alegando que precisava trabalhar.

— Em quê? Você não faz quase nada — rebateu a Holmes, e ergueu uma sobrancelha para o olhar que lancei a ela. — Quê? Ele sempre fala que não faz nada. Não sei por que é falta de educação reconhecer esse fato.

Ele a segurou com firmeza pelos ombros, como se ainda fosse seu professor particular.

— Charlotte. Eu não tenho trabalho nenhum para fazer. Estou tentando te dispensar muito educadamente para ter uma hora sozinho. Ao contrário de vocês, fico cansado depois de passarmos tanto tempo juntos.

— Você podia ter dito isso.

August balançou a cabeça e sorriu antes de sair em direção ao elevador.

Eu me perguntei aonde ele estava indo.

— Não me diga que você não conhece o conceito de um "não" educado — comentei quando ela abriu a porta do nosso quarto.

— Não é isso. Eu só espero mais dos meus amigos. A sinceridade é bem mais eficaz do que a mentira.

— Milo só deu aquelas informações para ver o que August vai fazer com isso.

— É claro. Mas eu confio nele. August preferiu sumir do que me entregar. Duvido que ele tenha mudado de ideia

– disse ela, depois pensou a respeito por um instante. – E, de qualquer forma, mesmo que ele tenha saído para tentar nos ferrar, já passou da hora de ele ser um pouco egoísta.

– E isso não te preocupa?

Ela abriu um sorrisão.

– Eu falei que ele podia tentar. Tenho quase certeza de que o Milo ainda tem um alvo nas costas do August. Hadrian pode tentar arrancar informações de uma pilha de cinzas, mas acho que não vai ser bem-sucedido.

Foi uma imagem tão horrorosa que tive que rir.

– Você está mais animada essa manhã.

– Estou. Se prepara. Preciso examinar a nossa estratégia para o almoço com a Phillipa.

– Os frutos do mar são ótimos – disse Phillipa. Ela fez um aceno sutil e, como em um passe de mágica, um garçom de branco apareceu ao seu lado. – Pode me trazer uma garrafa pequena de champanhe, por favor? Pode ser da champanhe da casa, nada muito chique.

– Champanhe já não é chique? – perguntei.

– Mal deu meio-dia – comentou Holmes, sem erguer os olhos do cardápio.

– Crianças. – Phillipa deu um sorrisinho. – Não me digam que vocês nunca mergulharam ostra em champanhe. O que é que eles ensinam naquela porcaria de escola?

– Como acusar crianças como nós de assassinato – respondi, erguendo uma sobrancelha.

Aquele negócio todo era um absurdo. Phillipa tinha insistido na escolha do restaurante; Milo recebeu o endereço dez minutos antes de a gente sair. Ele ergueu uma sobrancelha ao ler.

— Esse restaurante abriu em 1853 — disse ele, nos colocando em um carro. — E desde 1853 é caro demais. Aproveitem o mármore italiano. Vou mandar uma segurança discreta para se sentar perto.

Só que, ao chegar, descobrimos que Phillipa Moriarty tinha reservado o restaurante inteiro. Ela estava esperando em uma mesa no fundo, embaixo de um mosaico resplandecente de dragão.

— Olá, todo mundo — cumprimentara ela, de forma agradável. — Espero que aqui esteja bom pra vocês.

— De jeito nenhum. Inaceitável — respondera Holmes. — Quero que os homens do meu irmão consigam nos ver pela janela. Levanta. Vamos.

Então ela nos levou para uma mesa perto da janela, como se fôssemos crianças sendo conduzidas à sala do diretor.

Isso definiu o tom da hora seguinte.

— Vocês preferem ostras da Nova Inglaterra? — perguntou Phillipa, brincando com seu garfo minúsculo. — Eu prefiro, mas é tão complicado trazê-las do outro lado do oceano... E para quê, se temos moluscos italianos tão bons aqui pertinho?

– Onde está Leander? – perguntei, no tom em que se fala com uma criança pequena. – Eu sei que você sabe.

– Tudo bem – disse Phillipa, ignorando. – Eu mesma vou escolher.

Ela acenou de novo ao garçom e fez um pedido tão complexo que parecia estar falando em italiano.

– Onde está o Leander? – repeti.

Com uma careta, Phillipa arrumou sua echarpe.

– Eles bem que podiam aumentar o aquecimento deste lugar, hein? Brrrr.

– Onde está o Leander?

Esse era o nosso plano, se é que tínhamos um: eu ia encher o saco de Phillipa com a pergunta que ela não responderia antes de revelar seus motivos para nos encontrar. *Se ela se deu ao trabalho de marcar um almoço*, observara a Holmes, *vai querer fingir civilidade. Isso nos dá tempo de manobra. Enche ela com a pergunta. Isso vai me dar tempo para estudá-la.*

– Cadê o Leander? – repeti. Então pedi um refrigerante ao garçom.

Holmes ainda estava fingindo estudar o cardápio, mas eu tinha certeza de que ela havia encontrado um jeito de analisar o rosto de Phillipa. A mulher mais velha não parava de se remexer. Era sutil; ela alisava uma mecha de cabelo, puxava uma das mangas, mas as mãos estavam em constante movimento.

Passaram-se cinco minutos. Dez. Phillipa parecia estar esperando alguma coisa. Eu considerei se a nossa reunião era apenas uma distração, mas para quê? Como se o QG da Greystone fosse ficar vulnerável com a nossa ausência...

As ostras chegaram em uma travessa rasa, em uma cama de gelo. Os olhos da Holmes se estreitaram de prazer por um instante. A primeira vez que ela comeu ostras foi na casa do meu pai, em Connecticut, quando minha madrasta Abbie trouxe um saco delas do mercado de peixe. Holmes comeu quase uma bandeja inteira. Eu a conhecia bem o suficiente para saber que ela gostava do ritual daquilo tudo, da carne estranha e bonita, dos instrumentos minúsculos para retirá-la de dentro.

Holmes levantou uma ostra e a estudou de um jeito quase reverente.

— Como estão suas orquídeas? — perguntou ela a Phillipa em uma voz educada.

Então, sem mais nem menos, a máscara de Phillipa caiu.

— Eu vou te dar uma chance de negociar com a gente — ela advertiu, colocando as mãos na mesa. — É mais do que vocês merecem, e você sabe disso. Me diz onde está o August e eu negocio em seu nome junto ao Lucien. Hadrian não quer tratar com você, mas eu quero. Com certeza foi pra isso que você me chamou aqui para esta farsa de almoço.

— Que pena o seu jardineiro ter pedido demissão, e tão de repente – disse a Holmes, erguendo a concha até o nariz para analisá-la. – Foi essa manhã, não foi? Milo precisava de alguém pra cuidar dos... cravos dele.

— Existem outros jardineiros de orquídeas – retrucou Phillipa. – Aqui estão os meus termos. Eu vou pedir ao Lucien para te dar dois anos. Uma anistia de dois anos da sentença de morte que ele te deu, o bastante para você crescer, amadurecer, terminar o colégio. E aí você desaparece. Escolhe uma nova identidade. Um novo nome.

— Milo escolheu aquele jardineiro por recomendação minha – comentou Holmes, virando a concha nas mãos.

— Ah, elas têm cheiro de mar, não têm? Me fazem querer voltar para casa. Em Sussex.

Phillipa fez uma pausa.

— Em Sussex.

— Sim. Com a minha mãe muito doente. E o meu tio desaparecido. Me conta uma coisa – disse Holmes, e se esticou sobre a mesa para pegar o garfinho do prato de Phillipa. – Você viu Leander Holmes recentemente? Da última vez que o vi, ele estava muito preocupado com a minha... mãe muito doente.

— Uma pergunta melhor seria onde você está mantendo meu irmão caçula – rebateu Phillipa. – Não brinca comigo.

— Seu irmão – falou Holmes.

— Meu irmão.

— Qual deles? O assassino de crianças se escondendo em uma praia da Tailândia? Ou o ladrão de antiguidades ficando careca?

— *Ninguém* te ensinou a ter respeito? — explodiu Phillipa. — Ninguém! Ninguém te contou que ser inteligente não é o bastante? Você tem que estar disposta a *trabalhar* com as pessoas. Estou tentando te oferecer uma saída.

— Eu nunca vou trabalhar com você.

— Estou disposta a chamar alguns homens agora mesmo para te levar ao Lucien — continuou ela. — Ele pode ter cansado de pegar leve. Tenho certeza de que gostaria de acelerar as coisas. Quebrar as suas mãos. Te matar. Vamos ver se eu consigo tirar você do país e levar para a Tailândia antes que o seu irmão-urso possa detê-los.

— O garçom está mandando mensagem para alguém — falei para Holmes, sem me preocupar em cochichar. — Ele pegou o celular no segundo exato em que ela começou a gritar.

Holmes se inclinou para a frente e disse:

— Talvez August esteja vivo. E talvez meu tio esteja fazendo uma rápida excursão pelos Alpes suíços e tenha se esquecido de nos avisar. Escuta, não temos tempo, você mesma fez questão de garantir isso. Esses são os *meus* termos: você manda seu irmão Lucien sair do esconderijo dele. Você e o Hadrian vão para a Inglaterra. Vocês *se desculpam* com os meus pais. E contam onde está o meu tio.

E aí, talvez, eu desenterre o August para ver se ele ainda quer alguma coisa com vocês.
— Nos *desculpar* com eles? Pelo quê? Por terem o azar de produzir você?
— Por terem envenenado a minha mãe — disse ela baixinho. — Por tentarem me matar. Por pegarem um erro e transformarem em uma terrível guerra internacional.

Eu estava meio virado para trás, observando a janela da frente, e lá estavam eles — carros encostando no meio-fio, como pérolas negras em um cordão branco.
— A gente tem que ir — falei. — Agora.
— Esses termos são inaceitáveis. — Phillipa se recostou na cadeira. — Não, Charlotte. Lembre que você disparou o primeiro tiro. August vai acabar voltando.
— Holmes — chamei, mantendo a voz tranquila —, eles têm armas.

Holmes extraiu a carne da ostra com a unha e a deixou cair no prato, então derramou um pouco de champanhe na concha vazia e bebeu.
— Você ainda vai se arrepender de não ter aceitado a minha oferta — avisou Holmes. Então começamos a correr feito loucos.

Passamos pelo labirinto de mesas, pela cozinha estranhamente agitada e, depois, em vez de sairmos pela porta dos fundos ("Também vai ter homens por lá", sibilou ela), a Holmes se esquivou de um cozinheiro surpreso e me empurrou para o imenso freezer, fechando com força a pesada porta atrás de nós.

— Espero que o seu irmão esteja a dois segundos daqui — falei, tossindo. — Porque esse troço tranca por fora.

— Por código — comentou ela, pegando o celular. — Você não notou? Este é um restaurante superchique de frutos do mar, não dá para deixar as pessoas terem acesso ao seu linguado cong... Oi, Milo, dá para você hackear o freezer no Piquant? A barba do Watson está começando a congelar. Muda o código e depois manda alguém nos buscar.

Ela desligou. Nós trocamos um olhar.

— Hoje cedo o Milo disse que não tinha chance de o Hadrian ou a Phillipa estarem mantendo o seu tio como refém — observei. — Então o que foi aquilo tudo ali fora?

— Milo pode ser um pouco míope. Achar que sabe tudo é perigoso. Eu sei que os Moriarty estão envolvidos. Tenho certeza — declarou Holmes, e com tanta firmeza que dei um passo para trás.

— Orquídeas? — falei, em uma tentativa de acalmá-la. — Era esse o seu plano principal? Roubar o cara que cuida das orquídeas dela?

As sobrancelhas da Holmes estavam ficando esbranquiçadas de gelo.

— Ela ganhou vários prêmios internacionais com suas flores — contou Holmes. — Achei que o Milo podia aproveitar a sugestão. Cultivar uma árvore ou outra em casa.

— Você é *terrível*!

— Eu sei — concordou ela, e deu um sorrisinho.

— Então aquilo tudo... foi só uma disputa para marcar território.

— Fui eu dando uma última chance a ela. — Holmes suspirou. — Às vezes eu sou muito mais legal do que deveria.

— Não quero te ver sendo má. Meus Deus, está frio. Acho que consigo sentir todos os meus dentes. Quanto falta para os caras do seu irmão chegarem?

— Acho que eles estavam no telhado. Só mais um ou dois minutos. Não estou ouvindo tiros, o que é bom. — Ela bateu os pés no chão de cimento. — Watson?

— Holmes?

Por um longo segundo, ela encarou o chão.

— Eu deixei meu casaco na mesa — comentou ela.

Quando ergueu os olhos, vi que tinham uma expressão apática e triste.

— Ei, o que foi? — perguntei gentilmente, me aproximando um passo.

— Você sabia que quando o meu tio vai embora, ele sempre me deixa um presente? Dessa vez, ele não deixou. Ele não... da última vez que ele partiu, me deixou um par de luvas. Eram de caxemira preta. Sem as pontas dos dedos. Perfeitas para abrir fechaduras. — Ela olhou para baixo de novo, enfiando as mãos nos bolsos. — Queria estar com elas agora.

Cinco minutos depois, eles abriram a porta. Tinha gelo na minha boca e neve nos meus sapatos, e a Holmes tinha parado de chorar. Na verdade, acho que ela nunca começou.

De volta à Greystone, ignoramos as checagens de segurança simplesmente mandando eles à merda, e pegamos o elevador de volta ao nosso quarto. Holmes estava naquele silêncio deliberado que significava que ela estava pensando. Em dez minutos ela começaria a fumar um cigarro atrás do outro debaixo de uma avalanche de cobertores.

– Acabei não comendo nada – falei. Esse era o tipo de comentário idiota que eu fazia de propósito para tirá-la do imobilismo. Mas também era verdade. – Eu meio que queria uma ostra.

– A gente vai comer – prometeu ela. – Sempre dá para pegar um sanduíche na cobertura do Milo. Normalmente tem vários lá.

– Ninguém vai atirar em mim se eu entrar lá?

– Ninguém vai atirar em você – ela me tranquilizou. – Cadê o seu celular?

– Deixei aqui. Por quê?

– A gente foi encontrar uma Moriarty e você deixou o celular em casa? E se a gente se separasse?

– A gente não se separou – respondi, irritado. Eu estava realmente faminto. – Ainda não tenho nada para falar para o meu pai e ele não para de me mandar mensagem.

– Dá uma conferida – pediu ela, se sentando no chão. Depois de uma olhada rápida, ela puxou um livro de uma das pilhas ao seu lado.

Senti aquela mistura familiar de pavor e agitação de sempre que ela me dizia para fazer algo assim. Subi até a cama e tirei o celular dos lençóis emaranhados. Eu tinha uma mensagem de um número salvo como INTERESSE ROMÂNTICO FRANCÊS. Dizia: *Simon, você ainda quer tomar um café essa tarde? Eu adoraria conversar mais sobre as minhas pinturas.*

Eu xinguei. Lá embaixo, Holmes sorriu, equilibrando o livro nos joelhos. Ela devia ter pegado meu celular no meio da noite, mas eu não conseguia nem imaginar como. Mesmo assim, ela tinha conseguido mandar a mensagem mais horrorosa do mundo para Marie-Helene:

Oi, gata, espero que vc não se incomode, mas a Tabitha me deu seu número. Ela é uma ótima cupida. Que tal um café amanhã?

– Holmes, isso foi horrível. Que tipo britânico clichê.

– Não deu para evitar. É como você fala quando está bancando o intelectual. – Ela mordeu o lábio. – Não é, *camarada?*

Espertinho, escrevera Marie-Helene de volta. *Meu Deus. Mandando a sua prima fazer o trabalho sujo! Sim, claro que eu quero te ver.*

Eu adoraria ver suas pinturas e falar + sobre elas. Desculpa a babaquice de ontem na casa do seu prof. Fiquei nervoso.

— Simon não ia dizer "adoraria" se é preguiçoso demais para digitar as palavras inteiras.

— Oh, céus, eu cometi um erro — comentou ela, me olhando inocentemente por cima do seu livro.

Nervoso por quê?, perguntara Marie-Helene, acrescentando uma linha de emojis de anjo.

N é óbvio? Vc é linda. Vc sabe disso.

Emoji ruborizado.

— Ah, não. Não. De jeito nenhum. Isso é tipo uma música do L.A.D. Isso é tipo a minha irmã escrevendo uma fanfic do L.A.D.

— Eu aprendi bastante com a sua irmã — declarou Holmes com certa satisfação. — Fiquei sabendo que quando você era pequeno, uma vez insistiu em usar a cueca *por fora* da calça uma semana inteira. Eu vi as fotos.

— Não.

Eu ia matar a Shelby, e de um jeito elaborado.

— Também aprendi cada palavra de cada música do primeiro álbum do L.A.D. — Para minha surpresa, ela começou a cantar: — *Garota/Ei, garota, você é linda/você sabe que é superlinda...*

Joguei um travesseiro nela. Holmes se desviou com agilidade.

— Como é que alguém com um professor particular de música pode cantar tão mal?

— Cada um com seus talentos, Watson. Nem todo mundo é um conquistador profissional.

– Tem algum motivo real para eu ir tomar café com Marie-Helene? Ou você só está implicando?

Ela levantou o livro. O título era *Gifte* e a capa era marmorizada.

– Você está me perguntando se eu quero ler? – indaguei.

– Ou eu devia ter aprendido alemão de repente?

– Venenos, Watson. A palavra quer dizer veneno. Por mais que o Milo negue, não dá para descobrir certas coisas por uma filmagem de segurança ou revistando os funcionários da casa. Se não posso fazer nada sobre o Leander... vou repassar o que sei sobre o histórico médico da minha mãe. Tentar limitar as coisas às quais ela foi exposta e, daí, determinar como o veneno entrou na casa. Você sabe que o Milo viajou, por isso agora tenho acesso ao *laboratório* dele. À tecnologia dele! Vai ser uma tarde maravilhosa.

– Pensei que fôssemos resolver o caso até meia-noite.

– E vamos.

– *Esse* caso. Não o dos seus pais.

– É óbvio que eles estão ligados. A navalha de Occam, Watson. Com que frequência seus familiares são sequestrados e envenenados na mesma semana? – Suas palavras eram bruscas, mas a voz não. – A explicação mais simples é a verdadeira. Sempre. Então estou tentando resolver. Enquanto você usa essa garota para se infiltrar. Tire alguma informação dela. Acenda aquele charme garanhão.

– Mais alguma gracinha?

– Eu só não estou à altura de...

— Chega.

O que aquilo queria dizer sobre a gente? O fato de que planejar meu encontro com outra garota era a coisa mais divertida que fazíamos em vários dias?

— Beleza, eu dou uma olhada no estúdio da Marie-Helene, faço algumas perguntas capciosas para os amigos dela, tento dar uma sacada no Nathaniel antes de a gente ir ficar de olho na Galeria East Side hoje à noite. Mas vou comer um sanduíche antes.

— Sim, ótimo. — Como se estivesse vestindo uma capa, Holmes jogou seu roupão por cima das roupas e enfiou o livro debaixo do braço. — E, Watson, use o seu fedora — disse ela, e saiu rindo pelo corredor.

Marie-Helene gostava do meu chapéu. Também gostava das minhas botas e da camisa de banda que eu usava com os jeans rasgados, o que não era exatamente algo bom, já que eu nunca tinha escutado a tal banda.

— Enfim — disse ela, segurando um latte nas mãos enluvadas —, Faulkner sempre foi meu preferido, mas também gosto muito do Murakami. Eles são bem diferentes, é difícil escolher.

— Ah, verdade.

Estávamos do lado de fora do café onde ela quis me encontrar, a meia quadra do seu estúdio. Marie-Helene tinha me apontado o prédio mais cedo, com o teto pontudo e as paredes de tijolo, e eu estava esperando uma desculpa para pedir para conhecê-lo.

– E graphic novels. Acho que foi por causa delas que comecei a desenhar. – Ela deu um gole na bebida. O pompom no alto de seu gorro balançou para a frente e para trás. – Está tudo bem? Você está parecendo distraído de novo.

Eu forcei um sorriso.

– Só meio perdido em pensamentos, gata – respondi, e estava mesmo. Eu queria avançar. Queria voltar à Greystone com novas pistas. Queria descobrir quando conversar com uma garota francesa sobre os nossos autores preferidos em uma rua coberta de neve em Berlim deixou de ser minha ideia de um domingo perfeito. Tudo que eu realmente queria era chegar ao estúdio para poder remexer nas coisas dela enquanto Marie-Helene estivesse no banheiro.

Às vezes eu me perguntava se conviver com Charlotte Holmes tinha feito de mim um monstro. Em momentos assim, eu tinha certeza.

– Mas então, como você se interessou por arte?

– Bom, uma vez eu me perdi no Louvre... espera – ela se interrompeu, franzindo a testa. – Acho que já te contei isso, no Old Met.

Ela tinha contado mesmo. Eu disfarcei.

— Não, é claro. Ha! Mas isso foi quando você resolveu que *gostava* de arte. Eu quis dizer, tipo, quando você quis, hum, *fazer arte*.

Marie-Helene ergueu uma sobrancelha, mas logo embarcou em uma história sobre conchas, a coleção de colheres da avó e um lápis que ela roubou do carteiro. Era uma história bem contada, engraçada e inteligente. Eu parei de escutar quase de imediato. Segurei a mão dela e parti na direção do estúdio de um jeito casual.

— Você tem algum desses trabalhos antigos lá em cima? — perguntei quando chegamos à porta.

— Não. Você está tentando me levar para um lugar mais discreto, Simon Harrington?

O sobrenome que Holmes tinha me dado.

— Talvez...

Observei-a considerar a ideia. A ponta de seu nariz estava cor-de-rosa por causa do frio e ela usava um batom de cor forte que a fazia parecer saída de um conto de fadas. E eu não queria beijá-la. Como eu não queria beijá-la? Eu estava estragado.

— Tudo bem — disse ela de forma tímida. — Vou te mostrar meus quadros.

— Tem mais alguém lá? — perguntei enquanto ela remexia as chaves.

— Faltam poucos dias para o Natal. Eu vou para casa amanhã, mas acho que sou a última por aqui.

— Ótimo — falei, ansioso.

Haveria menos testemunhas, menos estúdios ocupados, e eu queria dar uma vasculhada por ali. Se possível, queria excluir os alunos de Nathaniel como suspeitos. Eu gostava de Marie-Helene. Em outra vida, poderia ter gostado muito dela, e queria parar de pensar em meios de usá-la no nosso caso.

Os estúdios estavam escuros, a não ser pela luz pálida da tarde de inverno entrando pelas janelas, e Marie-Helene não se deu ao trabalho de acender nenhuma lâmpada enquanto a gente passava. Não até chegarmos ao espaço dela, no final do corredor, e ela se sentar à mesa de trabalho, balançando as pernas.

– Oi – disse ela, mordendo o lábio.

Droga, pensei. Porque lógico. Lógico que ela esperava que eu tomasse a iniciativa. Que tocasse seu pescoço, a beijasse. Talvez até cantasse uma música do L.A.D. – fizesse alguma coisa à altura das mensagens ridículas que a Holmes tinha mandado.

Eram *mesmo* mensagens ridículas. Com certeza tinha um jeito de marcar aquele encontro sem todo o flerte exagerado. Se as duas tinham feito amizade na noite anterior, por que a própria Holmes não foi encontrar Marie-Helene? Ela era a melhor detetive. Nós dois sabíamos.

Certo, eu tinha sido meio mesquinho na noite anterior, passando o braço pela cintura de Marie-Helene, me gabando para a Holmes de que a francesa tinha gostado de mim. *Haha, não ligo de o August estar por perto, eu também tenho alguém*. E sim, foi um golpe meio baixo, mas pensei que ela não tinha dado a mínima e... *Ai, meu Deus*, pensei, *ela está armando pra cima de mim. Ou ela sabe que vou estragar tudo ou...*

Ou ela sabia que eu ia estragar tudo *e* queria que eu fosse atrás de Marie-Helene e deixasse ela, Holmes, em paz. Dava para imaginar a Holmes rindo e comentando com August: *Você sabe como é o Watson. Ele nunca quis nada comigo, só gosta de qualquer garota bonita.*

Bom, tem uma garota bonita aqui me querendo, pensei, e deixei Simon sair da caverna. Envolvi Marie-Helene nos braços e a beijei como um homem voltando da guerra.

Mais um ponto marcado debaixo da coluna "monstro": foi um ótimo beijo. Ela se inclinou para mais perto, passou as mãos pelo meu cabelo, me puxou para ela como se realmente me quisesse, como se eu não fosse a pessoa horrível que Holmes achava que eu era. Como se eu fosse alguém digno de uma garota como ela.

Como Marie-Helene, quero dizer. Claro que foi isso que eu quis dizer.

Com um murmurinho, ela me puxou para mais perto, levantando a barra da minha camisa para tocar minha barriga. Suas mãos estavam quentes, mas ainda de luvas. Percebemos isso ao mesmo tempo e, rindo, ela as arrancou, uma, duas, com os dentes. Meu peito se apertou, uma sensação forte e vulnerável. Eu queria tocá-la por baixo do casaco. Desabotoar sua blusa.

Grande parte de mim queria estar de volta à sala 442 do prédio de ciências, grudado em Charlotte Holmes, enquanto ela falava a respeito de seus esqueletos de abutre.

– Ei – falei para Marie-Helene, sem fôlego –, ei, você vai embora amanhã. Isso não está indo meio rápido demais?

– Não acho. – Ela correu um dedo pelo meu braço.

– Eu acho, eu acho que para mim está.

Surpresa, ela se afastou um pouco.

– Simon, você é um cavalheiro – comentou ela, me provocando, mas dava para ver que no fundo estava magoada.

– Não é isso. – Passei a mão pelo cabelo dela. – O que eu quero dizer é que realmente quero ver sua arte. – Verdade, mas não do jeito que soou. – E quero te ver também, de novo, depois do Natal. – Mais ou menos verdade. – Quando você volta?

– Não era para isso... – Ela suspirou. – Eu terminei com meu namorado na semana passada. Eu não quero... eu não quero te ver depois do Natal, tá? Eu quis ficar com você porque achei que você estava indo embora e eu... quando eu voltar para Lyon, provavelmente vou ver meu ex. Não queria não ter ficado com ninguém depois dele.

– Ah.

– Desculpa. Foi sinceridade demais?

Não foi. Ambos estávamos muito envolvidos, só não era um com o outro.

– Tudo bem – respondi, e foi totalmente verdadeiro.

Marie-Helene deu um sorriso meio triste.

– Você é fofo, sabia? É só que... o meu coração já tem dono.

– Justo.

Ofereci a mão para ela descer da mesa de trabalho. A gente se olhou e eu ri um pouco daquilo tudo. Do copo de pincéis. Do modo direto como ela tinha detonado a mim – ao Simon. Do fato de eu estar na Alemanha, com uma garota estranha, no estúdio dela, e que Charlotte Holmes tivesse armado aquilo tudo para ver o que eu ia fazer.

– Já que eu estou aqui, você me mostraria um pouco do seu trabalho? Ou é meio estranho?

Ela deu uma risadinha.

– É meio estranho – confirmou ela, indo até uma pilha de quadros perto da parede –, mas meio legal. Tudo bem. Que tal esse aqui? É um rascunho de um dos banhos turcos em Budapeste. Eu amei o azulejo, olha, eu queria representar o mosaico que vi lá de forma abstrata. Usei esses pincéis...

Apesar de as telas que ela me mostrou serem todas claramente originais, estudos de lugares que ela visitara, paisagens que tinham ficado em sua cabeça, eu me vi interessado e fazendo perguntas. Perguntas de verdade. No começo, estava tentando me distrair do quanto ainda estava desconfortavelmente excitado (um caso do meu corpo agindo sem a permissão do cérebro), mas ela falava com muita autoridade sobre seu trabalho, indo de uma tela à outra com seu casaquinho de gola de pele. Comecei a perceber que sempre achei aquele tipo de domínio e paixão instigante, que ela podia falar daquele jeito sobre sua coleção de pedras que eu ainda ia querer saber mais. Tínhamos chegado aos seus últimos trabalhos finalizados.

— Esses últimos foram exercícios para a aula — contou ela. Vislumbrei uma peça que parecia familiar.

— Espera. Esse parece... bem, um Picasso, na verdade.

— Porque é.

— É mesmo? — Ergui as sobrancelhas para ela.

— Simon — disse Marie-Helene, bagunçando meu cabelo —, você é mesmo um fofo.

Enquanto ela pegava a pintura para eu olhar melhor, resolvi que precisava fazer algo em relação ao meu corte de cabelo.

— É um registro do famoso *O velho guitarrista cego*. Para a aula de formas e figuras do Nathaniel. Todos os alunos do primeiro ano têm que fazer. Ele gosta muito de imitações como prática de ensino.

— Como assim? — perguntei, observando o quadro.

O significado era óbvio, mas eu queria ouvir dela. Principalmente porque aquela não parecia uma cópia fiel. Eu não entendia muito de Picasso, mas tinha quase certeza de que o guitarrista naquele quadro era homem. E ali estava uma anciã envolvendo um instrumento que não era um violão.

— É um *kokyu* – informou Marie-Helene, em resposta à minha pergunta não formulada. – Meu pai tem um em casa. Era da minha tia-avó. É lindo, não é?

— É, sim. – Estiquei o braço para passar os dedos pela tela. – Por que ele não deixa você ter suas próprias ideias?

— Porque enquanto você busca seu estilo, pode ser útil experimentar os desses artistas de sucesso. Nathaniel diz que precisamos descobrir o que é possível roubar deles. Então, se eu tentar imitar Picasso, tentar de verdade copiar suas pinceladas, provavelmente vou fracassar, mas vou entender melhor o processo dele e tal – disse ela, e em seguida imitou a voz de Nathaniel: – Vou aprender algo sobre mim! Sobre a minha alma!

— Ele gosta mesmo de almas – comentei.

— Sim. – O sorriso dela desapareceu. – Ele ficou meio bravo comigo por eu ter mudado alguns elementos do Picasso aqui. Disse que eu estava me desviando muito da tarefa. E elogiou muito os quadros que pareciam cópias exatas. Sinceramente, isso me pareceu meio idiota. Eu ainda estava trabalhando com o estilo do Picasso.

Eu tinha quase certeza de que sabia a resposta à pergunta seguinte.

— Ele só tem esse lance com o Picasso?

— Não. Ele trabalha em conjunto com a professora de história da arte. Entrega pra gente uma lista de pintores que ela aborda no primeiro mês. É tipo um grande projeto,

a gente estuda o pintor que escolher, a vida dele, a história, para sentir bem o trabalho. Conta para as duas matérias.
— Quem mais as pessoas imitam? — perguntei. Ela me olhou de um jeito estranho. Eu estava fazendo muitas perguntas. Enfiei as mãos no bolso e baixei os olhos. — É só que... seria bom me adiantar nessa tarefa, se eu acabasse vindo pra cá.

Marie-Helene deu risada.

— Vou fazer melhor. Pega outro café para mim e a gente vai fazer umas invasões — disse ela. Como fiz uma expressão chocada, ela emendou: — Nos estúdios dos meus amigos. O que você achou que fosse?

Naquele momento, ela soou tão igual à Holmes que meu estômago se revirou. Será que era por isso que eu queria obedecer imediatamente à ordem dela? *Idiota, tão idiota,* pensei. *Qual é o seu problema com essas garotas? Por que eu sempre acabo correndo atrás delas?* Mas aquela garota era aluna de Nathaniel, tinha um grupo de amigos que estavam falsificando quadros, soubessem eles ou não, e não, eu não queria ficar com ela, só que Marie-Helene tinha aquele monte de sardinhas no nariz, então claro que eu disse sim, que tipo de latte ela queria dessa vez?

— SABE, ACHO QUE ESSE É O MELHOR NÃO ENCONTRO QUE eu já tive — comentou Marie-Helene, abrindo a porta para o estúdio da amiga, Naomi.

Claro que não era uma invasão de verdade, não havia sequer uma fechadura envolvida. Cada um guardava seus materiais em caixas de metal embaixo das mesas, mas os espaços pareciam ser comunitários.

– O projeto da Naomi foi sobre Joan Miró. O de várias pessoas foi. O professor Ziegler fez até piada com isso – contou ela, me deixando descobrir o sobrenome de Nathaniel. – Ele deu um prêmio não oficial para o melhor e pendurou os quadros em um quiosque do lado de fora do Centre Pompidou, o museu, que vende imitações para os turistas. Parece que dá para fazer uma boa grana com isso.

Naomi tinha imitado Joan Miró. Rolf, do estúdio ao lado, tinha escolhido Da Vinci. O seguinte foi Twombly, todo de rabiscos, e depois uma colagem em preto e branco de Ernst, em que uma garota em um vestido longo e antigo segurava um iPhone na orelha ("Nathaniel odiou muito esse aqui", contou Marie-Helene). Em seguida veio um *Gótico americano*, uma imitação horrorosa de *Noite estrelada* (na verdade, pensei, de repente Simon podia *mesmo* entrar naquela faculdade) e, finalmente, quando peguei Marie-Helene verificando a hora de forma não muito sutil, acabamos no estúdio da amiga dela, Hanna. A garota com a mochila salpicada de tinta, a que me avisou sobre os homens na festa da piscina.

– Ela é de Munique – explicou Marie-Helene. – Ela ama todos os pintores alemães do século XX. Muitos alunos não gostam das aulas de história da arte, preferimos fazer a nossa arte, mas a Hanna se esforça muito. Ela é uma ótima artista, e é muito esperta. *Langenberg*. Mantive o rosto neutro.

– Tão esperta quanto você? – perguntei.

– Me diz você – respondeu Marie-Helene, dando de ombros, e começou a pegar os quadros para eu ver.

Todos eram paisagens surrealistas. Todos feitos com cores néon conflitantes, horríveis de se olhar. Nada de cenas silenciosas em salas de estar. Nada de cores escuras. Nem sequer pessoas. Talvez meu gosto artístico não fosse apurado o bastante, ou talvez eu só estivesse frustrado de ter dado de cara em outra parede, mas quando cheguei ao último quadro, sabia que já tinha visto o suficiente. Foi um alívio.

– Acho que bebi demais ontem – falei, tirando meu chapéu para esfregar as têmporas. – Acho que preciso de uma soneca. Desculpa ser tão tosco.

– Nada de tosco – respondeu ela, e pegou meu chapéu para colocar na própria cabeça, sorrindo. – Na verdade, eu me diverti pra caramba hoje.

Eu também. Quase um tipo normal de diversão, como quando eu passava as tardes batendo papo com meus amigos em um bar, tendo conversas nas quais eu não sentia que precisava de uma enciclopédia, de um dicionário ou de um placar. Onde os meus amigos gostavam de mim e eu gostava deles, e isso era tudo. Quando eu podia ir para casa, implicar com a minha irmã e ler um livro na cama e não me preocupar que estivesse perdendo lentamente tudo que eu amava.

O tipo de diversão em que ninguém atira em você, pensei, e, ao pegar meu chapéu de volta, dei um beijo na bochecha de Marie-Helene. Antes que eu pudesse me afastar, ela me puxou pelo passador do cinto.

— A gente podia se ver quando eu voltasse — disse ela baixinho. — Acho que seria legal.

— Eu vou estar em Londres — respondi. — Mas se você algum dia for lá...

Não me ligue, eu queria dizer. *Porque você é muito legal e merece coisa melhor do que um babaca marrento imaginário que não gosta de você como deveria.*

— Se eu for.

Ela me beijou no canto da boca, um beijo lento, inesperado. Não foi inocente, e não foi romântico, era uma insinuação, umas reticências. Fechei os olhos.

— A gente se vê, Simon — disse ela, e eu parti de volta para a Greystone, sem muita certeza do que diria a Holmes quando chegasse lá.

EU ESTAVA TÃO PERDIDO EM PENSAMENTOS QUE NÃO NOTEI o carro me seguindo. Primeiro, achei que estava imaginando. Mas o céu estava gélido e nevado, as ruas quase vazias, e o carro preto se arrastava como um tumor ambulante.

Eu diminuí o passo em uma faixa de pedestres. O carro também desacelerou. Quando me enfiei em um beco e saí em uma rua diferente, o carro apareceu alguns instantes depois. Enfim, parei em uma esquina, com o chapéu nas mãos, e esperei.

O carro encostou no meio-fio. A janela traseira baixou.

– Sr. Watson – disse a voz. – Precisa de uma carona?

O clique de uma arma sendo engatilhada. Não era um pedido. Eu entrei.

sete

O CARRO PRETO NÃO ME LEVOU PARA UMA CELA, UM armazém ou um campo isolado com um túmulo previamente escavado. E eu não saberia se tivesse levado, pois não conseguia ver aonde íamos. Assim que entrei no carro, fui agarrado e vendado enquanto minhas mãos eram atadas com algo que parecia uma braçadeira. A única coisa que eu consegui ver foi um homem de terno com um saco preto na cabeça.

Que droga estava acontecendo?

– James – disse a voz, sem emoção. O som do saco sendo tirado da cabeça. – Antes de começarmos, gostaria que você soubesse que esta não é minha voz. Contratei este homem para falar com você em meu nome. Ele está repetindo o que eu digo.

Agucei os ouvidos e escutei o leve batucar de dedos em uma tela diante de mim. Devia haver um assento de frente para o meu. Mais alguém sentado ali, escrevendo as palavras em um tablet. Chutei para a frente e acertei o joelho de alguém.

Uma exclamação de dor. Alguém se deslocando. O som de uma arma sendo destravada. Talvez ele não estivesse digitando em um tablet, afinal. Mas eu não tive tempo de considerar; fui jogado contra a porta e, depois de uma briga, eles amarraram minhas pernas.

– Não tenho intenção alguma de ferir você, idiota – afirmou a voz. – Pare de se debater.

Houve uma pausa enquanto todos se reassentavam. O carro virou à direita. Se eu fosse a Holmes, teria rastreado nossa rota pelo número de curvas feitas e deduziria aonde estávamos indo. Três esquinas? Quatro? Queria ter um mapa da cidade gravado na memória, como ela.

Só que eu não tinha. Era melhor superar. Portanto, me concentrei no interior do carro; quantas pessoas ali dentro comigo? Duas, pelo menos, eu sabia com certeza. Quando a voz falou de novo, prestei atenção nos espaços mortos do carro, onde a voz encontrava resistência. Três, talvez?

– Esta luta não é sua. Nunca foi. Você está colocando Charlotte Holmes em perigo.

A voz era inglesa. Uma dedução inútil, porque eu estava cercado de gente inglesa, e não era a voz real dele, de qualquer forma.

– Na verdade – respondi, na esperança de manter uma conversa –, tenho certeza de que é você quem está colocando ela em perigo, Hadrian.

Eu tinha certeza de que não era Hadrian comigo no carro, mas não custava nada tentar. Quem mais teria uma frota de carros pretos e se daria ao trabalho de me sequestrar para provar um argumento?

(Por outro lado, eu tinha percebido que os Holmes tinham pelo menos um daqueles carros pretos, e um motorista que os levava para todo lado. Milo também. Eu me perguntei se, quando alguém ficava rico, um carro preto apareceria na garagem na manhã seguinte, como em um filme infantil. Chofer francês em vez de um cocheiro. Um traficante de arte sanguinário em vez de uma fada madrinha.)

A voz fez uma pausa.

– De acordo com as minhas instruções, é para eu rir de você agora.

– Fique à vontade.

A voz deu uma risadinha envergonhada.

Mais sons leves de digitação, mas a voz falou de novo antes que o som terminasse.

– Não vou lhe dar a minha identidade. Não é importante. Saiba que sou uma parte interessada, e quero que você já vá reservando a passagem de volta para casa. Você não tem nenhuma habilidade especial, sabe disso. É um adolescente bem comum. Não tem nenhum uso além de ser usado.

– Eu sei que é divertido ser misterioso, mas essa última frase não fez sentido nenhum. – Eu queria que a voz continuasse falando, porque, enquanto eu remexia minhas mãos, percebi que a braçadeira não estava tão apertada quanto deveria.

— Pense em si mesmo como um pacote. É Natal, então imagine um presente com um embrulho bonito. Charlotte o carrega para todo lado. Ele pesa, mas ela gosta de olhá-lo. Talvez o pacote fale. É engraçado. É elogioso. Faz com que ela se sinta especial, e ela gosta disso. Então um dia Charlotte deixa o pacote em algum lugar público e puf, alguém leva ele embora. Charlotte fica triste. Depois, furiosa. Ela faria qualquer coisa para ter o presente de volta. Coisas horríveis. Que acabarão na morte ou na prisão dela. Não queremos que Charlotte faça essas coisas.

— Quer dizer que, nessa sua história infantil esquisita, eu sou um pacote falante — eu disse, colocando os pulsos entre os joelhos e muito, muito lentamente, puxando uma mão curvada para fora da amarra. — É uma metáfora muito burra. Você foi reprovado na aula de inglês? Era mais de exatas, né?

Uma pausa.

— Vá para casa, James. Você sabe que não tem nada para oferecer a ela.

Minha mão estava quase livre. Com o cotovelo, tateei o mais discretamente que pude em busca da maçaneta da porta.

— Eu até que faço um macarrão à carbonara muito bom.

O carro reduziu a velocidade. Estávamos chegando a um sinal de trânsito?

– Vá para casa – repetiu a voz, entristecida – ou ligaremos para o seu pai.

Eu ri. Não consegui me conter.

– Por favor – respondi –, já faz algumas horas que não nos falamos e ele deve estar querendo notícias. – Então puxei minha mão da amarra, abri a porta e me joguei para fora do carro.

Pneus derrapando no concreto. Meus dedos arrancando a venda. Buzinas, alguém gritando, um monte de carros parando ao meu redor, mas eu tinha aprendido pelo menos uma coisa nos últimos meses. Antes de me arrastar o meio metro até a calçada, decorei a placa do carro preto.

EU DISSE A UM TRANSEUNTE QUE GRITAVA QUE EU NÃO tinha sido sequestrado. Falei a outra que ela não precisava chamar a polícia. Ela chamou mesmo assim, então contei à polícia que meus amigos e eu estávamos fazendo um treinamento alemão de incêndio. Não, eu não sabia o nome do motorista, nem do dono do carro. Tinha acabado de conhecê-los. Não, eu não queria dar depoimento. Sim, eu escolheria melhor meus amigos no futuro. Não, eu não precisaria de ajuda para andar um quarteirão até a Greystone, porque era ali que estávamos, à vista do quartel-general do Milo, e eu queria me poupar da humilhação de ser levado de carro pelos últimos dois metros.

Manquei pelo resto do caminho. Eu meio que tinha torcido o ombro ao rolar para fora do carro. Arranhado as mãos. Elas ainda estavam machucadas do meu incidente com um espelho de dois lados, no outono, e não precisou muito para que recomeçassem a sangrar. Os guardas na entrada da Greystone ficaram com pena de mim. Dessa vez, só fui submetido a uma leitura de retina.

Eu tinha que encontrar Holmes, mesmo não querendo. Extra, extra: entrei em um carro estranho no qual alguém me disse que eu era inútil. Como foi a sua tarde?

Ninguém no nosso quarto compartilhado. Ninguém na cobertura do Milo, pelo menos nas áreas em que eu podia entrar – com certeza não ia pedir à guarda no corredor que me deixasse vasculhar o quarto dele. Perguntei a ela se tinha visto a Holmes ou August, e ela deu de ombros, como se eu não fosse digno de uma resposta.

– Bem, tem um laboratório por aqui? Geralmente inacessível à Holmes?

– Se você estiver se referindo a Charlotte, então sim. Noventa e quatro por cento deste prédio estão "inacessíveis" à irmã do sr. Holmes.

– Eu tive um dia muito ruim – falei – e tenho cem por cento de certeza de que você sabe onde ela está. Pode me levar até ela?

Descemos três andares e viramos uma esquina, e a guarda enfadada me levou a uma porta trancada com código. Ela digitou os números e empurrou a porta com o fuzil.

– Nosso laboratório audiovisual.

O laboratório era imaculado, de um branco-reluzente que eu associava a dentistas. Havia terminais de computador montados no meio do aposento, além de grandes alto-falantes e telas nas paredes. Holmes estava sentada abaixo de um grupo dessas telas. Tinha desmontado uma delas com uma chave de fenda – ou, pelo menos, era o que eu presumia, porque havia uma caixa de ferramentas ao lado dela – e agora remexia em uma série de fios pretos com alicates. Ela assoviava algo alegre e sem melodia, então presumi que tudo corria bem.

August Moriarty tinha puxado uma cadeira de escritório para se sentar atrás dela. Ele se inclinou sobre o ombro da Holmes e disse algo em seu ouvido.

– Tenho um Watson para você, srta. Holmes – anunciou a guarda.

Nenhum dos dois se moveu.

Eu pigarreei e acrescentei:

– Um Watson sangrando, que foi sequestrado.

August se levantou. Holmes virou a cabeça.

– Obrigado – falei. – Se eu quiser chamar sua atenção da próxima vez, preciso ser uma bomba de verdade?

Que fique registrado, eu estava de péssimo humor.

– Suas mãos – apontou Holmes, atravessando a sala até mim. – O que aconteceu com as suas mãos desta vez?

Eu as ergui, deixando o sangue pingar no chão.

– Carro preto, placa 653 764. Purificador de ar de lavanda. Duas pessoas no carro, talvez três. Não tenho certeza. Eu estava vendado, não sei o caminho exato, mas acho que andamos em círculos. Levou mais ou menos cinco minutos...

– Watson, não preciso de um relatório imediato...

– Disseram que eu era inútil. Que eu devia te deixar e voltar para casa.

Ela me olhou sem vacilar. Não disse uma palavra.

– E, quando eu rolei para fora do carro, acho que desloquei o ombro. August, você me ajuda? Preciso colocá-lo de volta no lugar.

Ele ficou pálido.

– Não tem um médico na equipe da Greystone?

– Ah, fala sério – disse Holmes. – O que eles te ensinaram em Oxford?

Então, depois de mapear meu ombro com as palmas, a Holmes me fez deitar no chão, pôs um dos pés na minha barriga e botou meu braço no lugar com um puxão.

Eu gritei. Mais alto do que deveria, talvez. Respirei fundo. Testei meu ombro. A dor não estava pior; tinha diminuído um pouco.

– Provavelmente seria má ideia te pedir analgésicos – comentei enquanto ela me ajudava a levantar.

– Provavelmente – concordou ela. – Se bem que talvez eu tenha alguma coisa no sapato, se você quiser que eu olhe.

Eu me virei rápido para olhá-la, o que provocou mais um espasmo de dor, e ela ergueu as mãos.

– Watson, calma, estou brincando. A placa que você mencionou é de um dos carros do Milo. Todos os carros da frota pessoal dele começam com 653. Ele só deve estar preocupado com a sua segurança. Esta não é exatamente uma missão sua.

Eu não esperava que ela me reconfortasse, mas também não queria que ela se juntasse àquele coro.

– Certo, então. Seu irmão não iria, sei lá, me chamar e me pedir para ir embora?

– Com certeza ele curtiu a teatralidade da coisa. Purificador de ar de lavanda? Parece horrível o bastante para ser ele. – Holmes me segurou pelo pulso e espiou minha palma. – São escoriações bem pequenas. Vou pedir para enfaixarem e então podemos voltar ao trabalho.

– Voltar a qual trabalho, exatamente? Como vocês passaram a tarde?

– Desmantelando aquela tela.

– Não sabia que você tinha fundado um clube audiovisual na minha ausência.

Ela franziu o cenho.

– Era a câmera de segurança que estávamos vendo. Parou de funcionar. Eu estou consertando.

– Não fale comigo como se eu fosse criança.

– Então pare de agir desse modo. Como foi com Marie-Helene?

– O que você acha?

– Acho que ela foi suficientemente burra para gostar do seu showzinho.

– Ela não é burra.

– É mesmo? – rebateu ela. – Eu me considero bem inteligente e, neste instante, acho *tanto* você *quanto* o Simon irritantes. Como é que você explica isso?

Mantive a voz fria.

– A gente se pegou até ela resolver me mostrar um andar inteiro de pinturas forjadas. Foram feitas como tarefa para uma aula na Sieben em que Nathaniel Ziegler é professor. Não vi nada do Langenberg, mas não examinei o prédio inteiro. Não importa. Temos o suficiente para saber que essa é a conexão que Leander estava investigando. Sei que não é exatamente a *minha missão* nem nada, mas, se eu tivesse que deduzir, diria que Leander estava só tentando rastrear os intermediários. Descobrir como o dinheiro trocava de mãos. Sempre seguimos o dinheiro, né? É como uma batata quente. Quem estiver com a grana no fim é o maior culpado.

Eu não sou burro. Nunca fui burro. Tiro notas boas. Presto atenção quando alguém me ensina alguma coisa, e faço questão de aprender depressa. Tudo bem, eu não tinha o treinamento ou a aptidão da Holmes, mas só porque eu não era um gênio não queria dizer que eu não era inteligente.

E não, aquela não era a minha missão. Era a *nossa* missão. O tio dela tinha sumido, mas era o melhor amigo do meu pai, e eu tinha tanto direito de estar lá quanto ela. Estava farto de ficar sempre no banco de trás. Ouvir insultos de estranhos que me sequestram à mão armada para me passar sermão. Estava farto da forma como August me olhava, mesmo agora, com o tipo de condescendência reservada para chihuahuas bem-comportados.

— Você quer o caso resolvido até meia-noite? — indaguei, esfregando o ombro. — Então vou pedir ao meu pai os endereços de IP dos e-mails do Leander, já que ele não quer nos mandar os e-mails em si. Seu tio tinha que morar em algum lugar enquanto conduzia a investigação. Que tal *ir* lá? Dar uma boa vasculhada. Alguém deveria buscar Nathaniel Ziegler nos bancos de dados criminais do Milo. Dá para desencavar alguns comparsas conhecidos? Foi mais inteligente me mandar em um encontro com uma estudante de arte enquanto você brincava de mecânica em casa?

Holmes me encarava. Eu não sabia dizer o que ela estava pensando.

— Seu tio está *desaparecido*, Holmes.

— Jamie — disse August, em um tom de advertência.

— Deixa pra lá. Eu não ligo. August, você ficou aqui a tarde inteira? Não sequestrou nenhum carro preto hoje?

— Não — respondeu ele, inexpressivo.

— Então *o que você ficou fazendo?* — Estava difícil não gritar. Eu tinha que ver alguma reação de raiva surgir no rosto da Holmes. Qualquer reação.

August deu um passo à frente e pôs a mão no ombro da Holmes. Os dois se entreolharam. Ele deu de ombros; ela assentiu. Era o tipo de comunicação não verbal que eu estava acostumado a ter com ela.

– Minha mãe – falou Holmes, enfim – agora está em coma.

– Em *coma*? – Eu a encarei. – Achei que o envenenamento fosse um evento isolado. Pensei que...

– Nós pensamos errado.

– E isso não deveria ser a nossa prioridade? – perguntei, começando a andar de um lado para outro. – Não devíamos colocar tudo isso aqui em suspenso? Voltar à Inglaterra? A vida da sua mãe está em risco.

Ela me olhou sem expressão.

– Não.

– Você está soando meio sem coração agora. Só para você saber.

– Essas coisas estão *conectadas*, Watson. Minha mãe? Leander? Se eu resolver um, resolvo o outro, e lamento muito se você fica ofendidinho porque eu gosto mais do meu tio. – Ela engoliu em seco. – Eu amo minha mãe também, mas... Eu tenho que priorizar. Minha mãe sabe se cuidar.

– Estando em coma.

Atrás de Holmes, August cruzou os braços e me olhou com raiva.

A expressão dela era um espelho da dele.

– Só fiquei sabendo disso pelas informações do meu irmão. Meu pai não me contou absolutamente nada. – Irritada, ela apontou a tela. – Milo está me transmitindo imagens da Tailândia para que eu possa revisá-las pessoalmente, mas nada nem ninguém entrou na casa desde ontem. Milo demitiu a equipe toda, só por precaução. As únicas pessoas... – Com um suspiro, ela passou a mão pelo cabelo. – Meu pai e o médico estão cuidando da minha mãe. É tudo que eu sei.

– E o Lucien? – perguntei.

– O Moriarty não fez nenhum tipo de movimento. Não que o Milo saiba. Nada que ele possa deter.

– Sinto muito.

Ela se soltou da mão de August e veio até mim. Os olhos dele a acompanharam.

– Eu estou cansada, Watson. Estou trabalhando em dois casos ao mesmo tempo, e ambos são relacionados à minha família. É diferente de tudo com que eu já lidei. A certeza burra do Milo não está ajudando. Eu sei que ele deixou passar alguma coisa. Eu sei quem são os culpados. Só não sei como fizeram o que fizeram.

– O normal não é raciocinar *a partir* dos fatos? – indaguei. – Em vez de designar a culpa e seguir daí?

Holmes deu de ombros, mas notei que ela ficou magoada.

– Não sou Sherlock Holmes. Isto não é um estudo de caso. Meu tio está desaparecido, e a única resposta possível é que os Moriarty estão por trás disso. De um jeito ou de outro, foram eles. Desculpa, August.

Ele fez uma careta.

— Teria alguma utilidade se o Milo... sumisse com o Lucien? — perguntei.

— E Hadrian? — respondeu ela. — E Phillipa? E os guarda-costas deles? Por que você acha que eles não nos eliminaram diretamente? Por que você acha que eles não nos mandaram o corpo do Leander pelo correio? Colocaram uma bala na cabeça da minha mãe?

Esfreguei o ombro enquanto pensava no assunto. O que seria a única coisa pior que a confirmação do seu maior medo?

— Porque a incerteza é pior.

Ela estendeu as mãos como se para dizer: *pois é*.

— Já terminou de me dar esporro? — questionou ela.

— E as minhas ideias?

— São boas — admitiu Holmes. — Claro que são. Claro que *você* é bom. O que você acha que eu sou? Algum tipo de máquina? Se eu quisesse alguém que só me diz sim, não acha que eu arranjaria alguém que me diz sim com mais frequência?

Eu contive um sorriso.

— Justo.

— Você não acha — continuou ela, se aproximando — que é meio irônico alguém ter se dado ao trabalho de sequestrar você anonimamente? Se todo mundo fica insistindo que você é irrelevante, é preciso se perguntar por quê.

– Eu sinto muito pela sua mãe – sussurrei.

– Eu também. – Ela me observou por um momento, com olhos brilhantes. – Vamos dividir as tarefas, então? Você pode ligar para o seu pai? Sei que o August não vai se incomodar em vasculhar os dados nos sistemas do Milo, ele foi contratado para fazer essas coisas mesmo.

August deu de ombros.

– E, se você não se incomodar, eu queria passar mais um tempo com as transmissões de segurança do Milo. Quando eu era pequena, fui treinada para me orientar pela minha casa inteira vendada. Conheço todos os quartos. Tem alguns faltando nas transmissões.

– O Milo teve o mesmo treinamento? – perguntei, curioso em saber por que ele pularia a vigilância, por que estávamos todos aparentemente vagueando com os olhos cobertos.

– Não – respondeu a Holmes, distraída. Sua atenção tinha voltado à tela quebrada. – Ele estava sempre isolado no gabinete do nosso pai. Fala cinco idiomas, mas duvido que já tenha visto o nosso porão. Vamos nos reunir de novo em uma hora?

Porém, quando eu alcancei a porta, ela pigarreou.

– Watson?

– O quê?

– Vocês só... se beijaram?

Ela estava de costas para mim.

– Isso – respondi, querendo poder ver seu rosto.

– Vocês vão se ver de novo?

– Acho que não.

Holmes curvou a cabeça sobre o emaranhado de fios na mesa.

– É só isso – disse ela, então, e, quando eu saí, August veio logo atrás.

– Vou ligar pro meu pai. Você pode me dar um minuto?

– Vocês dois sempre brigam tanto?

– Não. Bem... sim. Ultimamente, acho que sim. – Dei de ombros. – Desculpe ter feito você passar por isso.

– Não sei como ainda são amigos.

– É um comentário meio bizarro, vindo do Moriarty esquisito que não consegue ficar com raiva da garota que arruinou a vida dele.

Os olhos de August voltaram à porta fechada do laboratório.

– Superar não é melhor que a alternativa?

– Depende da alternativa.

– E existe alguma? Que seja sã, quero dizer. – August suspirou. – Eu não odeio ela. Não sou uma pessoa horrível.

Eu o observei, a máscara de tristeza em seu rosto, as roupas escuras contornadas pela luz fluorescente do corredor.

– Você pode ser uma pessoa decente e mesmo assim não gostar dela.

— E aí o que me resta? — A boca do August se torceu em um sorriso. — Sou amigo dela. E, porque somos amigos, vou vasculhar uns dados para ela. De graça.

— Você está caçando falsificadores de arte — exclamei atrás dele, que já se afastava pelo corredor. — Pode ficar empolgado com isso. Eu te dou permissão de não ser um chorão.

— Sinto muito pelo seu ombro — respondeu ele. — Só para constar.

Então August sumiu de vista.

Eu não sabia bem se ele estava só sendo muito inglês, ou se August tinha realmente orquestrado todo aquele passeio vendado. Acesso aos carros do Milo? À equipe? Aos recursos? *Eu deveria estar furioso com isso,* pensei. *Ele mandou alguém me apontar uma arma. Ele me disse para abandonar tudo e ir passar o Natal em casa. Ele... Bem, ele ameaçou ligar para o meu pai.*

Não. Eu estava maluco. August não iria tão longe só para provar um argumento. Só para me despachar para casa em segurança. Será que iria?

Respire, disse a mim mesmo. *Amigos não sequestram amigos.* Isso se fôssemos amigos. Respirei fundo. Precisava de outra opinião.

Quando liguei, meu pai atendeu no segundo toque.

— Jamie — disse ele, ansioso. — Novidades! Me conte!

Havia uma comoção no fundo; o burburinho de uma festa, uma criança chorando.

– Que horas são aí?

– Eu estou no brunch de Natal da família da sua madrasta.

– Ah, não quero incomodar – respondi. – Posso ligar mais tarde...

– Sim! Que problema interessante e complicado! Ah, não, Abbie, eu tenho que ir atender lá fora, vai ser só um minutinho. Não, vai lá, jogue sem mim, ha! Que pena perder outra rodada de adivinhações...

– Está se divertindo? – perguntei.

Por algum motivo, eu nunca tinha pensado que o meu pai tinha todo um novo grupo de parentes da parte da esposa. Eu me perguntei como seriam, comparados à família da minha mãe, os Baylor. Do lado dela, eu só tinha um primo. Um contador de cinquenta e cinco anos.

– Estou na varanda. – Ouvi-o fechando a porta deslizante. – É tanta gente, Jamie, e quando não estão incendiando a cozinha, estão dando fogos de artifício para o Robbie soltar no quintal. Que feriado mais perigoso.

Meu meio-irmão Robbie tinha seis anos.

– Eles parecem o seu tipo.

– Se eu gostasse de assistir a luta livre em vez de resolver crimes – respondeu meu pai. – Bem, o que você descobriu? Ou você ligou para se desculpar por ter ignorado minhas mensagens?

– Eu não descobri nada. Milo está cuidando de tudo.

— Nós dois sabemos muito bem que o Milo não está cuidando de nada, caso contrário Leander já teria chegado em casa. Me diga o que você descobriu.

Eu o inteirei das descobertas do dia, incluindo meu sequestro-relâmpago e minha teoria quanto ao mandante.

— Bem, parece mesmo uma tentativa inepta de ser altruísta — observou ele. — Você não se machucou a sério? Então não faz mal. August parece ser um bom rapaz, pelo que você falou.

Talvez eu estivesse bravo com ele, afinal. Com August e com o meu pai.

— Obrigado pelo apoio.

Ele ignorou a alfinetada.

— É bom ouvir que você está criando algumas estratégias próprias. Parece que a sua pobre Charlotte está distraída, e por bons motivos. Que péssimas notícias sobre a mãe dela. A Emma pode ser meio escrota, mas ninguém merece isso.

— Você os conheceu? Os pais da Holmes?

— Nos vimos algumas vezes. Eles eram muito divertidos quando eram mais novos. Emma é uma química brilhante, sabe. Trabalha para uma das grandes companhias farmacêuticas. Eu cheguei a ver um pouco das habilidades dela quando nos fez uns drinques. Mixologia molecular... enfim, ela e Alistair foram nos visitar em Edimburgo quando Leander e eu dividíamos um apartamento. Alistair contava histórias incríveis sobre suas aventuras na Rússia.

Sempre pensei nele como sendo meio Bond. Com certeza era a imagem que ele queria me passar, pelo menos.
– O que aconteceu? – Isso não soava nada como as pessoas que eu conheci.
– Eles se casaram. Tiveram Milo e então... Não conte isso aos seus amigos, mas eles passaram por uma fase ruim e tiveram a Charlotte, eu acho, como uma tentativa de consertar as coisas. As pessoas fazem isso com filhos, às vezes. É uma péssima ideia para todos os envolvidos. Só que Alistair foi demitido pelo Ministério da Defesa...
– Achei que o Kremlin tivesse tentado assassiná-lo – comentei. – E que o governo o tivesse obrigado a se aposentar para a segurança dele.
– Foi isso que a Charlotte contou? – Ele suspirou. – Não sei exatamente o que aconteceu. Tive a impressão, pelo Leander, de que Alistair tinha sido flagrado passando informações secretas para os russos. Não importa. De um jeito ou de outro, ele perdeu o emprego. Eles estavam com problemas financeiros... você viu aquela casa, imagine como a manutenção é cara... e brigavam muito por isso, então tiveram uma filha. Charlotte. E, por mais que eu adore sua amiga, Jamie, não acho que ela tenha facilitado as coisas para ninguém.

Fiquei indignado.

– Que comentário horrível.

– Ela não é culpada pela crise no casamento dos pais – continuou ele. – Só colocou peso extra em uma fundação instável. Eles não são felizes, Alistair e Emma Holmes. Não como Leander é. Não da forma como eu acho que sou.

— Eu sei.

Dava para chamar meu pai de muitas coisas, mas infeliz não era uma delas.

— Tente se lembrar dessas coisas enquanto estiver lidando com Charlotte. Às vezes é muito fácil se perder. Nas trevas. Na frieza. Não de Holmes, é claro. Bem, às vezes... — Eu não sabia bem de qual Homes ele estava falando ali. Também não sei se ele sabia. — Além disso, você é jovem, muito mais jovem do que eu era quando me meti com essa turma. Não quero que eles estraguem você.

— Por que não me deixa ler os e-mails do Leander? — perguntei. Ele tinha mencionado o amigo tantas vezes, sempre com tanta... emoção. Não soava romântico. Também não soava não romântico. Era como se ele lamentasse a perda de um braço ou de uma perna.

Meu pai ficou calado por um momento.

— Bem, ele diz algumas coisas a respeito da sobrinha que não são muito legais.

— É mesmo? Eles parecem tão próximos.

— E são. Mas ela é uma adolescente, e comete erros, e... ah, droga, esses e-mails são *pessoais*, Jamie. Não foram escritos para você. Lamento ter que dizer assim tão diretamente, mas preciso que você entenda. Estou tão longe de tudo, e graças a Deus, porque o último caso que investiguei junto com Leander quase matou nós dois. Eu tenho filhos pequenos. Moro nos Estados Unidos. Preciso dessa distância, mas...

– Mas você não consegue se afastar completamente dele.

– Isso. Bem. Escuta, vou mandar os endereços de IP dos e-mails mais recentes. Talvez os soldados do Milo possam fazer algum proveito deles. Espere aí... – Ele cobriu o fone com a mão. Depois de uma conversa abafada, meu pai voltou com uma voz ridiculamente animada. – Bem, filho, me disseram que eu fui intimado a cantar sobre pudim de figo! Que bom que eu pude ajudar com seus problemas românticos! Conversamos depois. Vou mandar o que eu prometi. Te amo, Jamie.

– Tchau, pai – respondi – Eu também.

– Então. Nathaniel Ziegler – disse Holmes, uma hora depois, girando de um lado para outro na cadeira com rodinhas. – Foi preso por posse de drogas há três anos. Quer saber o endereço?

– Deixa eu adivinhar. – August fez uma pausa para efeito dramático. Ele estava esparramado no sofá de Milo. Tínhamos tomado o controle da cobertura, apesar dos protestos dos funcionários. Havia mais espaço ali que no nosso quarto. – Baker Street, 221B.

– Você é muito engraçado, August. Tome um biscoito. O endereço, na verdade, é aquele que visitamos ontem à noite. – Ela nos deu o nome de uma rua terminado em *strasse*. – Lembra da piscina subterrânea?

– Deram uma batida no lugar? – August se sentou. – No meio de uma festa?

– De acordo com o relatório, ele morava lá.

Eu me lembrei do que Hanna tinha dito, sobre as garotas da escola de arte que andavam com homens mais velhos em troca de dinheiro e contatos.

– Quem sabe se foi assim que ele conheceu o Hadrian?

– Com certeza se encaixa. – A Holmes franziu o cenho.

– E Leander deveria se encontrar com ele hoje, Watson?

Pensei na minha conversa com Nathaniel no loft dele.

– Sim, se ele aparecer. A forma como Nathaniel reagiu quando eu disse que Leander estava de bobeira em casa, foi como... como se ele soubesse que não era possível.

– Você quer dizer que ele reagiu como se soubesse que Leander está morto.

Eu me ajeitei na cadeira.

– Leander não está morto – afirmou Holmes. – Eu sei disso com certeza.

– Com provas? – indagou August. – Ou com certeza?

Holmes empinou o queixo.

– Ele não pode estar morto – disse ela, e havia um mínimo tremor em sua voz.

Eu tinha muita experiência em discutir com a Holmes por causa de suas afirmações excêntricas, mas não tive coragem de insistir que sim, de fato, seu tio favorito poderia estar caído em alguma vala.

– Nós podemos. E então?

– Então. Já são sete horas. Duvido que a "hora de sempre" do Leander se encontrar com Nathaniel fosse antes das oito. Ele já faz essas coisas há algum tempo; não ia querer se encontrar com ninguém antes de anoitecer. Ia querer o disfarce da escuridão. Ainda assim, tenho acesso às câmeras que cobrem as esquinas, para o caso de ele aparecer mais cedo. – Ela girou a cadeira para olhar pela janela. – A Galeria East Side é grande. Um ponto turístico. Precisamos de um plano para garantir que esse encontro funcione para a gente.

– Você tem uma empresa inteira de pessoas treinadas ao seu dispor – observou August.

– Tenho mesmo? – perguntou a Holmes. – Mesmo que eles seguissem minhas ordens, usar os funcionários de outra pessoa abre uma larga margem de erro.

– Você acha mesmo que seu irmão contrataria funcionários medíocres?

Holmes bufou.

– Você conhece o meu irmão, né? Não, nós vamos cuidar disso sozinhos.

– Você poderia sequestrar o Nathaniel – sugeri, só meio que brincando. – Ei, talvez o August possa cuidar disso.

August hesitou.

– Melhor não – disse ele.

Foi uma admissão de culpa? Eu ia matá-lo.

– E então o quê? Torturá-lo lá em casa até que ele nos diga que acha que Leander está morto? – A Holmes se levantou. – *Pensem*, caramba.

O ventilador de teto zumbia. O relógio na cozinha soou as horas. A Holmes perambulava diante da janela, falando sozinha.

Já eu... Bem, eu não fazia nada. O que poderia sugerir?

– O que a gente quer do Nathaniel, afinal? – falei em voz alta. – As conexões dele com Hadrian Moriarty? Temos o August, pronto. Ele é uma conexão muito melhor do que o Nathaniel, se precisarmos fazer o Hadrian ou a Phillipa se revelarem. Ela já nos pediu acesso ao August. Olha só, a gente quer o Leander de volta ou queremos resolver o crime que ele estava investigando?

Holmes e August se entreolharam.

– O quê? Foi uma pergunta idiota?

Tinha pensado nisso enquanto nos vestíamos. Só levei alguns momentos para envergar meu traje de Simon; um chapéu, um colete, as botas com biqueira de aço. Ia me disfarçar de novo para o caso de Nathaniel me avistar, já que eu não era suficientemente diferente do Simon para convencer alguém de que eu seria outra pessoa. Porém, enquanto repartia o cabelo diante do espelho, percebi que era estranhamente reconfortante ser ele de novo. Simon. Eu sabia como ele andava, falava. Como ele pensava. O que ele ia dizer. Nem sempre sabia essas coisas sobre mim mesmo.

Para minha surpresa, Holmes não colocou a peruca. Também não vestiu um disfarce. Ela colocara um par de jeans pretos novos e uma camisa social preta fechada até o colarinho. Estava remexendo uma caixa de maquiagem com a determinação de sempre.

– E quem você vai ser hoje? – indagou August enquanto ajustava o nariz falso. – Turista? Babá? Garota de irmandade?

– Eu mesma – respondeu ela, se olhando no espelho de mão –, em um outro universo em que eu sou uma estudante de arte desesperada atrás de alojamento.

Com um pincelzinho, ela começou a pintar os olhos de prata e preto.

– E isso não é arriscado? – perguntou August. – Você sempre pode ficar ruiva...

– Se quiser ajudar, pode me trazer o modelador de cachos – disse ela. – E, depois disso, pode decidir o quanto você quer que o Hadrian continue pensando que você está morto.

– Isso soou como uma ameaça – observou ele.

A Holmes recebeu o modelador de cachos e o ligou na tomada.

– Ou você vai com a gente ou não vai. Que fique claro que eu não me incomodo se você ficar aqui. Com certeza o Milo tem dados que precisam ser digitados.

August a encarou por um momento, com o rosto tenso.

— Eu vou — decidiu ele, mal disfarçando a irritação. — Já que já botei o nariz.

A Galeria East Side não era uma galeria. Ou era, mas o nome dava a impressão de que ficaria aninhada em algum prédio esnobe, onde as pessoas bebiam champanhe e pagavam milhões por pinturas. Não sei por que eu esperei isso em uma cidade onde havia arte por todo canto, transformando tudo, um ato público de reivindicação.

Porque a Galeria East Side ficava no Muro de Berlim. A muralha que dividiu o lado oriental da cidade do ocidental, uma consequência da Segunda Guerra Mundial e, depois, da Guerra Fria, o símbolo de uma Berlim partida e desigual. Uma cidade governada por forças estrangeiras, separada por um muro com arame farpado e armadilhas isolando o lado oriental, comunista e pobre, do Ocidente rico e capitalista. Depois que começaram a demolir o muro, em 1990, os artistas passaram a pintar murais em uma seção de um quilômetro e meio. Imagens longas, espantosas e evocativas de homens caminhando contra uma tela escura, como fantasmas, de pombas e prisões e vultos derretendo no deserto.

Chegamos a pé, e eu fiquei alguns passos atrás de Holmes e August, lendo um resumo da história do muro no meu celular. As últimas semanas vinham parecendo uma aula de história em que cheguei atrasado. Sobre Berlim, mas sobre Londres também; sobre amor e herança e responsabilidade. Era como tentar ler a cola de um mau aluno sobre o século passado bem na véspera da prova bimestral. Tudo isso fazia com que eu me sentisse muito jovem, algo a que eu não estava acostumado, não perto de Holmes. Ela agia com uma autoconfiança absoluta, mesmo quando o cenário estava lotado de adultos. Só que agora, caminhando naquela cidade estranha e linda ao anoitecer, o indício de neve no ar me fez apertar o casaco em volta do corpo, desejando estar em casa com Shelby e minha mãe, vendo TV no sofá, embrulhado em um cobertor.

Nós não éramos os únicos na rua depois de escurecer. Turistas se aglomeravam diante de um mural feito de impressões de mãos, encaixando as próprias palmas no muro. Um artista de rua vendia azulejos pintados na esquina, com um som portátil tocando europop baixinho. Duas garotas se revezavam tirando fotos diante de um mural que ilustrava longas madeixas cacheadas. A menina loira riu, inclinando a cabeça para a frente para que os cachos lhe caíssem sobre o rosto, e a outra garota tirava fotos, dizendo "Isso aí, você é uma rainha". Holmes passou por elas, com August nos calcanhares, e a morena disse "Nossa, eu queria ter o cabelo *dela*", seguindo-os com os olhos.

Eles formavam um par e tanto, Charlotte Holmes e August Moriarty. Ele estava, como sempre, cool sem fazer esforço – isso magoava, ainda mais quando eu sabia que precisava fazer muito esforço para ser cool. August pintara o cabelo com um castanho-escuro temporário, e o nariz falso tinha uma ponta arrebitada, mas ele vestia o jeans rasgado e jaqueta de piloto de sempre. A Holmes andava ao seu lado, parecendo agora uma arma ambulante. Os olhos estavam contornados de preto, o que fazia suas íris parecerem translúcidas. O cabelo era uma cascata de cachos emaranhados. Ela carregava uma bolsa de portfólio preta debaixo do braço e andava como se tivesse algum compromisso.

Ainda faltavam dez para as oito, o que, segundo Holmes, era o mais cedo que ele poderia aparecer. Só que a Galeria East Side tinha um quilômetro e meio de comprimento e, ainda que ela ficasse conferindo o celular para ver se os capangas de Milo tinham avistado Nathaniel nas câmeras de segurança, nós não o tínhamos visto ainda. Eu estava ficando com a impressão de que estávamos muito expostos. Não havia nenhum café por perto onde poderíamos nos esconder se fôssemos avistados. A rua ao lado era larga e movimentada, e não havia cobertura alguma. Então continuamos andando.

Até que, meio quarteirão adiante, vi Nathaniel soprando as mãos em uma esquina.

Meu telefone vibrou. A Holmes o viu ao mesmo tempo que eu. *Aproxime-se,* dizia a mensagem dela, *e diga que o seu tio está doente.*

Esse não era o nosso plano. Nem de longe. *Hum, eu mal escapei da última vez,* respondi.

Ele chegou cedo. Vai ver a gente. Melhor que pareça intencional; pelo menos você está aqui na hora certa. Veja se ele te leva de volta ao apartamento dele. Vamos seguir.

E o que ele faria comigo lá? Se Nathaniel estivesse trabalhando com Hadrian Moriarty, se, apesar das informações de Milo, ele *soubesse* que Leander estava morto, a única coisa que ele poderia estar fazendo ali naquela noite era ser isca de uma armadilha montada para nós. Mal tínhamos conseguido escapar ilesos do almoço com Phillipa.

Tive que me perguntar de novo: o que nós estávamos fazendo ali, afinal?

Adiante, August dizia alguma coisa no ouvido da Holmes. Ela balançou a cabeça com força, mas ele a ignorou e meio que se virou para mim e assentiu.

Então saiu correndo ao encontro de Nathaniel Ziegler.

Holmes congelou. Eu ainda estava alguns passos atrás. E August estava com a mão nas costas do professor de arte, conduzindo-o para longe da gente, dizendo alguma coisa que eu não consegui ouvir direito.

– Ele está pedindo ao Nathaniel para levá-lo ao Hadrian – explicou Holmes, se virando para mim. Ela parecia furiosa. – Está ganhando tempo.

– Para quê?

– Para que a gente invada a casa horrível do Nathaniel atrás de pistas – respondeu ela. – Vamos lá.

* * *

Começou a nevar.

A viagem até o outro lado da cidade levou torturantes vinte minutos no trânsito. A Holmes ficou limpando o vidro embaçado e olhando com raiva para a rua, como se pudesse fazer os outros carros desaparecerem. Não sabíamos quanto tempo teríamos. Não sabíamos nem se Nathaniel ainda morava ali, naquela casa acima da piscina cavernosa, o lugar onde fora preso por porte de drogas.

– A gente sabe que tipo de drogas ele tinha? – perguntei, depois de um tempo.

– Maconha, acho. Não sei o quanto a polícia realmente corre atrás disso. Talvez alguém tenha denunciado. Com certeza o fato de ele ser professor não ajudou. – O carro parou. – Finalmente! – exclamou ela, pagando o motorista enquanto me empurrava porta afora com a outra mão.

Vesti as luvas. A fachada da casa se erguia como uma advertência.

– Tem algum motivo para não termos usado um carro da Greystone?

– Os homens do meu irmão. Os carros do meu irmão. Milo ter grampeado minha bota esquerda hoje de manhã, e a direita ontem. Ele pensa que ele e meu pai são infalíveis, e que o resto de nós é imbecil. – Ela soltou uma risada e seu hálito surgiu em uma nuvem. – Você sabia que, na filmagem que ele tem, o "Leander" teve que olhar para baixo para achar a maçaneta da porta de casa? Da casa onde ele cresceu. Ele não a pega automaticamente; tem que procurar. Não era *ele*, Jamie. Não temos ideia de como ele foi realmente arrastado de lá. Podem ter feito alguém se passar por ele nas câmeras. Milo diz que eu estou imaginando coisas. Diz que ele não comete erros. E eu caí nessa. Não fiz nada pessoalmente desde que cheguei aqui, só dependi dele, e eu...

A Holmes girou nos calcanhares e foi até a porta da frente, mas eu a segurei pelo cotovelo e a puxei de volta.

– Respire fundo. Não me olhe assim... *respire*. Você não pode entrar assim. Respire.

Ela me olhou furiosa.

– Você não é meu vídeo de meditação.

– E não é do Milo que você está com raiva.

Nós nos encaramos, a centímetros de distância. Suas pupilas estavam imensas. Eu me perguntei, por um momento horrível, se ela teria tomado alguma coisa, ou se estava só chateada, e me odiei por não saber ler a diferença.

– August vai se jogar de volta para eles – disse ela, as palavras saindo atropeladas. Ela estava muito perto; eu sentia o calor de seu hálito. – Vai acabar sendo pego também. Eu não posso... eles são *monstros*, Jamie, e eu juro por Deus que vou provar. – Ela segurou minha mão. – Não temos tempo, precisamos entrar. Olha. Você é meu meio- -irmão. Vou começar na Sieben depois do Natal. Estamos procurando um lugar para ficar até lá, porque a minha mãe acabou de expulsar a gente...

– Pare – interrompi, e limpei a neve do meu cabelo. Por um pequeno instante, ela se apoiou na minha mão. – Tenho uma ideia melhor.

A garota que atendeu a porta tinha um piercing no nariz e uma cara de brava. Me disse alguma coisa em alemão.

– Inglês? – perguntei, e ela fez um curto aceno com a cabeça. – Desculpa. Minha amiga esqueceu a câmera em uma festa aqui ontem à noite. Disse que tinha um cara perguntando sobre a máquina; cabelo castanho, uns quarenta anos, falava bem alto. Ela acha que ele dá aula na faculdade de arte. Você sabe quem é?

– Você acha que o prof. Ziegler roubou a câmera dela? – zombou a garota. – Não. – Ela começou a fechar a porta.

Eu a impedi com o pé.

– Desculpa – repeti. – Não estou dizendo que ele roubou, só queria saber se ele encontrou. Ela acha que deixou do lado da piscina.

Holmes assentiu. Sua linguagem corporal imitava a da garota; mão no quadril, um sorriso duro. Estranhamente, isso pareceu deixar a garota mais à vontade.

– Eu já disse que ele se chama prof. Ziegler. O e-mail está no site da faculdade. Eu tenho que ir.

Sorri para ela, mas não tirei o pé.

– Ele já morou aqui?

– Quem é você? – perguntou a garota, cruzando os braços. – Por que você quer saber?

– Minha câmera – disse Holmes, em uma voz baixa e com sotaque – me custou três meses servindo bebida a babacas.

A garota suspirou.

– Ziegler já morou aqui. O *único* homem que morou aqui até que a faculdade descobriu e o obrigou a se mudar. Não gostaram que ele morasse só com universitárias.

– Não eram as alunas dele? – indagou Holmes, enojada.

– Universitárias. Não as meninas da Sieben. Mas o amigo do Ziegler era dono do prédio, então ele pagava um aluguel barato. Tanto faz. Não importa. Ziegler não está com a sua câmera. Ele não é ladrão, é só um tarado.

– Depois de uma pausa curta, a garota passou o peso para a outra perna e disse: – Vou procurar para você. A sua câmera. Volte amanhã, pergunte de novo.

– Quem era o amigo? – perguntei. – O amigo do Ziegler?

– Pelo amor de Deus – disse a garota. – O nome dele era Moriarty. – E ela bateu a porta no meu pé, uma, duas, três vezes, até que eu tirei a perna e desci os degraus mancando em triunfo.

– Essa foi bem direta – observou Holmes.

Eu sentia meu dedão do pé esmagado e latejando.

– Bem, acho que não sou muito sutil.

– Já passaram trinta minutos. – Holmes conferiu o telefone. – Quer fazer mais uma?

Três longos quarteirões e um beco, depois quatro lances de escada. Holmes se movia como um cão farejador. Estávamos surpreendentemente próximos do nosso destino seguinte.

Só levamos alguns minutos para vasculhar o loft de Nathaniel, o lugar que tínhamos visitado na noite anterior, onde tinha acontecido a festa Desenhe-e-Beba. Holmes me fez buscar os registros públicos do prédio enquanto ela examinava os esboços que os estudantes da Sieben tinham deixado para trás.

— Este lugar pertence à faculdade — afirmei, olhando meu celular no escuro. — Na página da universidade, parece que está listado como alojamento dos docentes. Eu acho. A função de traduzir está dizendo que é uma "casa para ursos crescidos".

Ela tirou a lanterna da boca.

— Claramente ele não mora aqui em tempo integral. Dê uma olhada no quarto.

— Que quarto? — Estiquei o pescoço para olhar no mezanino. — Só tem um cavalete ali em cima.

— Exatamente — respondeu ela, pegando o maço de esboços e colocando na bolsa portfólio. — Tem que ter uma terceira residência. Algum lugar onde ele more de verdade. Espera aí, vou dar uma examinada no mezanino. Procurar tábuas soltas. Pegadas. Essas coisas.

Holmes raramente me explicava seus métodos.

— Precisa de ajuda?

– Não – retrucou ela, mais incisiva do que o necessário.

Levantei uma sobrancelha.

– Não temos tempo. E, de qualquer maneira, você ainda não revistou aquele closet – disse ela, pendurando a bolsa no ombro e disparando escada acima.

O closet guardava um casaco sem graça e o pé esquerdo de uma bota de neve masculina. Os armários da cozinha tinham algumas taças de vinho descombinadas; debaixo da pia, havia um velho e nojento desentupidor. Além das cadeiras e mesas que eu vira na outra noite, não havia nada de interessante no loft. E eu com certeza não era capaz de ler pistas em trilhas de poeira ou janelas um pouquinho entreabertas. Dei uma olhada em volta, um tanto decepcionado. Com certeza, em algum lugar ali, havia uma pista de onde Leander estava preso. Tinha que haver...

– Encontrei uma coisa – disse a Holmes, descendo as escadas. – Veja.

Formulários. Uma pilha grossa deles. O primeiro dizia FATURA e, abaixo, um endereço de Hadrian e Phillipa Moriarty. Pintura tal por tantos dólares. Esta outra por mais tanto. Era um inventário de todas as peças que Nathaniel tinha vendido a Hadrian, seu falsário intermediário.

Langenberg, dizia um dos papéis, seguido por um número de item. Corri o dedo pela lista. *Langenberg, Langenberg, Langenberg...*

— Onde você achou isso? – perguntei.

— Embaixo das tábuas do piso. Com isso aqui por baixo. Olha.

Era um cartão de negócios, meio gasto e amassado. DAVID LANGENBERG, dizia. CONSULTORIA.

— Mas que descritivo – comentei. – Isso tudo estava embaixo da tábua?

Quase como se ela tivesse simplesmente materializado os papéis.

— *Langenberg* – disse Holmes, impaciente.

— Eu sei ler. Pensei que Hans Langenberg não tivesse deixado filhos.

— E não deixou. Mas ele pode ter tido sobrinhos. Sobrinhos-netos. – Ela guardou o cartão e os papéis na bolsa. – O seu pai mandou os endereços de IP?

— Mais cedo, quando estávamos na Galeria East Side. – Mostrei a ela a lista no meu celular. – Ainda não tive chance de dar uma olhada.

— Mande para os capangas do Milo. – Ela sorriu para mim, toda satisfeita.

— Você não acabou de reclamar que os capangas do Milo estavam fazendo todo o trabalho?

— Deixe que eles façam. – Ela chegou mais perto e pôs as mãos no meu peito. Eu quase recuei. Será que ela estava me testando? Então a Holmes se afastou, como se tivesse percebido seu gesto. – Estou morrendo de fome. Você não quer jantar?

Charlotte Holmes nunca ficava satisfeita. Charlotte Holmes nunca ficava com fome. Charlotte Holmes nunca era a garota te convidando para comer pizza de naan e tomar milk shake em um lugarzinho esquisito no distrito dos turistas, mas isso era exatamente o que ela queria fazer.

Na lanchonete, sentamos ao lado da janela, olhando a neve cair. A Holmes catou o pepperoni da pizza uma rodela de cada vez, enquanto eu fazia anotações no meu caderno sobre os endereços de IP.

– Esse aqui eles rastrearam até a Kunstschule Sieben – expliquei. – Então Leander mandou pelo menos um dos e-mails de lá. Talvez ele tenha seguido Nathaniel até a faculdade. Ou talvez seja o mesmo endereço de IP da residência dos docentes.

Holmes fez que sim, formando uma pilha gigante de pepperoni. Eu não sabia bem quanta atenção ela estava prestando.

– Tem vários IPs de cafés. A equipe do Milo mandou alguns nomes. Parece que Leander visitou um Starbucks... Você acha que é na rua onde ele estava morando? O último IP é desse endereço aqui. – Apontei o IP com meu lápis.

– Fica em uma parte da cidade que nós não exploramos.

– Está bem – respondeu ela.

– Você está ouvindo?

– Aham. – Depois de considerar a pilha gigante de pepperoni por um segundo, ela colocou a coisa toda na boca. – Nossa! – exclamou ela, com a boca completamente cheia. – Eu não achei que ia conseguir. Meus cálculos estavam certos!

Eu nunca vira a Holmes agindo daquele jeito.

– O que você *tomou*? – deixei escapar.

Holmes me lançou um olhar ofendido, cujo impacto foi reduzido por suas bochechas infladas. Ela mastigou por um minuto, e por fim engoliu.

– Encontramos a prova. Prova definitiva. Basta capturar e interrogar o Nathaniel e teremos nossa conexão com Hadrian Moriarty. Com certeza August o está levando para a Greystone agora mesmo. Vamos encontrar meu tio antes do fim do dia, eu tenho certeza.

Os instintos da Holmes tinham estado certos no outono, quando ela se recusou a considerar August Moriarty como suspeito do assassinato de Lee Dobson. Só que agora parecia diferente. Não era sentimentalismo, ou nostalgia. Ela também não estava se iludindo. Só parecia...

– Fácil demais – falei. – Isso não foi fácil demais? Toda informação necessária debaixo das tábuas?

A Holmes revirou os olhos.

– A Navalha de Occam, Watson. Mandei uma mensagem para o August falando para ele levar o Nathaniel para a Greystone hoje. Só que ele disse que vai chegar bem tarde. Podemos matar o tempo.

Holmes estava tentando me distrair, eu sabia disso, mas a alegria em sua voz era contagiosa.

– Bem, o que você quer fazer?

– Um encontro – respondeu ela.

– Um encontro. – Fiquei confuso. – Que tipo de encontro? Estamos falando de, tipo, dançar? Um filme? Uma lanchonete?

– Melhor. – Ela desviou o olhar, de repente tímida, e olhou pela janela. – Uma coisa... Bem, uma coisa que eu amo. Uma coisa que só podemos fazer aqui.

– Uma coisa alemã.

– Bem, quando em Roma... – disse ela, e foi assim que acabamos na feira de Natal no Palácio Charlottenburg, três dias antes do Natal.

À primeira vista, parecia um mar de velas boiando em uma piscina escura. Fileiras e fileiras de barracas brancas iluminadas por dentro, como nuvens de luz alinhadas, todas decoradas com estrelas cintilantes no topo e envoltas em guirlandas. Pessoas se aglomeravam diante delas com luvas e protetores de orelha, com canecas e enormes biscoitos. Era bobo e charmoso e esquisito e, honestamente, eu amava o Natal. Sempre amei. Estava com muitas saudades da minha família, lembrando de como era embrulhar presentes diante da lareira, em casa.

E tinha a Holmes, agindo como se tivesse passado por uma experiência de quase morte e voltado para me contar tudo sobre a luz no fim do túnel. Ela estava aliviada, percebi. Esmagadoramente aliviada. Quando, no nosso caso anterior, ela percebeu que a culpa não era de August, agiu da mesma forma. Falando sem parar. Comendo de tudo.

Comendo... de tudo.

— Você já provou stollen? — perguntou ela, me puxando até uma barraca onde fomos atendidos por um bom velhinho que parecia saído de um cartão de Natal. — *Was kostet das?* — perguntou ela, apontando para nós dois. O homem respondeu, e ela tirou um punhado de moedas de euro do bolso.

— O que é isso? — questionei quando ela me entregou uma fatia de pão cheio de pontos brilhantes.

— Stollen — repetiu ela, impaciente. — É tipo um bolo de frutas, só que não é ruim. Milo sempre mandava lá para casa, para o Natal. Isso e uma vela de abeto para acender ao lado da árvore artificial.

Cauteloso, eu provei. Não era nada mau.

Biscoitos em seguida, depois quentão com cheiro de cravo e canela. Passeamos pelas barracas, comendo coisas em sacos de papel, enchendo as luvas de migalhas. Holmes tinha recuperado seu casaco no Piquant, o restaurante onde almoçáramos com Phillipa, e naquele momento virou a gola para cima, para proteger o pescoço da neve. Então, com uma risada envergonhada, ela estendeu a mão para fazer o mesmo com a minha.

— Senão vai escorrer por dentro da sua camisa — explicou ela, os dedos esbarrando no meu cabelo. — Não queremos isso.

Eu estremeci.

Aquele lado da feira tocava Handel nos alto-falantes, mas conforme nos aproximamos da gigantesca roda-gigante iluminada, a música mudou para os sucessos americanos. O fim de uma canção sobre sapatos, e então...

– Ah, meu Deus – falei. – Eles estão tocando L.A.D.

– Acho que acabei de ouvir a menina de doze anos atrás da gente dizer a mesma coisa.

– Cala boca, ou eu não te levo na roda-gigante.

– Você está presumindo que eu quero ir.

– Claro que você quer. – Fiz uma pausa. – Você quer?

Ela me abriu um sorriso torto, a caneca de quentão entre as mãos. Tinha um pouquinho de açúcar de confeiteiro na ponta do seu nariz.

– Sim – respondeu ela. – Eu quero.

Ficamos nos remexendo na fila; toda hora ela se apoiava no meu braço por um momento, mas, se eu a encarasse, a Holmes se afastava como um gato flagrado de barriga para cima.

– Eu quero a gôndola número três – disse ela quando ia chegando a nossa vez.

– Por quê?

– Você não está prestando atenção? É a mais balançadora.

– Essa palavra não existe.

A Holmes sorriu, aquele sorriso específico que eu quase nunca via, aquele capaz de abrir cadeados, trancas, cofres de bancos, aquele que era uma armadilha para tudo.

Estendi a mão e toquei a ponta do nariz dela, sujando meu dedo com açúcar.

— Agora existe — respondeu ela, baixinho.

Claro que o operador do brinquedo era banguela, e os meninos na gôndola acima ficaram jogando pipoca nas nossas cabeças e, quando a roda-gigante parou, não estávamos no ponto mais alto, para nos dar uma bela vista da cidade; em vez disso, ficamos balançando parados perto do ponto de desembarque, o lugar perfeito para observar os pés de todo mundo.

— A volta só dura dois minutos? Por cinco euros? — Ela revirou o saco de papel. — Também queria ter alguma coisa para jogar.

— Você nunca veio em um parque antes?

— Andei na London Eye com minha tia Araminta. Ela gostava de levar meu irmão e eu em "excursões". — A Holmes fez uma careta. — Ela nos dava roupas no Natal, em um tamanho maior, para que "coubessem por bastante tempo". Ela é o tipo de pessoa para quem as aspas imaginárias foram inventadas.

— Leander contou que os Moriarty mataram os gatos dela — comentei, e então empalideci. Não era minha intenção mencionar aquele assunto. Não só porque o caso estava resolvido (*Mas será que está* mesmo *resolvido?*, perguntou uma voz na minha cabeça), mas também porque estávamos nos dando tão bem.

Só que a Holmes apenas assentiu.

— Ela ficou totalmente arrasada. Agora vende mel do seu apiário e quase não fala com ninguém. Não a vejo faz uns dois ou três anos. — Nossa gôndola cravejada de lantejoulas se inclinou para a frente e para trás. — Eles vão nos soltar desse troço?

— Achei que você gostasse de ela ser balançadora.

— Está me deixando enjoada.

— Então fecha os olhos e curte o L.A.D. É "Garota, estou te vendo".

— Você sabe o nome.

— *Garota, estou te vendo dançar* / blá blá blá momento. Ah, vai. Você adora.

— *Eu* adoro? Acho que é você.

Torci o nariz para ela.

— Eu conheço todos os seus segredos mais sombrios e profundos, Charlotte Holmes. Não me venha com essa.

De repente, o sorriso no rosto dela ficou congelado e tenso, como uma rajada de vento frio do Norte. Então, quando abri a boca para perguntar o motivo, a roda--gigante voltou a andar.

oito

Voltamos para o quarto da Holmes por volta da meia-noite e nos deparamos com August Moriarty esperando na porta, literalmente de chapéu na mão.

— Cadê o Nathaniel? — perguntou a Holmes, sua voz já tensa.

— Eu o deixei ir — respondeu August.

Ela estremeceu, como se estivesse se segurando para não o atacar.

— Você quer que eu confie em você, que a gente confie, e então você vai e some com o homem que eu quero interrogar, *se revela* para ele e conta tudo que sabe a Hadrian Moriarty e...

— Não vimos o Hadrian. Meu irmão desapareceu, Holmes — disse August. — Não sei aonde ele foi. Nathaniel não sabe. E Milo também não, embora seus recursos fiquem um tanto limitados no meio de um voo noturno.

— Então por que você soltou Nathaniel? — perguntei. — Achamos uma pilha de ordens de serviço das falsificações que os alunos fizeram para que ele vendesse ao seu irmão. Achamos o cartão de visitas de David Langenberg, o disfarce do Leander, no apartamento do Nathaniel. E você o deixou escapar? Assim?

— Porque ele não sabe onde está o Leander — afirmou August. — E isso nunca foi uma investigação das pinturas do Langenberg. Eu não dou a mínima para o que vocês encontraram.

— Você tem certeza de que ele não sabe? — Holmes deu um passo na direção dele. — Você tem certeza?

August balançou a cabeça, como se tentasse se livrar de um ruído.

— Tenho certeza.

— Como? — indaguei. — Como você pode estar tão tranquilo?

— Eu mostrei ao Nathaniel fotos de seus pais idosos. Estão em um lar, ao norte da cidade. Encontrei o nome em segundos, e o endereço. Ameacei matá-los hoje mesmo se eu sequer *imaginasse* que ele estava mentindo. — A voz dele fraquejou. — Vocês já esqueceram meu sobrenome? Ou precisam que eu explique por que ele acreditou em mim?

— Tem uma conexão — falei para a Holmes. Qualquer coisa que pudesse desarmar a situação. — Temos a conexão. Sabemos que seu tio estava se passando por um Langenberg...

— Não sabemos — retrucou ela. — Não sabemos *nada*.

— Mas...

— Vai dormir, August — disse a Holmes, abrindo a porta. Nós dois entramos e ela a bateu tão enfaticamente que pareceu estar selando uma tumba.

— Que barulho — comentei.

— Não temos mais o que fazer esta noite. Temos que esperar até amanhã.

— Tem certeza?

Para minha vergonha, cobri um bocejo. Para minha surpresa, Holmes se virou para me olhar. Para me olhar *de verdade*, como se estivesse tentando enxergar alguma placa distante.

— Watson, você está com uma cara péssima. Não tem dormido, não?

— Não desde outubro. — Eu me encostei na parede. Era uma sensação boa, apoiar meu peso em uma superfície sólida. — Esse é seu jeito de dizer que está preocupada comigo, ou só está sendo brutalmente sincera hoje?

Holmes fez menção de responder, então se deteve. Muito deliberadamente, ela ergueu a mão e tocou meu rosto.

— Estou preocupada com você — admitiu ela.

Essa confissão não soou ensaiada, como quando August tentou ser legal. Na verdade, acho que, no fundo, nem ele nem Charlotte Holmes eram pessoas legais. No máximo, conseguiam ser gentis. Foi essa gentileza que motivou a Holmes a me levar até a escada da sua cama.

– É mais confortável que o catre. Mas você sabe disso, já que andou dormindo lá.

– O que você vai fazer? – Eu subi e me enfiei embaixo das cobertas.

– Não sei – respondeu ela. – Plano B. Qualquer que seja o plano B.

– Não fique acordada até muito tarde.

– Não vou. – Ela me olhou, uma das mãos na escada. Tinha aberto os três primeiros botões da blusa, e eu via a linha branca de seu colo. – Eu posso ficar... cansada mais tarde.

– Tudo bem – respondi, com o máximo de cuidado possível. – Eu ainda devo estar aqui.

Eu queria que ela deitasse comigo? Ela queria? Será que saber a resposta de qualquer uma das perguntas mudaria o que estávamos prestes a fazer?

Ela atravessou o quarto e remexeu na mala atrás do pijama, depois anunciou que ia trocar de roupa. Eu me virei de costas, tentando não escutar o farfalhar e deslizar de tecido, tentando me lembrar do quanto estava cansado. Eu *estava* cansado, percebi, um tanto espantado. Já fazia muito tempo que eu andava exausto e incapaz de dormir.

Sinceramente, nunca me esqueci do que o Lucien nos disse no apartamento de Bryony Downs. *É bom saber o que é importante para você*, ele disse à Holmes. *É tão pouca coisa. Meu irmão não importava. Sua própria família não importa. Mas esse garoto...* Querendo dizer eu. O ponto de pressão. O ponto fraco. Uma ideia com a qual eu me torturava nas noites em que enfiava a cabeça debaixo do travesseiro e tentava não sentir a mira laser de um fuzil de precisão nas minhas costas.

A porta se abriu e fechou suavemente. Holmes escapuliu, e meus olhos já estavam se fechando. Antes que eu apagasse, peguei meu celular. *Estamos chegando perto*, escrevi para o meu pai, ainda que não achasse que fosse verdade. *Por favor, pode reconsiderar e mandar os e-mails do Leander? Eu não vou ler. Vou pedir para o Milo dar uma olhada atrás das informações de que precisamos.*

Tudo aquilo era fingimento. Ele sabia que eu leria cada palavra, assim como Milo sabia que Lucien estava atrás dos pais dele, e eu sabia, com certeza, que nem eu nem a Holmes fazíamos a menor ideia do que nós queríamos.

Acordei horas depois; dava para saber, até naquele aposento sem janelas. Minha barriga roncava, e alguém estava falando. Uma voz de homem. Eu me sentei, rápido demais.

– Lottie, estou bem. Te vejo mais tarde. – A voz de novo, mais metálica e então falhando. – Lottie, estou bem. Lottie, e... Lottie, estou bem.

Holmes estava sentada em um pequeno oásis de luz. De pernas cruzadas na cama de armar, com um laptop, uma lâmpada ao lado e o cabelo caindo sobre o rosto enquanto martelava as teclas.

– Droga. Que droga.

– Como vão as coisas? – perguntei, e ela levou um susto.

– Watson. Um dos técnicos me mostrou como dividir uma gravação em camadas, isolar o som de fundo. Estou trabalhando no recado do Leander. Que horas são?

– Não faço ideia. – Conferi meu telefone; eram dez da manhã. – Você descobriu alguma coisa?

– Tem algo aqui. Um eco... do tipo que... – Ela foi tocar a mensagem de novo e então, sem aviso, bateu a tampa do laptop. – Merda – ofegou ela, cobrindo a boca com a mão. – Merda.

– Vem aqui em cima. – Eu não sabia se a ideia de subir na cama comigo soaria reconfortante. Pelo olhar que a Holmes me devolveu, ela também estava cética. – Não é para isso. Sobe aqui logo.

Ela subiu a escada e se sentou ao meu lado, contemplando seu pequeno reino.

– Lena me mandou mensagens – contou ela.

– Alguma novidade?

– Por que nós estamos na Alemanha, a Alemanha é chata – disse ela, usando a voz de citação. – E também o Tom começou a usar aquele desodorante Inverno Nuclear, que deixa a Lena simultaneamente excitada e com nojo.

– Faz sentido – comentei.

Ela sorriu. Nós dois sabíamos que ela adorava sua *roommate* e que nunca mencionaríamos o fato em voz alta.

— Todo quarto em que você se instala fica assim – comentei, mudando de assunto. – A bagunça. As apostilas. Onde você arruma esses livros? E a bancada de laboratório. Sempre tem uma bancada de laboratório e coisas explodindo. É como se tudo isso ficasse dentro de uma caixinha em você... que se abre assim que você se acomoda.

— Que engraçado, Watson.

Eu sorri.

— Mas é verdade. Você sabe que é. Você é que nem uma tartaruga, levando seu mundo nas costas.

— Não dá para controlar quase nada na vida, sabe. Quando se nasce. Quem é sua família. O que as pessoas querem de você, e quem você é por baixo disso tudo. Quando se tem tão pouca influência nessas coisas todas, acho que é importante exercer uma medida de controle quando possível. – Ela sorriu, baixando a cabeça. – Então eu explodo coisas.

— Ouviu isso? Você quase disse uma coisa profunda. Chegou *tão perto*.

Ela empurrou os pés com meias contra a beira da cama.

— Leander gostava de falar sobre a importância do controle. É difícil de acreditar, ninguém diria. Ele é conhecido por ser preguiçoso, sabe, vive em um desleixo absoluto. Vai de uma das casas dele à outra, com o violino embaixo do braço, resolvendo crimes aqui e ali conforme é conveniente. Vive de renda, come em restaurantes. Vai a *festas.* – Ela pronunciou a palavra com tamanho desdém que eu engoli uma risada.

– Festas! É como dizem: primeiro, as festas. Não demora muito, eles estão por aí assassinando!

Ela revirou os olhos.

– Watson. Tem gente que não gosta de ler. Ou de esportes. Não gostam de rotina, ou de ritmo lento, ou de ritmo acelerado, ou de barulho. De nada muito cult ou muito tosco. Mas eu sou uma anomalia por não gostar de festas ou restaurantes? Estou errada por não gostar da ideia de que existe um conjunto de reações e respostas exigidas, e que eu vou ser julgada pela minha habilidade em dá-las?

– Ela fez uma voz de garotinha e continuou: – "Sim, por favor, eu gostaria do salmão, parece delicioso! O senhor poderia me trazer mais um refrigerante? Obrigada!" Eu odeio a ideia de desempenhar um papel que eu não escrevi o roteiro. Exige um esforço desnecessário pedir um pudim de chocolate sem que a garçonete chame a polícia.

Eu tinha que me lembrar de desencavar o resto dessa história mais tarde.

– Leander é *excelente* nessas coisas – continuou ela. – Porque ele tem alguma aberração genética que faz com que leve jeito com as pessoas. Todo mundo gosta dele. Confiam nele quase imediatamente, e como ele consegue se passar por um homem normal, consegue ser invisível. É deixado em paz. Leander diz as coisas certas, e as pessoas o aprovam e seguem em frente. – A Holmes me encarou.

– Eu sempre quis ser invisível e, porque eu quero ser invisível, isso é impossível.

– Que tipo de vida você quer? – perguntei. – Depois disso tudo? Depois de se formar, de encontrar Lucien?

A Holmes pensou na pergunta por um longo minuto. Eu não fazia ideia do que ela ia responder. Ela sempre teve uma conexão tão tênue com o mundo ao redor, como se fosse mais real que o resto. Na escola, ela perambulava com uma mochila cheia de livros, mas eles eram como decoração em um palco de teatro. Eu sabia, obviamente, que a Holmes tinha que comprar coisas como sapatos e xampu, mas não conseguia imaginar um mundo onde isso acontecesse. Na semana anterior eu a peguei aparando o cabelo na pia e me perguntei se ela teria aprendido isso em um vídeo do YouTube, porque não visualizava seus pais lhe ensinando. Só que eu também não era capaz de visualizar a Holmes usando o YouTube.

Talvez o problema fosse comigo. Talvez Charlotte fosse tão infinitamente fascinante porque o mundo nunca me atingira tanto quanto a atingia, deixando-a em carne viva e infeliz e com vontade de desaparecer. Ela usava o xampu da marca do supermercado, eu sabia, porque tinha usado seu chuveiro em Sussex, e tinha ficado lá, parado, sentindo o perfume, com a água batendo na minha cara, e pensando que era impossível que uma garota como ela fizesse compras na mesma loja que eu, porque, apesar dos meus melhores esforços, eu a romantizara além da conta, e porque, mesmo que não estivesse apaixonado por ela, não conseguia me imaginar amando mais ninguém.

– Eu quero uma agência – respondeu a Holmes. – Uma agência de detetive, pequena. Em Londres, porque é o único lugar adequado pra se morar. Vamos retomar Baker Street. É um museu, agora... ninguém da minha família quer morar lá, é muito deselegante pra eles; mas acho que faria você feliz e pelo menos a mobília original ainda está toda lá, então não teríamos que comprar nada. Lojas de mobília são horríveis, não são? E nós pegaremos casos. Você pode lidar com os clientes, reconfortá-los, fazer anotações. Vamos resolver os casos juntos, e eu vou cuidar das finanças, já que você é péssimo em matemática. – Ela fez uma pausa. – Parece infantil, quando eu explico assim. Imagino que será muito adulto na prática.

– É isso, então? – perguntei. Saiu em um sussurro, ainda que meus pensamentos estivessem barulhentos e bagunçados. Nunca teria imaginado que ela sonharia acordada daquele jeito, não como eu tinha sonhado. – É isso que você quer? Eu estou nesses planos, quando você imagina?

– Se a gente durar tanto tempo. – Ela apoiou a cabeça na parede para me olhar. – Você está determinado a assumir toda a responsabilidade pelos meus erros. Estou começando a achar que você *gosta* de ter um alvo nas costas. Então, se insiste em ficar, é melhor eu abrir espaço. Eu...

Então eu a beijei.

Eu a beijei devagar. Com paciência. Tudo entre nós era sempre desesperado demais, um cronômetro chegando ao zero, o último segredo prestes a se revelar; ou cauteloso demais, ou clínico demais, um experimento que saiu do controle ou do caminho. Era uma coisa imensa e impossível, beijar sua melhor amiga. Toda vez que tentamos conseguimos estragar tudo tão espetacularmente que a vez seguinte parecia ainda mais impossível.

Eu queria dar a ela uma saída. Sempre fazia isso, especialmente depois do Dobson. Mas, meu Deus, era difícil. Quando ela se inclinou para mim, os dedos percorrendo meu pescoço, eu tive que cerrar os punhos para não devolver o toque. Então ela passou a mão por baixo da minha camisa e eu me obriguei a me afastar.

A Holmes estava ofegante.

— E se a gente não fizesse isso? Se fôssemos só amigos? Você ainda viria comigo. Você ainda estaria lá, ao meu lado, em Londres. Diga que sim.

— Eu não... Mas nós nunca fomos só amigos, fomos?

Ela alisou o lençol entre nós, evitando meus olhos.

— Então você não ia me querer de qualquer jeito. Você não ia me querer só como amiga.

— Você está me pedindo tudo...

— "Tudo" não tem que significar *isto* – disse Charlotte, a voz embargada. Quando estendi a mão para tocá-la, ela se afastou, se encolhendo. – "Tudo" é um campo minado, Jamie. Eu não sei quando vou cometer um erro. Talvez seja daqui a dois anos, e aí? Se você já estiver amarrado a mim, será que vai ficar ressentido se eu não quiser mais ser tocada? Se um dia eu acordar e começar a reviver todo aquele inferno e nunca mais deixar você me beijar? Você não teria coragem de me deixar, a essa altura. Você é um *homem honrado*. Mas eu sei. Ninguém aguentaria por muito tempo. Pouco a pouco, você ia... se afastar. – Ela riu. – Meu Deus, eu quero acabar com tudo agora só para saber qual é a pior coisa que pode acontecer. Para poder controlar.

Eu a encarei.

– O que você faria? Me mandaria embora?

– Ou eu posso dormir com você. – O olhar dela era frio. – Teria o mesmo efeito, no fim. Fazer você ir embora. Estragar tudo.

Ela estava me afastando. Tinha chegado perto demais e agora estava fazendo uma correção de rota exagerada, e de um jeito doloroso. Eu não aguentava, não conseguia ficar sentado ali mais tempo ouvindo a Holmes dizer aquelas coisas. E o pior de tudo era que eu ainda estava excitado. Precisava do máximo de distância possível entre nós.

– Sai daqui.

– Este é o meu quarto. Você está na minha cama. Aonde você quer que eu vá?

– Qualquer outro lugar. Eu não consigo... *sai*, Charlotte.

Passou-se um momento horrível, depois outro, e quando ela desceu pela escada, andou direto para a porta.

Durante a nossa conversa, meu telefone ficou zumbindo com mensagens. Eram do meu pai; eram seis da manhã nos Estados Unidos. Me agarrei às mensagens como uma distração. Qualquer coisa que mantivesse minha mente ocupada.

Por que está pedindo de novo? Já expliquei por que não mando.

Pai, escrevi. *Não vejo nenhum outro jeito. Milo está na Tailândia. A Holmes acabou de fugir de mim. Não posso fazer um omelete sem ovos.*

Sem resposta.

A não ser que você venha para cá procurar por ele, não sei outro jeito de encontrarmos Leander.

Eu vou mandar.

Fiquei olhando a mensagem por um longo tempo. *Tem certeza?*

Sim. Fique sabendo que você vai passar as férias na minha casa até completar cinquenta anos.

Registrado, respondi, encarnando a Holmes sem pensar muito nisso. Quando percebi o que tinha feito, botei o celular no mudo e o meti no bolso. Me deitei de novo e me forcei a tentar dormir um pouco. Me forcei a parar de tentar ouvir se ela estava por perto. Não sabia se a Holmes voltaria e, de um jeito ou de outro, eu ainda não estava pronto para encarar o mundo. O que fazer? Ir consolar August Moriarty por ter ameaçado alguém que poderia ter sequestrado Leander?

Finalmente consegui dormir, embora já fosse meio do dia. Meus sonhos me fugiam. Eram suaves e ameaçadores ao mesmo tempo, incompreensíveis e barulhentos. Quando acordei, tateei em busca do celular. Era hora do jantar. O dia tinha me escapado. Eu precisava lavar o rosto. Endireitar a cabeça.

Esbarrei com August no corredor, metralhando uma série de mensagens no celular. Ele parecia exausto.

– Dia difícil? – perguntou ele.

– Eu posso te perguntar a mesma coisa. Cadê a Holmes?

August dispensou a pergunta com um aceno.

– Eu a vi algumas horas atrás. Parecia prestes a matar alguém. O que ela descobriu enquanto eu estava fora? Ela não quis me contar.

Fiz um ruído não específico.

– Enfim, eu tinha umas informações para ela – continuou August. – Um amigo meu arrumou um endereço. É um point de festas frequentado por alguns negociantes de arte. Vira uma galeria quase respeitável durante o dia. Hoje é segunda, então deve estar bem vazio, mas achei que valeria uma olhada. É o tipo de lugar onde Hadrian pode aparecer. Muitos artistas. Muita cocaína. Essas coisas.

Eu não acreditei nos meus ouvidos.

– Você contou isso à Holmes.

– Contei – confirmou ele, ainda olhando o celular. – Achei que poderíamos passar lá esta noite.

— E cadê ela agora?

August deu de ombros.

— Jantando?

— Espera. Você contou para Charlotte Holmes, que estava claramente chateada, onde encontrar cocaína em uma cidade estranha?

August me lançou um olhar duro.

— Passar a mão na cabeça dela é uma péssima ideia, sabia? Charlotte sempre sabe onde encontrar cocaína. Ela é uma *viciada* em recuperação. Como você acha que isso funciona? Eu confio que ela saiba os próprios limites. Não podemos fazer muito mais que isso.

— Você não pode. — Eu cheguei bem perto dele. — Vocês conviveram por alguns meses quando ela tinha catorze anos. Que tipo de limites você acha que ela tem?

— Meu irmão é um viciado — grunhiu ele. — Então sim, eu *sei* como essas coisas são, e a não ser que você tenha virado o mundo dela do avesso, não consigo imaginar que esta seja uma situação... — Ele parou de falar. De repente, todo sangue lhe sumiu do rosto. — Ah, meu Deus, Jamie. O que foi que você fez?

nove

No banco de trás do táxi, eu só conseguia pensar que *tinha que haver uma palavra em alemão que definisse se sentir tanto culpado quanto furioso.* A Holmes tinha dito, algumas horas antes, que eu estava sempre disposto a assumir a responsabilidade pelos erros dela. Ali estava eu, provando que era verdade. O que mais me irritava era que August perguntara imediatamente o que *eu* tinha feito, como se eu tivesse sido insensível a ponto de pegar o coração dela nas duas mãos e o partir. Ela tinha feito isso sozinha. Não tinha? A Holmes disse que eu a deixaria, se ela estivesse sofrendo. Que eu dormiria com ela e fugiria. Merda, eu estava prestes a vomitar. Remexi nos botões, tentando abrir uma fresta da janela para que um ar fresco entrasse. O taxista começou a ralhar comigo em alemão até que August interveio, inclinando-se entre os bancos para argumentar com ele. As vozes foram ficando cada vez mais altas, e eu achei que ia vomitar ali mesmo no chão do carro.

Eu me concentrei na respiração, como fazia nos treinos de rúgbi, até que o meu estômago parou de se revirar.

– Me distraia. Aonde exatamente estamos indo? Quem te deu essa informação?

August se endireitou no banco, olhando feio para a nuca do motorista.

– É uma ocupação artística. Já foi uma loja de departamentos, depois uma prisão nazista. Agora é quase uma cidade em si. Tem um café, cinema, ateliês; é um espaço compartilhado, e às vezes eles fazem uma noite de estúdio aberto. Dá para perambular com um cálice de vinho, ver no que os artistas estão trabalhando. Se você for um negociante, é uma boa chance de ver o que está em alta, embora seja melhor ser discreto. Eles não curtem homens de negócios.

– Você parece conhecer a área.

Ele abriu um sorriso tenso.

– Hobbies de um defunto. Meu nome por aqui é Felix, aliás.

– Felix? Sério?

– Cala a boca, Simon – retrucou ele em uma imitação surpreendente da Holmes que me fez rir mesmo a contragosto.

August mandou o taxista deixar a gente a meio quarteirão de distância, então chegamos ao prédio pelos fundos. Ficava em um morro baixo e gramado, uma enorme construção Frankenstein emoldurada pelo céu que escurecia. Dava para ouvir música tocando conforme nos aproximamos, ainda que não desse para identificar a origem. As portas eram de um vermelho-pânico, cobertas de purpurina, pregos e pequenos desenhos de olhos. Hesitei, com a mão na maçaneta.

– Espera... – Com mãos hábeis, August afastou meu cabelo do rosto. – Abotoe a camisa até o colarinho. Bote para dentro da calça. Dobre a bainha da calça. Não, mais. E tire as meias, você usa os tênis sem elas. Você é caladão, mas não por medo, está bem? Você está entediado. Fique com uma bebida na mão e olhando o celular com a outra.

– Você aprendeu essas coisas com a Holmes, ou foi ela que aprendeu com você? – perguntei enquanto procurava um lugar para guardar as meias.

– Tivemos infâncias bem parecidas – explicou August, com um olhar duro e vazio. – Vamos lá.

O prédio estava estranhamente iluminado, com escadarias junto às paredes. Não foi difícil visualizar o lugar como uma loja de departamentos à moda antiga; as paredes tinham um visual alto e moldado, e as escadarias eram largas o bastante para aguentar um fluxo constante de consumidores. Só que a tinta estava toda descascada. Partes imensas da parede estavam ausentes, como se uma mão furiosa as tivesse arrancado. Agora tudo estava pintado de azul e amarelo-elétrico, as paredes e janelas e o teto alto, e ainda que a maioria dos murais fosse abstratamente bela, aqui e ali eu captava um vislumbre de desenhos de rostos escondidos pela tinta, com olhos me observando.

– August. – Meus braços estavam arrepiados.

— Eu sei — respondeu ele e ergueu uma das mãos enquanto escutava. — A música está vindo de cima; terceiro andar, talvez? Vamos tentar lá em cima.

Subimos as escadas devagar. August me garantiu que a estrutura do prédio era segura, mas havia algo de muito precário em um lugar que fora reaproveitado tantas vezes, como se a essência dele tivesse sido gasta no processo. No segundo andar, demos passagem para um grupo de garotas tatuadas, que passou rindo. Uma delas lançou a August o tipo de sorriso que as meninas da Sherringford às vezes abriam para mim.

Paredes falsas tinham sido erguidas pelo terceiro andar, dividindo o imenso espaço em aposentos menores. *Estúdios*, pensei. August os chamou de ateliês. Nenhuma das paredes chegava ao teto, então dava para ver os grupos de luzes que cada artista tinha montado para iluminar o próprio espaço. Tinha uma mesa perto da escadaria, e August encheu dois copos de plástico com vodca e soda e me entregou um, arqueando um pouco a sobrancelha. *Não fale*, dizia o olhar. *E também não beba isso*.

Ele caminhou bem devagar, olhando os estúdios de fora, cumprimentando pessoas em alemão. *"Ja"*, dizia ele — *sim* —, e inclinava a cabeça na minha direção com um murmúrio de desculpas. Então ficávamos parados por um minuto enquanto ele tagarelava com algum garoto de cabeça raspada sobre a enorme escultura metálica de um picles. Eu fiquei mexendo no celular. Tinha uma mensagem da Lena: *cadê vcs q q aconteceu com Londres tô entediada.* Eu a ignorei e, em vez de responder, abri os e-mails de Leander, mas também não consegui prestar a menor atenção neles. Eu estava tentando captar a voz da Holmes. Percebi que August ficava sempre virado para a porta aberta do ateliê, para que pudesse vê-la, se ela passasse. Lentamente, fizemos nossa peregrinação. Um conjunto de televisões, todas passando noticiários em preto e branco dos anos 1940 enquanto música disco tocava. Vários dedões de cerâmica e ouro, arrumados em uma travessa cor-de--rosa para parecerem canapés. Minúsculas pinturas de meninas nuas apresentadas por um sujeito presunçoso que eu queria socar. Em vez disso, dei uma olhada por alto nos e-mails de Leander, sem ler nada. Tanto esforço para consegui-los, e agora eu estava enjoado demais para me concentrar. *Querido James,* começavam todos eles. *Querido James, Querido James.*

Então eu me deparei com um que começava com *Querido Jamie,* com data do começo de dezembro e, por um minuto, me permiti parar de tentar encontrar Charlotte.

Querido Jamie, não sei por que me deu vontade de te escrever usando esse nome. Ninguém te chama assim desde que eu parei! Estou passando todo o meu tempo com esses professores de artes e seus grupos de alunos. Todos eles se gostam tanto, como se estivessem se afogando juntos e ao mesmo tempo segurando a corda de resgate uns dos outros. Sinceramente, não sei como eles não acabam todos no fundo do lago, mas aqui estão, soldando e esculpindo e desenhando sob o olhar benevolente do professor. Nathaniel até vai às festas deles. Acho que está meio apaixonado por mim, o que é bom para os meus fins, mas, é claro, terrível para os dele. É sempre uma péssima ideia se apaixonar pelo seu traficante...

Eu torci para ele estar se referindo a um traficante de arte, não de drogas. Porém, observando os olhos dos artistas ao redor, as fronteiras entre esses dois mundos pareciam mal delineadas. Alguns estavam afiadíssimos, apresentando o trabalho aos visitantes, provocando August em alemão com alguma coisa que o fez corar. E outros estavam sentados em um canto, sorrindo, sorrindo, sorrindo, com as mãos unidas no colo como se fosse a única coisa impedindo que desmoronassem.

Outro estúdio. Parecia que uma hora já tinha se passado, porém, como eu tinha ficado olhando o celular, sabia que tinham sido apenas dez minutos. Eu estava fazendo um esforço brutal para não jogar o celular na cabeça do pintor e começar a escalar as paredes, gritando o nome da Holmes. *Tem uma chance bem grande de ela estar bem*, disse a mim mesmo. *Ela quase sempre está bem.* Só que o pintor monologava para August, gesticulando para explicar alguma coisa, portanto me sentei em uma cadeira de plástico para ler o resto do e-mail de Leander.

Ouço o nome de Hadrian o tempo todo. Você não acreditaria na fortuna que ele já fez, e ainda que eu não ache que ele esteja metido nesse fiasco do Langenberg, sei que tem conexões que poderiam ser úteis para levar o caso adiante em um ritmo mais acelerado. Milo me mantém informado, mas só para que eu fique fora do caminho do Hadrian. Sinceramente, queria que a minha sobrinha tivesse suas crises em momentos mais apropriados.

Mantivemos uma trégua com os Moriarty por quase um século. Claro que você conseguiu me convencer a assumir um caso de crimes de arte logo depois de queimarmos a bandeira branca. Sempre achei que a coisa toda teria valido a pena se Charlotte e August tivessem embarcado completamente no romance Montéquio-Capuleto. Imagine só a história! Ainda assim, ele acabou morto e a minha pobre menina, banida, então acho que teve tons de Romeu e Julieta, afinal.

Se estou soando chateado é porque estou chateado. Não sei quanto tempo mais vou conseguir viver como David Langenberg; ele tem péssimo gosto para gravatas, e seu apartamento--estúdio é gelado. Sem falar que a minha cunhada está doente de novo (fibromialgia, que doença maldita) e, sem a renda dela... Sinceramente, estou um pouco preocupado que Alistair não seja capaz de manter a casa da família, não do jeito que ele anda gastando. Estou devendo uma visita, de qualquer maneira, então vou ver o que posso fazer. Ele sempre me ajudou muito com os meus casos. E eu gostaria de finalmente conhecer seu filho!

Só queria estar de volta com você no nosso apartamento em Edimburgo, fumando aqueles ridículos cigarros franceses e ativando o alarme de fumaça. E você cozinhava mal demais, mas eu nunca consegui fazer comida sozinho. Sinto saudades de você, James. Se cuide.

Eu tinha esperado alguma coisa mais clínica. O tipo de exercício analítico passo a passo que Sherlock Holmes sempre dizia a Watson que ele devia escrever, em vez de suas "histórias". Só que aqueles e-mails... eles não eram atualizações de caso, na verdade eram cartas, do tipo que se escrevia para alguém que você conhece tanto que consegue imaginar do seu lado, mesmo quando essa pessoa está do outro lado do oceano, vivendo outra vida.

Meu pai tinha excluído suas respostas. Tentei imaginá-las. Claro que ele ficou preocupado quando Leander parou de escrever; parecia que ele era a única conexão vital em um caso difícil, que já durava vários meses. Ele estava vivendo como David Langenberg. Como algum parente do artista? Alguém com interesse financeiro nos novos trabalhos de Langenberg? Aquele e-mail era um dos últimos. Só havia mais dois depois dele.

Querido James, tive um encontro interessante esta noite. Saindo do meu apartamento, quando mal tinha vestido a persona de Langenberg, quase fui derrubado pelo nosso professor Ziegler. Tínhamos planos de sair para jantar, então não foi bem uma surpresa.

Sei que não falei muito do meu relacionamento com Nathaniel. "Meu" relacionamento. Do David, mais provavelmente,

e perdoe a minha modéstia. A modéstia dele, David? Basta dizer que foi necessário um nível mínimo de romantismo para garantir o interesse continuado de Nathaniel pelo nosso projetinho. Mas nunca estivemos em uma situação em que eu tenha corrido os dedos pelo cabelo dele.
Nathaniel é um belo homem. Ele me beijou diante da porta. Me surpreendeu com flores, e eu decidi retribuir. Coloquei os braços em volta do pescoço dele e...
Não consigo falar disso com você. Você sabe como eu me sinto sobre isso, e sobre tudo, Jamie.
Ainda sonho com você às vezes, sabia? Mas acho que também não consigo falar disso com você.

(Pus a mão sobre os olhos, depois continuei lendo.)

Ele estava usando peruca. Escondi minha surpresa, mas mesmo sendo bom demais nesse jogo para demonstrar no meu rosto, acho que ele sentiu a mudança no clima. Mas saímos para comer currywurst, como tínhamos feito algumas vezes antes, e conversamos sobre a fortuna que estávamos fazendo com os alunos dele, com o trabalho do próprio Nathaniel. Sabe que eu passei a adorar as pinturas de Langenberg, mesmo quando são feitas pelas mãos de Nathaniel? Há uma dor nelas, uma solidão. Um isolamento. É patético dizer que tenho arte no sangue? Eu tenho. Sou um artista. Minha tela não é visível, mas nem por isso deixo de ser.

Quero vê-lo pintando um "Langenberg". Não só por achar que não é ele quem pinta, esse Nathaniel de olhos azuis e nariz torto. Não acho que Nathaniel seja Nathaniel, de forma alguma. Parece uma versão borrada da foto dele no site da faculdade. Ele, e não ele.

Passei a noite assistindo a umas entrevistas horríveis na internet. Você sabia que Hadrian Moriarty tem o mesmo nariz? E, mesmo assim, eles não são nada parecidos. Eu senti aquele rosto, passei as mãos nos cabelos dele.

Talvez eu só esteja enlouquecendo.

Talvez seja esse isolamento todo, me deixando paranoico. Não tenho certeza. Mas não posso encarar a humilhação de pedir ajuda ao meu sobrinho. Vou para a casa da família amanhã. Preciso ver meu irmão.

August estava tentando chamar minha atenção, mas eu balancei a cabeça com força. Havia mais um e-mail para ler. Tinha data de dois dias depois.

Querido James. Me desculpe por não ter escrito ontem. Estou na casa da família, relembrando como ser eu mesmo, tentando me livrar dos trejeitos desse vigarista fradesco.

É bom ver seu filho. Ele puxou a você em quase tudo e, como você, está metido em um mato sem cachorro. Charlotte está... diferente. Cautelosa. Desconfiada. Ela nunca foi muito aberta, mas esse tipo de medo animalesco é novo, eu acho. Não tem nada a ver com o seu Jamie e ainda assim tem, de alguma forma.

Estive a sós com Charlotte esta tarde. Conversamos muito sobre o pai dela. Algumas coisas vão mudar naquela casa, e ela

tem que estar ciente. Aquela menina. Queixo forte. Voz forte. Ela entendeu na hora.
Seria fraqueza se eu te contasse que, às vezes, quando estou bêbado, finjo que ela é minha filha, e não de Alistair? Tem mais o que se resolver por aqui; finanças, a educação de Charlotte. Emma está... com problemas, e eles chamaram um médico. A coisa é mais complicada que isso, mas não posso contar. Privacidade, sabe. Estarei de volta a Berlim assim que puder.
Feliz Natal. Asse algumas castanhas para mim.

Era isso. O último e-mail. Foi muito difícil voltar ao presente. Fiz um esforço para voltar à realidade, apesar do frio tenso de pânico no estômago. *A Holmes está aqui. Estamos procurando por ela. Você não faz ideia de como vai encontrá-la.*

E Hadrian Moriarty – seria ele Nathaniel Ziegler? Eu me considerei um gênio quando o descobri em meio à multidão. Quando ele me convidou para visitar seu loft. Nathaniel fingiu pânico quando eu mencionei o nome de Leander, e eu pensei, *sim, um sinal de que encontramos o homem que procurávamos*, e não fazia ideia de como eu estava certo. Será que Hadrian estava se passando por Nathaniel? O tempo todo, ou só para os encontros? Estaria ele dando aulas na faculdade, ou só se encontrando com Leander naquele alojamento vazio e ecoante à noite?

Era um palpite meio incompleto, no e-mail de Leander. Ele não achava que estava correto.

Mas, pelo amor de Deus, e se estivesse? *Raciocine, Watson.* Porque August Moriarty tinha visto Nathaniel na noite anterior e *deixado que fosse embora.* E se August estivesse conspirando com a família o tempo todo? E se ele e Nathaniel não tivessem ido encontrar Hadrian porque Nathaniel *era* Hadrian?

E se tudo aquilo fosse um plano para nos colocar nos braços de Lucien Moriarty?

Rolei freneticamente pelos e-mails anteriores. Passei os olhos por eles, mais rápido agora, sem o menor fingimento. Ainda estávamos parados naquele mesmo maldito ateliê e, quando espiei August, sua atenção estava completamente fixada no artista com quem conversava. Ele mesmo falava bem baixo.

Dei uma olhada ao redor. Aquele artista estava interessado em pinturas mais tradicionais que as outras que nós víramos; pelo menos as telas dele não estavam piscando com luzes néon ou cortadas em tirinhas. Eram retratos. Todos mostravam uma cabeça de cabelo escuro, olhando para o lado, a expressão obscurecida. Tudo em carvão e cinza, com alguns clarões de branco. Aquelas pinturas eram diferentes dos Langenberg falsos que eu tinha visto, mas tinham uma semelhança clara com *O fim de agosto.*

O artista não era parecido com Nathaniel Ziegler. Também não se parecia com Hadrian Moriarty, e talvez eles fossem a mesma pessoa. Aquele cara tinha só uns dezoito anos.

Ao notar minha expressão, August ergueu um dedo para o artista.

— Mais vodca? — perguntou ele. — Depois a gente volta.

Eu precisava manter minhas suspeitas em segredo por enquanto. O importante era encontrar a Holmes.

August Moriarty te sequestrou, sussurrou uma voz na minha cabeça, *e você continuou achando que ele estava do seu lado. Como pôde ser tão burro?*

— August — sibilei quando saímos do estúdio, mas ele balançou a cabeça enfaticamente.

Depois, ele disse só com o movimento dos lábios. Enquanto voltávamos até a mesa de bebidas, eu me perguntei se a Holmes estaria mesmo ali. Talvez tivesse escapado para um café para pensar. Talvez ainda estivesse no QG da Greystone, tocando violino, e nem tivesse se importado tanto com a nossa briga. Talvez ela tivesse feito a coisa sã, para variar, e ligado para alguém para conversar; ainda que eu não fizesse ideia de quem.

Não. Eu precisava me concentrar no agora. Sentia que ela estaria ali em algum lugar e, pela expressão de August, ele sentia a mesma coisa.

— Banheiro — disse ele, e apontou uma porta do lado oposto do salão. — Já que você perguntou.

Fiz que sim com a cabeça. Nós nos dividiríamos, então. *Confie nele por enquanto*, me relembrei. *Você vai ter que lidar com isso depois.* Avancei lentamente na direção do banheiro, erguendo o olhar do celular para dar espiadas rápidas pelos corredores. Havia vozes, vozes em toda parte, mas não escutei a Holmes. O que não significava nada. Eu me lembrei da vez em que ela se arrastou para debaixo do alpendre do meu pai e consumiu o resto do seu estoque, sentada na terra fria como uma boneca de rosto inexpressivo. Tinha sido difícil fazer com que a Holmes falasse, até que ela se abriu e desabafou tudo. Uma longa inundação de confissões sombrias.

Havia menos ateliês ali, e as paredes suspensas continham pequenas alcovas escuras. Sofás e uma televisão passando Netflix. Um bar mais elaborado, com prateleiras e mais prateleiras de garrafas de bebida que alcançavam o teto falso, subindo por uma parede pintada de quadro-negro e coberta com estrelinhas esquisitas. Alguns ateliês estavam completamente vazios exceto por gente rindo, gente vestida como artistas e gente de terno, e fiquei curioso sobre aqueles pequenos espaços abertos, sobre quem seria o "dono" deles, se é que havia um dono, e quem decidia quem entrava ou saía.

E ainda não a via em lugar algum, até que vi.

Ela era a garota de cabelos dourados em um mar de homens. Meu olhar tinha passado direto por ela, e então vi aqueles seus olhos, sem cor e frios e estranhos.

Rapidamente voltei atrás e peguei mais um copo, servindo suco de cranberry com mãos trêmulas. *Ela parece bem,* disse a mim mesmo. *Ela está conversando, está feliz, está tudo bem,* e tentei reunir a coragem para entrar em uma sala cheia de estranhos e tirá-la de lá. Onde estava o August? Não o via em lugar algum. Eu não sabia qual era o disfarce da Holmes, nem o que ela estava fazendo, nem, meu Deus, se ela viria comigo, se me visse.

Me aproximei de novo, devagar. Não queria assustá-la. À beira do grupo, eu me esquivei dos braços agitados de um cara barbudo que discursava sobre Banksy, e me coloquei na linha de visão da Holmes.

Ela não pareceu me ver. Vi quando ela tirou um cigarro do maço que alguém oferecia.

— Alguém tem fogo? — perguntou ela, a voz grave e rouca.

Então, aqueles artistas falavam inglês, ou pelo menos reconheceram o gesto, porque três homens diferentes começaram a procurar os isqueiros. A Holmes se inclinou para a frente na direção do Zippo folheado a ouro de alguém e, por uma fração de segundo, o olhar dela se fixou no meu. Ela disse *ainda não* só movendo os lábios e ergueu a cabeça.

August devia ter lido os sinais também.

— Não achei que você curtia esse tipo de lugar — disse ele em voz alta, surgindo atrás de mim para pegar o copo que eu segurava. — Obrigado por pegar um drinque para mim.

— Eu te perdi na multidão, August. — falei. Um dos homens correu o dedo pelo ombro nu da Holmes, e ela deu uma risadinha. — Você curte esse tipo de lugar?

— Não — respondeu ele, a voz grave, e não foi uma resposta à minha pergunta. — Eu conheço aquele homem. Michael! — chamou-o August, acenando.

O homem mais próximo à Holmes, o mais musculoso e menos grisalho de todos, viu August e lhe devolveu um aceno burocrático. Claramente não estava interessado em nada que August tivesse a dizer; em vez disso, ele se inclinou para sussurrar no ouvido da Holmes, que abriu um enorme sorriso.

— Aah, onde? — perguntou ela.

— Aquele é o guarda-costas do Hadrian — murmurou August. — O guarda-costas pessoal dele. Não trabalha para o Milo. Eu não sabia que ele estaria aqui hoje.

— Foi assim que você descobriu este lugar? Esteve aqui com o seu irmão?

August fez que sim discretamente.

— Seu irmão está aqui agora?

Ele hesitou e fez que não.

Ele *estivera* ali. August manteve contato com o criminoso cretino do irmão mais velho aquele tempo todo, debaixo dos nossos narizes, e eu senti minhas mãos se fechando ao lado do corpo, querendo esganá-lo. Se não estivéssemos em público...

— Michael — disse ele, alto o bastante para ser ouvido pelas pessoas ao redor —, vamos lá, vamos pegar uma bebida.

O homem gigantesco ergueu o copo em resposta enquanto se afastava. Holmes já seguia trôpega atrás dele, segurando sua mão.

— Ligue para o seu irmão, seu babaca — pedi a August.

— Mande ele chamar o guarda-costas. Eu sigo ela.

Eu nunca me sentira tão dividido antes. No passado, sempre respeitara os limites da Holmes, especialmente quando ela estava disfarçada, buscando informações. Ou eu seguia o plano, ou ficava completamente fora. Eu tinha menos em jogo do que ela, sempre tinha muito menos em jogo. Meu pai até tinha pedido que procurássemos Leander, mas ele não era o meu tio. Eu até estava na casa dos Holmes quando aconteceu, mas não foi minha mãe sendo envenenada por Lucien.

Eu tinha tentado me convencer de que aquela era a *nossa* missão. Mas estava enganado.

Só que foi a minha melhor amiga que foi estuprada, minha melhor amiga que consumia cocaína e opioides e qualquer coisa disponível. Ela também era a pessoa sempre capaz de se virar sozinha, mas ali estava, seguindo o gigantesco guarda-costas alemão até uma saleta quadrada aparentemente transformada em um closet para casacos. (*Em uma instalação artística toda grafitada?*, indagou um pedacinho do meu cérebro. *Um closet para casacos, isso é arte?*), e *droga, droga...*

Como era dezembro, ou por ser uma instalação de arte, o lugar estava cheio de casacos. Eu me escondi atrás de um sobretudo de pele que descia até o chão e, ainda que não desse para ver nada, eu ouvia nitidamente os dois conversando.

— Eu fiquei te olhando desde que você chegou — disse o cara. — Você ilumina o salão.

— É difícil não te notar também, sabe? Nossa, você deve malhar muito; olha só esses braços! Você é tão mais forte que o *meu* guarda-costas. E mais bonito. — Ela deu uma risadinha. — Você quer um emprego?

Eu não conseguia fazer um diagnóstico. Nunca tinha visto a Holmes sob efeito de cocaína; não sabia como ela ficava. Como qualquer pessoa ficava, na verdade. O que acontecia nos filmes? As pessoas não ficavam falando rápido, se sentindo mais confiantes? Ou seria heroína?

— Tenho muitos anos de contrato com o meu patrão. Ele é... muito bravo.

— Ah, estou só brincando! Ele não está aqui, está? Não quero que você se encrenque.

Às vezes eu ficava muito espantado pensando no quanto do trabalho de espionagem da Holmes consistia em dizer a homens burros o que eles queriam ouvir.

— Não esta noite. O chefe me mandou procurar um homem que pinta para ele, mas ele também não está aqui. O cara é burro. Não retorna ligações e está devendo trabalho. Isso vai criar problema para o homem. Eu vou para a Galeria East Side depois, já que às vezes ele vai lá.

— Um farfalhar de tecido, como se ele a tivesse empurrado

contra uma arara de casacos. – Você vem junto? Depois vamos para uma festa.

– Já estamos em uma festa. Podemos nos divertir agora – murmurou ela. Minha cabeça se inundou de estática. *Ela dá conta disso*, disse a mim mesmo. *Ela sempre dá conta.* Um som molhado, como um beijo. O farfalhar de tecido aumentou.

– Espera. – Ela soou tão insegura, tão assustada, que eu tive que meter os punhos nos bolsos. – Meu ex-namorado vem aqui às vezes. Não quero que ele te machuque.

– *Me* machuque? – Aparentemente, ele não compreendia essa ideia.

– Não, não que ele fosse conseguir, mas não quero criar uma cena. – Um tom malicioso na voz dela. – Eu deixei ele arrasado. Você já o viu por aqui? É bem alto e bonitão. Mais velho. Com cabelo preto penteado para trás. Leander.

– Ele? Você namorou *ele*?

– Foi um erro – balbuciou ela, uma menina arrependida. – Me desculpa, foi um erro. Só estou preocupada com você...

– Não. Não se preocupe com ele. Meu empregador já cuidou disso, sim? Agora...

Aquele som molhado de novo. Não, foi um som molhado diferente, e o sibilar agoniado de um homem, um ganido e, antes que eu soubesse direito o que estava fazendo, já tinha pulado do meu esconderijo com punhos em riste.

A tempo de ver a Holmes acertar o cotovelo na garganta dele pela segunda vez. O sujeito deslizou para o chão, arrastando uma avalanche de casacos.

— Ele tentou meter a mão debaixo do meu vestido. — Com a mão trêmula, Holmes endireitou a peruca. — Vamos. Agora.

Fomos direto para as escadas. Mesmo então, mesmo com a boca cerrada e trêmula, ela ficou dentro do disfarce — que parecia ser uma versão loira de Marie-Helene, inclusive nas roupas. Era assim que ela criava uma persona? Passava seus olhos de scanner em alguma garota que tinha acabado de conhecer e então a recriava, horas depois, com uma peruca e sardas falsas?

Atrás da gente, começou um burburinho. Quando me virei para olhar, vi um homem saindo furioso do closet e sendo agarrado e arrastado por... August?

— Mais rápido — disse a Holmes, e nós descemos correndo pelas escadarias coloridas, passamos pelo candelabro queimado e pela porta com olhos desenhados.

Logo estávamos do lado de fora e voando pela colina abaixo. Só que eu não tinha prestado atenção quando chegamos, e não havia nada ao redor; só os vultos imensos de fábricas e caminhões se estendendo até a linha do horizonte.

— Onde estamos? — perguntei, mas ela me pegou pelo braço e me puxou enquanto corria. No fim do quarteirão, ela derrapou até parar e me guiou pela esquina de um armazém. Procurei meu telefone nos bolsos. – Eu tenho uma coisa pra te contar sobre o August. – Sem resposta. – Ele está em contato com o irmão. Esteve falando com o Hadrian, acho que esse tempo todo. – Ainda nada. – Holmes? Ela se ajoelhou no meio-fio, as mãos no concreto. Então vomitou na rua, uma e duas vezes. Eu me abaixei ao lado para segurar seus cabelos, sentindo os fios longos e frios da peruca nos meus dedos. Um vento gelado correu pela rua. Ela nem estremeceu, mas a qualquer minuto começaria a nevar.

– Está tudo bem?

– Ótimo. – Ela tossiu, depois tirou a peruca e a jogou no chão. Tirou a touca sob a peruca. Os cílios postiços. Sem eles, a Holmes era quase ela mesma de novo, uma garota em roupas pretas batidas e olhos desesperados. – Você pode chamar um carro?

– Meu celular não está pegando – respondi. – E o seu?

– Vou pedir ao Milo.

– Ele não está na Tailândia?

Só que ela não disse mais nada por um longo minuto. Em vez disso, contemplou a rua que se estendia ao longe, subindo até o prédio de arte. O vento soprou de novo, espalhando os cabelos dela pelo rosto.

Rodas no cascalho. Nós observamos um sedã preto virar a esquina. Não tinha placas.

– Quem será que ele grampeou dessa vez? – resmunguei, abrindo a porta. – Eu ou você?

O motorista era mais um dos silenciosos homens de preto de Milo. Depois que nos assentamos no banco de trás, a Holmes acenou para ele.

— Para casa.

Ficamos quietos por um tempo. Ela pediu casualmente um saco plástico ao motorista; ele entregou um como se tivesse um suprimento à mão. Eu não sabia bem o que dizer depois do que tinha acontecido na Greystone. Revirei as opções na cabeça; um pedido de desculpas? Um interrogatório? Como contar o que eu tinha descoberto com as cartas de Leander? Eles se encontraram, dizia a última. Conversaram sobre como as coisas mudariam na casa dela. Seria bom começar por ali?

De início, pareceu que não tocaríamos no assunto. Ela pegou o celular e começou a digitar — para quem, eu não sabia. Só depois de terminar ela falou, em uma voz rouca e cruel que eu só tinha ouvido uma vez antes.

—Você quer conversar.

Eu suspirei.

— Tenho que te contar uma coisa sobre o August.

Ela respirou fundo.

— Watson, se você vai me contar que está duvidando da lealdade dele, não estou interessada. Ele pode estar em contato com a família. Pode não estar disposto a ser minha babá. Não ligo para o motivo que você desencavou, mas neste momento prefiro contar com ele do que com você. Isso nos leva ao meu segundo ponto. Um momento.

Ela vomitou de novo no saco plástico, de forma impecável.

– Dois – continuou ela. – Quando você me mandou sair, eu saí. Isto aqui sou eu saindo. Eu quero ficar *fora*. Não quero essa versão ridícula de você que acha que eu não consigo me controlar porque estou tendo *problemas com garotos*. – As últimas palavras saíram como um rosnado. – Eu sou feita de vidro, agora? Você vem me encontrar e não me conta de primeira que tem novas informações sobre o meu tio?

– Como você sabia disso?

A Holmes me encarou como se eu fosse um imbecil.

– Você está mesmo me fazendo essa pergunta?

– *Holmes*. August está em contato com o irmão de novo, e eu não me importo se ele acha que está nos fazendo um favor, me fazendo um favor, isso é incrivelmente burro. O que ele fez, entrou no escritório de consultoria do Hadrian disfarçado de livreiro? Surpresa, não morri, e, ah, olha! Estamos recriando a história...

– Cala a boca, Watson. Sai daqui. Olha, estamos em um sinal vermelho... você com certeza consegue encontrar o caminho de casa. Seu celular está pegando, para você chamar um táxi? – Ela deu uma olhada no espelho retrovisor. O motorista não olhou pra trás. – Quer que eu vá junto para segurar sua mão?

Cerrei os dentes. Ela estava me atacando como um buldogue, no banco de trás de um sedã de luxo que fedia a vômito e nos levava para Deus sabe onde, mas não tinha a menor chance de eu deixar que ela me irritasse.

A Holmes olhou novamente pelo para-brisa traseiro, depois para o motorista.

— Por que você fica olhando para trás? — perguntei.

— Estamos passando pelo Muro de Berlim. Você é tão ignorante assim em geografia, ou não sabe mesmo onde estamos?

— Eu...

— Procura aí. Não estamos longe do QG da Greystone.

Ela estava agitada agora. Desconcentrada. O carro estava acelerando. Esperei um segundo antes de perguntar:

— Você está se sentindo bem? Precisa de...

— Eu obviamente não estou fisicamente mal por algo que você tenha feito. Você é um pouco lerdo, mas agora está sendo extraordinariamente burro.

Eu conhecia a Holmes suficientemente bem para saber quando ela estava me irritando de propósito, mas daquela vez estava diferente do normal. Geralmente, quando ela me agredia com unhas e dentes, era porque alguma outra coisa a tinha frustrado e eu calhava de estar por perto. Ela gostava de ter algo concreto com que lutar. Não era lá a minha característica favorita nela, mas também não era a pior, e Charlotte normalmente esgotava a fúria em um ou dois minutos.

E sim, nós tivemos uma briga devastadora mais cedo, e sim, podia ter sido um estrago irreparável, mas quando a Holmes ficava realmente furiosa comigo, ela não me jogava insultos mesquinhos ou me mandava procurar o Muro de Berlim no celular.

A última vez que ela me atacou com tanta violência foi para me fazer sair correndo do laboratório antes que nós dois fôssemos mortos por uma explosão.

Não podia ser verdade. Eu me virei para espiar pelo para-brisa traseiro. Estava escuro e eu não conhecia a cidade, mas não me lembrava dos imensos prédios industriais pelos quais passávamos agora. Estávamos nos embrenhando no bairro. Certamente não seguíamos de volta para a Greystone.

Holmes me encarava. *Olhe seu celular,* ela dissera. Então eu olhei.

Estava com sinal de novo. Ela tinha me mandado mensagens aquele tempo todo.

ESTE CARRO NÃO É DA GREYSTONE
SAI
MANDEI UM SOS PARA AUGUST E MILO ELES VÃO ME BUSCAR
VAI
VAI AGORA

Antes que eu pudesse formar um plano ou dizer "Não, não vou te deixar, vamos sair dessa juntos", o carro parou bruscamente. Ainda que eu estivesse de cinto, fui jogado para a frente, contra a divisória.

– Sai – disse Holmes, a voz rouca, sem se dar ao trabalho de sussurrar. – Eles não estão interessados em você.

O que está acontecendo?, eu queria perguntar. *E por que está acontecendo agora?* O motorista saiu e contornou lentamente a traseira do carro.

Estendi a mão para ela.

— Meu Deus, Watson — disse ela, seu rosto límpido e brilhante. — A coisa vai ficar feia.

— Eu sei — respondi. — Não vou a lugar nenhum.

O motorista de preto me puxou para fora com seu punho imenso e me empurrou contra o para-brisa.

Eu resisti bastante. Era o meu trabalho, não era, ser o lutador? Estava desempenhando meu papel. Ele tinha um rosto normal, o rosto de um atendente de lavanderia ou passeador de cachorros ou um velho amigo da minha mãe, mas era um estranho, alguém que eu nunca tinha visto, e estava me socando na cara. Foi burrice me surpreender com isso. Nós estávamos sempre rondando aquele tipo de perigo, então por que seria um choque ser atirado nele, pela camisa, e então ter o nariz quebrado?

— *Corre* — gritei.

Onde estava a Holmes? Eu não a via em lugar algum. Estava tentando ganhar tempo para ela. O sujeito tinha muitos quilos de músculo a mais que eu, e eu não era magrinho. Quando me acertou no queixo, ouvi alguma coisa se partir. Não importava. Eu não conseguia ouvir, não conseguia ver, e não era por causa do sangue que escorria pelo meu rosto. Era porque estava furioso.

Enganchei minha perna na dele e o derrubei. *Graças a Deus pelo rúgbi*, pensei com um pouco de ironia amarga, porque tinha conseguido jogá-lo no chão. Ele se debateu, tentando se livrar de mim, e eu não sabia nada sobre briga de rua, mas sabia como cravar meus dedos nos olhos dele. O homem me empurrou para trás com os antebraços e se levantou lentamente.

Através do sangue nos meus olhos, vi a Holmes atrás dele. O que ela estivera fazendo? Por que não tinha fugido, procurado ajuda? Mas ela estava ali, torcendo o braço do motorista em uma chave nas costas dele. Com sua eficiência fria e calma, a Holmes chutou os joelhos do cara com suas botas de saltos finos, mas gritava por socorro o tempo todo. O homem se virou e lhe deu um empurrão que a jogou no chão.

Gritei o nome dela. Gritei de novo. Estávamos no distrito dos armazéns? Tentei ouvir carros, sirenes, quaisquer sinais de pessoas, e então parei de prestar atenção, pois só conseguia escutar os grunhidos do motorista enquanto ele acertava o punho no meu estômago. Tentei afastá-lo, mas não consegui. Era como levar uma surra debaixo d'água: o tempo se movia devagar. Era tão impessoal. Nunca soube que lutar pela própria vida era tão invasivo e tão frio. Tinham se passado cinco minutos? Uma hora? Ao lado dele, na calçada, a Holmes gemeu e se sentou, com o rosto vermelho arranhado pelo cascalho, então não pude mais olhar porque ele me esmurrou na boca.

Eu disse para ela correr, ou tentei; acabei cuspindo um grosso fio de sangue e, bem quando o motorista ergueu o braço para mais um soco, vi a Holmes se levantando com dificuldade.

— Não mate ele — disse uma voz, mas não foi a dela. Onde eu estava? — Meu irmão não vai gostar.

Acho que o motorista concordou com a cabeça. Eu não conseguia mais ver, não com os dois olhos, e minha cabeça começava a pesar no pescoço.

— Foi mal, garoto — sussurrou ele, duas palavras tão surpreendentes que eu quase engasguei e, quando ele me bateu de novo, me fez desabar da consciência e me lançou em uma queda longa, longa, longa.

dez

EM PRIMEIRO LUGAR E ACIMA DE TUDO, DEVO DIZER QUE estou oferecendo este relato sob pesada coação, e unicamente com a garantia de que Watson não o lerá por um período de dezoito a vinte e quatro meses após os eventos em questão. Ao contrário do que ele acredita, não tenho nenhuma alegria em aborrecê-lo. Ele me pediu para preencher alguns detalhes sobre o período no qual ficou incapacitado, e para contá-los de um jeito que agrade o leitor. Nada de despejar informações, Holmes, disse ele. Já que vou fazer isso, farei nos meus próprios termos. Aqui estão os fatos: estávamos trancados no porão de Hadrian e Phillipa Moriarty. Ele tinha um tapete vermelho muito felpudo no qual Watson estava esparramado. Eles tinham me amarrado, mas me livrei facilmente das cordas. Tudo isso era culpa de August.

Não sei se você se recorda deste detalhe particular do relato anterior dele sobre nossas aventuras, mas Watson leva um tempo absurdo para acordar depois de ser nocauteado. Você pode argumentar que eu não deveria saber disso. Que uma boa parceira de fato preveniria ativa e eficazmente tais ocorrências.

Seus argumentos estariam corretos. Mas eu de fato *tento* prevenir tais coisas. Por que mais eu o teria deixado no patético hotelzinho do Milo? (Antes de chegarmos, pedi ao meu irmão que equipasse nosso quarto com livros clássicos e romances policiais; o veneno antimonotonia de Jamie Watson, se me perdoa a expressão; e torci para que ele se distraísse o bastante com *Matadouro 5* para não perceber que, ocasionalmente, eu escaparia para trabalhar um pouco sozinha. O fato de Milo ter encomendado os livros em alemão foi uma piada sem graça, e em nada culpa minha.)

Sim, eu estava chateada com Watson. Estava muito chateada, de fato, mas não foi nada em comparação com a raiva que senti quando vi o rosto preocupadíssimo dele por cima do ombro do meu alvo. De nós dois, eu sou a única que já desvendou um crime com sucesso. Eu sou, de fato, a parceira muito mais competente, sem falar que sou muito melhor em previsões. Não estou me gabando. São fatos quantificáveis.

Aqui vai uma coisa que não posso dizer a Jamie Watson: não posso ser sua namorada porque morro de medo de você tentar me embrulhar em algodão e me esconder do mundo. "Tentar" sendo a palavra-chave. Ele precisa ser salvo muito mais frequentemente que eu.

Pelo menos desta vez, porém, eu falhei. Watson esparramado no tapete felpudo era perturbador por vários motivos. De tantos em tantos minutos eu verificava se ele ainda estava respirando e, no meio-tempo, ficava de cócoras ao seu lado, considerando a nossa situação.

O porão não tinha nenhuma porta ou janela visível. Nossos celulares tinham sido confiscados, e a minha nuca sangrava. Eu nos daria dez minutos de descanso antes de começar a destroçar a mobília de madeira para criar uma arma.

Meu pai me treinou para estabelecer prioridades em situações assim. *Faça uma lista concreta*, dizia ele. *Seja severa*.

Uma lista, então. Quais eram as minhas prioridades?

1. Me manter viva. Note que pode até parecer mercenário colocar isso na frente, mas qualquer pessoa que não coloque isso no alto da lista é mentiroso ou tem filhos, e nenhuma das duas situações se aplica a mim. Sem falar que o fracasso em me manter viva tornaria todo o resto da empreitada irrelevante.
2. Manter Jamie Watson vivo, considerando que sua negligência temerária com o próprio bem-estar o atrapalha. Nenhum de nós dois acredita que precisemos que tomem conta de nós; o outro discorda. Ele e eu nos encontramos em um impasse. Como provaram os eventos recentes, Watson é capaz de encarar um confronto físico que ele sabe que perderá em uma tentativa de me ganhar tempo para

fugir. Ele claramente necessita de cuidados, talvez até de um exame mental completo.
3. Recuperar meu tio. Porque Leander nunca vai embora sem me deixar algum presentinho – um livro sobre vivissecção, uma pena de faisão –, e não há nada que possa acordá-lo no meio da noite. Não existe, quase literalmente, nenhuma situação que eu possa imaginar que levaria meu tio a deixar a cama por vontade própria entre as dez e as quatro horas. Acima de tudo: ele nunca, *jamais* me chamou de Lottie, desde que eu lhe disse que odiava o apelido, aos sete anos. Dito isso, ele é capaz de se cuidar e se cuida; por esse motivo, é possível argumentar que eu deveria mover este item para uma posição mais baixa.
4. Meus pais... como definir? Idealmente, eles permaneceriam vivos. Dito isso, não consigo imaginar os dois em qualquer outra situação que não vivos, pois são pessoas capazes, impiedosas e ricas o bastante para tirar o maior proveito desses dois outros atributos. (Jamie os chamaria de "vampiros". O termo também tem qualidades atraentes.) Estou ciente de que eles estão decepcionados comigo, o que eu um dia já achei motivador, e agora considero tedioso. Tenho um desejo um tanto vago de salvá-los só para provar que estão errados. Dito isso, não desejo que sejam envenenados, ainda que entenda a vontade de Lucien de fazer uma tentativa.

Essa é uma daquelas coisas que Watson não gostaria que eu dissesse em voz alta. *Você é péssima,* diria ele. *Eles são seus* pais. Às vezes, Watson é demasiadamente sentimental. Ainda não tive a chance de vê-lo com um cachorrinho, mas imagino que seria demais para que eu aguentasse.

Nota bene: meu irmão não aparece nesta lista porque ele tem aproximadamente 72 mil guardas armados e o ego do tamanho de um pequeno dirigível.

A ordem de todos os itens acima foi decidida com muito cuidado. Todos precisam vir antes do número 5, o mais difícil de todos, que é "Manter Watson Feliz". (Seria possível argumentar que eu inseri esse item na posição mais baixa da minha lista de prioridades porque se prova o mais difícil, e eu não gosto de fracasso.) O que Watson quer? Que nós fiquemos felizes e também romanticamente apaixonados. No nosso caso, porque sou "meio como um robô quebrado", para usar as palavras dele, essas duas coisas são mutuamente exclusivas. Ele é um garoto e está apaixonado por mim, mas só porque o mundo o entedia. O mundo dele é tedioso porque esse mundo o ama, entende? Claro que ama. E então tudo vem fácil para ele, e o mundo de Watson se torna miserável e longo, e ele começa a buscar em volta alguma coisa de interessante em toda aquela treva. Se eu estou quebrada, pelo menos meu pisca-alerta é atraente para um garoto como ele.

Pessoalmente, já pensei com frequência que Watson e eu tínhamos todos os aparatos de um relacionamento romântico padrão – exclusividade absoluta, intensidade obsessiva, discussões constantes, solução de crimes – e fiquei confusa quanto ao que mais ele poderia querer. Sexo, é claro, mas isso é uma coisa pequena. Uma coisa pequena que é incômoda, impossível e gigantesca.

(Meu último relacionamento romântico não foi categoricamente romântico, per se, mas certamente também envolveu crimes. Um carro cheio de cocaína, a delegacia local etc.)

Watson ainda não tinha se mexido. Pela minha contagem, eu tinha mais três minutos antes que devesse começar a desmembrar uma poltrona.

Ao olhar para ele, com seus olhos fechados e o rosto surrado, comecei a pensar. Pensei que talvez Watson tivesse sofrido dano cerebral. Talvez houvesse uma chance de ele não acordar, talvez eu fosse deixada naquele porão, sozinha, e então fosse morta, ou pior ainda, resgatada pelo babaca onipotente do meu irmão mais velho. E então teria que lidar com August Moriarty, Consciência Humana, sozinha, e, caso isso acontecesse, eu jamais veria Watson fazer de novo aquela coisa em que ele quase tropeça no meio-fio ao atravessar a rua e gira os braços em uma tentativa exagerada de compensar e, se esse fosse o caso, eu certamente jamais teria a chance de dizer o nome dele, *Watson*, do jeito que eu digo, com afeto e também certo tipo de desespero, e então me proibi de pensar mais sobre Watson.

A melhor maneira de ajudá-lo era ignorá-lo por enquanto. Frequentemente eu percebia que esse era o caso.

O porão estava esparsamente mobiliado, e eu peguei a cadeira de aparência mais adequada e arranquei-lhe as pernas batendo com ela no chão. Peguei o pedaço de madeira que parecia mais afiado, testei o comprimento e o peso, e então me ajoelhei de novo ao lado de Watson no chão. Eu o examinei. Ainda estava respirando, as pálpebras começavam a se mexer, mas ele não reagiu ao meu toque ou à minha voz. Com sorte, em mais uns dois minutos ele estaria pronto.

Revisei o que eu tinha coletado sobre nossa situação.

Aquela não era a residência principal de Hadrian e Phillipa; nenhum bon-vivant com o mínimo de orgulho viveria no distrito dos armazéns, e as paredes eram de blocos de cimento com uma demão de tinta. Tínhamos sido levados a alguma propriedade secundária.

Pelo misto de agentes químicos conservantes no ar, presumi que estávamos em uma instalação onde eles envelheciam artificialmente a arte falsa que produziam.

Mesmo que pudéssemos escapar por uma janelinha, Watson ainda estaria incapacitado em uma rua vazia no meio do nada. Milo estava na Tailândia, e embora eu soubesse que ele mantinha alguém na minha cola a maior parte do tempo, não sabia como ou quão rapidamente ele responderia minhas mensagens. (Antes de me tomarem o celular, eu tinha mandado uma mensagem em contingência para um velho amigo, pedindo ajuda e transporte. Aguardaria por isso.)

Qualquer escuta que Milo houvesse colocado em mim tinha sido hackeada pelos Moriarty, muito provavelmente depois que o guarda-costas de Hadrian recuperou a consciência e ligou para o chefe. Aquele carro veio ao meu chamado. (Levei os vinte e sete segundos seguintes para localizar a escuta – ele a tinha costurado na manga da minha jaqueta – e então a esmaguei com a bota.)

Realmente, aquilo era praticamente tudo culpa de August. Se minha leitura dele na noite anterior estivesse correta (um sapato desamarrado, as chaves quase caindo do bolso de trás), August tinha largado Nathaniel imediatamente e ido atrás de Hadrian para pedir ajuda na busca por Leander. August, assim como eu, nunca estava desarrumado. August, mesmo quando levado ao limite absoluto, jamais ameaçaria matar os pais de um homem. August avaliaria a situação e falaria com o irmão para tentar negociar um acordo.

Milo tinha dito exatamente que isso aconteceria. *Ele vai procurar Hadrian,* disse meu irmão no meu ouvido, logo antes de sair, *e quando a poeira baixar vamos saber exatamente como ele está envolvido. É só esperar.* Quem, de fato, precisaria de dinheiro e recursos quando se tinha um Moriarty com um coração grande demais?

Sinceramente, eu não podia culpá-lo. Famílias são animais complicados.

Pelas paredes grossas, ouvi estrondos lá em cima. Parecia alguém socando uma porta de madeira. August, muito provavelmente, em modo mártir total. Eu ainda não o perdoara completamente por ter levado Watson àquela festa. *Problemas com garotos*, pensei comigo mesma, e quando cutuquei o ombro de Watson de novo foi com mais força do que o necessário.

Ele abriu os olhos, alarmado.

– Holmes – disse ele. Sua voz era um grasnado horrível. A boca estava inchada; a mandíbula também. E os olhos. E o nariz estava quebrado.

Ao olhar para ele, comecei a decidir em qual dos dedos de Hadrian eu pisaria primeiro.

– Não fale – pedi, porque não queria que ele se desgastasse. – Escute bem. Estou prestes a gritar. Estou avisando para que você não reaja fisicamente. Haverá um corpo. Eu o removerei. Vamos arrastar você escada acima, e um dos dois lá em cima nos dará um endereço, e então meu contato nos ajudará a providenciar transporte até Praga.

Era mais informação do que eu geralmente dava, então não fiquei surpresa ao ver a confusão no rosto de Watson.

– Pronto? – perguntei.

Ele piscou, o que eu tomei por assentimento.

Fiz meus preparativos. Com os dedos, espalhei o sangue da minha testa para o rosto. Cobri minhas mãos de sangue. Senti o peso da minha clava improvisada, me sentindo uma deusa guerreira, e me posicionei atrás da porta trancada.

Então comecei a chorar. Baixinho, no começo. Aumentei o volume lentamente, como se fosse um aparelho de som, deixando as lágrimas evocarem o nó correspondente na minha garganta. Quando começasse a soluçar, queria que o som fosse genuíno.

— Jamie — sussurrei. Ele se virou para me olhar. Percebi que doía. *Não você,* disse só movendo os lábios, e repeti o nome. — Jamie. *Meu Deus,* Jamie. Por favor, não. Por favor, por favor, respire. — Essa parte era necessária, eu não sabia se tinha alguém parado do outro lado da porta. — Você não pode estar morto — falei, e elevei o tom e o volume da voz. Encolhi os ombros e levei as mãos ao rosto. — Você não pode estar morto. Você *prometeu.* Você me prometeu Londres, você... Meu Deus, você pode só respirar? Por favor, volte a respirar. Eu faço qualquer coisa, aceito o que você quiser de mim, aceito tudo, por favor, por favor...

Àquela altura eu já estava envolvida na coisa; a mágoa, a fúria, e me deixei afundar, cada vez mais, tão fundo quanto possível. Eu o tinha perdido. Ele se fora, e não como eu tinha imaginado, batendo a porta ao me deixar no meio da noite (estaríamos na faculdade, ou ele estaria, porque eu me encaixaria tão bem em uma faculdade quanto me encaixava em qualquer outro lugar, ou seja, nem um pouco, mas nós teríamos um apartamentinho, talvez na Baker Street, com uma cozinha e uma boa biblioteca e pelo menos um aposento onde ninguém teria permissão de falar comigo sob nenhuma circunstância exceto incêndio, e tudo estaria bem entre nós até que uma noite estaríamos na cama e meu antigo terror despertaria de novo, e Jamie me tocaria e eu me encheria de horror, daquela sensação de *errado* – como eu tinha sido convencida a deixar alguém me tocar assim de novo? Como eu tinha *permitido*? Quem era essa pessoa e por que ele estava me *tocando*? Aquilo era um golpe, eu tinha sido enganada por ele ou por mim mesma ou por ambos –, e eu teria um colapso completo ou o jogaria na rua, e na minha mente sempre acabava comigo botando-o na rua, e eu queria que ele fosse embora tanto quanto jamais queria que ele partisse), mas não teríamos isso, teríamos? Nem chegaríamos a esse ponto. Ele me seria tomado por alguma outra coisa, alguma coisa antes disso, algum problema menor para o qual eu o arrastaria, algo como essa situação – um tio desaparecido, um homem com sede do meu sangue. E ele se recusava a se afastar – não, em vez disso, acabaríamos alvo de uma arma ou de um vírus ou com uma faca no pescoço ou aquilo ali, ele gritando para que eu corresse enquanto eu ficava parada como um animal idiota vendo um capanga Moriarty acabando com ele. E eu fui inútil, e então nos levaram para um abrigo só para que eu assistisse enquanto ele morria no chão, e *Watson*, me ouvi dizendo, em voz alta, *Watson, por favor, por favor*, e eu desmoronei, aparentemente com soluços histéricos.

Se você tiver que assumir uma persona, meu pai me dizia, *não pode ser uma persona. Você tem que acreditar.*

Eu era muito boa no que fazia. Acreditava em tudo, todas as partes. Sempre.

Eu estava tão envolvida nela, aliás, naquela recitação particular dos meus piores medos, que quando a porta finalmente se abriu, quase me esqueci do que fazer.

Só que eu estava na posição certa, escondida atrás da porta, fora de visão. Ergui a perna da mesa.

– Cadê o moleque? – resmungou o capanga, dando dois passos porão adentro, e foi por pura sorte que ele não me viu, e por mais sorte ainda que não havia ninguém atrás dele.

– Aqui – respondi, e bati na cabeça dele.

O sujeito desabou com a velocidade de sempre. Peguei o molho de chaves de sua mão e rolei o sujeito até um canto. Por sorte, não era o homem que tinha espancado Watson, ou eu teria batido de novo.

– Mmph – disse Watson.

Quando voltei até ele, ficou claro que ele estava só semiconsciente. Tive que fazer algum esforço para convencê-lo, mas consegui que Watson se levantasse, apoiado no meu ombro. Ele é praticamente só músculos, o que o deixa muito pesado, e ainda que fosse algo que eu tivesse obviamente notado (e, sim, apreciado, sou de fato uma garota humana heterossexual), não gostava de ter que carregá-lo porta afora. Watson sustentava parte do próprio peso, mas não o suficiente.

O corredor estava vazio, como eu sabia que estaria, e havia uma escada em cada ponta. Fiquei parada escutando, ciente de que Watson sangrava em mim enquanto eu, por minha vez, sangrava no carpete. Enquanto eu calculava as chances de uma das escadas ser a rota mais direta para nosso destino, pensei também no estado das minhas botas, que Lena tinha me convencido a comprar em algo chamado de site de vendas relâmpago, uma experiência que foi suficientemente traumática para que eu jamais quisesse repeti-la. Havia uma contagem regressiva na tela do site, me dizendo quanto tempo eu tinha para adquirir aquelas botas, enquanto eu digitava meus dados bancários, e isso me fez pensar em toda falsa escassez que tínhamos nas nossas vidas. *Só resta um par! Compre já! Só mais um dia de promoção!* E o jeito como o garoto apoiado no meu ombro tossia agora, do fundo da garganta, ativava um alarme horrível em algum lugar da minha mente; escassez e fartura, bolha e estouro, e como aquela seria minha única chance na vida de ter algo assim, e então estaria acabado, encerrado, nunca mais...

Mas isso era um pensamento subjacente. O resto de mim, como sempre, sabia o que fazer. O corredor oeste. Subiríamos uma escada de cada vez.

Eu estava esperando desde a noite anterior pela jogada dos Moriarty. Ali estávamos.

Revise os fatos, dizia meu pai, *antes de fazer suas deduções sobre eles.*

Os fatos eram óbvios. Foi isso que deduzi:

Estávamos aprisionados no porão porque ainda éramos muito novos e, portanto, supostamente colaterais. Milo tinha partido – e eu tinha certeza de que, na noite anterior, Hadrian tinha conseguido extrair esse fato de seu irmãozinho inocente – e Hadrian viu a oportunidade que esperava. Ele provaria ao irmão mais velho que era capaz de fazer o que, na mente de Hadrian, Lucien não conseguiu; ou seja, me punir pelo que eu tinha feito ao irmãozinho deles, August. Afinal, eu ainda estava viva.

Isso é tudo idiotice, é claro. Lucien estava fazendo um ótimo trabalho. Minha mãe envenenada? Meu pai, de alguma forma, ainda em ótima saúde? Um monte de câmeras na casa, um médico particular, e nenhuma pista a ser encontrada? Eu estava ou não repassando tudo isso pelo menos uma vez a cada sete minutos? Sim, claro que estava. Se Lucien tivesse interesse em me matar, eu estaria morta, com ou sem Milo. Não, brincar comigo era o hobby dele, e um hobby deixa de ser um hobby quando ele está enterrado sob um anjo de mármore em algum cemitério extraordinariamente chique.

Nunca me preocupei com a possibilidade de Lucien me matar; me preocupava com a possibilidade de Lucien matar Watson. Pense no infinito trauma mental; seria lindo, uma obra-prima da vingança. Pense nas variações! Opção um, na qual eu seria falsamente acusada pelo assassinato de Watson. Opção dois, em que eu de fato mataria Watson:

por exemplo, eu seria posta em uma situação impossível, cortar a garganta dele ou ver uma cidade explodir. Opção três, na qual eu corto a garganta de Watson, e Lucien explode a cidade do mesmo jeito. Opções quatro a vinte e nove, sendo a última tão horrível que eu não conseguia nem considerar.

Watson se apoiou mais no meu ombro; ele tinha parado de mover as pernas, mas a respiração no meu ouvido me informou que ainda estava vivo. Tínhamos chegado ao escritório de Phillipa. Sabia que era dela pela forma como o carpete estava gasto; um salto alto tinha pisado ali, e com frequência, um salto bem alto, julgando pelos pontos de pressão, e eu a vira usando saltos-agulha no nosso almoço horrível. Lá dentro, o guarda-costas dela verificava as horas. Eu ouvi o ruído de seu celular sendo bloqueado. Aquele ali seria um pouco mais complicado.

DOIS MINUTOS E MEIO DEPOIS, EU TINHA LANÇADO O guarda-costas inconsciente pela janela e apontava a arma dele para Phillipa Moriarty.

Não era particularmente agradável vê-la de novo. Ela parecia a mesma. Seu rosto tinha uma expressão contraída e observadora que eu associava a crianças de colo.

– O que você quer?

Tínhamos aproximadamente mais trinta segundos antes que o irmão caçula dela chegasse com a cavalaria. A bateção na porta tinha finalmente parado. Não adiantava me preocupar com August; o que estava feito estava feito e, de qualquer maneira, eu vira que ele tinha uma faca na bota.

Ergui Watson. As pernas dele começavam a ceder e, com esforço, ele conseguiu firmá-las. Suas pálpebras estavam tremendo.

– Onde será? – perguntei a Phillipa.

– Onde será o quê, exatamente?

Com a outra mão, eu destravei a pistola.

– Vinte segundos. Onde será o leilão, e a que horas?

Porque os corredores pelos quais eu tinha arrastado Watson, tanto naquele andar quanto no debaixo, estavam cheios de pinturas. Pinturas com muita tinta preta, e melancólicos jovens eduardianos contemplando escaravelhos de vidro e microscópios e uns aos outros. Aquilo era um armazém, mas ela estava feliz com seus produtos e orgulhosa de si mesma, das joias da coroa, aquelas pinturas forjadas de Hans Langenberg, e quem mais além dos Moriarty enfeitava o abatedouro?

(Watson, quando você ler isto, espero que aprecie o meu comedimento em reservar essa informação até agora.)

Claro que as pinturas seriam vendidas aos compradores pela rede privada de Phillipa, a questão era quando.

– Janeiro – respondeu ela. – Dia 27. É uma pena que você não esteja morta, Charlotte.

– É, bem, todos temos uma cruz a carregar. Janeiro está muito longe. Você terá um leilão antes disso.

– Quando? – Phillipa cuspiu a palavra.

– Amanhã.

– E por que eu faria isso?

– Porque eu vou te expor. Porque vou mandar cada mínima informação que reuni sobre suas operações ao governo. Porque, se você não fizer, vou mandar meu irmão bater neste armazém em vinte minutos com um ataque de precisão que ele vai justificar como um exercício de treinamento. E então, só como um bônus, vou explodir sua casa. Porque eu estou armada, sua escrota, e sou perfeitamente capaz de fazer sua morte parecer um suicídio.

Naquele momento, eu não sabia bem se estava blefando.

– Tudo bem – cedeu ela. – Onde?

Dei alguns passos à frente. O escritório tinha piso de concreto, e os sapatos de Watson deslizaram pelo chão.

– Na sua casa de leilões em Praga. Você ainda usa aquele museu fora do horário comercial? Me dá o endereço.

Ela hesitou. Meu tempo estava acabando. Dava para ouvir os pés subindo as escadas.

Com muito, muito cuidado (como deve ser nessas situações), eu atirei no painel de vidro acima da cabeça dela, e Phillipa guinchou.

– Phillipa! – gritou alguém lá de baixo.

– Você vai me dar o endereço, ou todos os seus bens estarão congelados pela manhã. – Pensei por um momento. – E seu novo jardineiro de orquídeas sairá de férias permanentes.

— Sem seu irmão, você seria inofensiva – disse ela.

— Verdade. Infelizmente para você, ele está muito vivo. O endereço. Agora.

Ela me deu o endereço: era em Praga, na Cidade Velha, e eu o memorizei. Os passos já estavam no corredor. Watson gemeu bem baixo. Com o peso dele, perdi toda sensação no ombro esquerdo.

— Devolva os nossos celulares – ordenei. Phillipa os colocou na mesa; peguei os dois com a mesma mão. – Obrigada. Você foi bem prestativa.

— Não quer saber o que aconteceu com o seu tio? – perguntou Phillipa. – Você não se importa?

Eu sabia o que tinha acontecido com Leander. Não quisera acreditar. Tinha insistido comigo mesma que precisava encontrar provas sólidas. Só que a verdade era que eu já sabia, no fundo de mim, não no cérebro, e talvez por isso não considerasse legítimo; mas o meu coração ficou me avisando desde o dia em que saímos de Sussex. Meu coração! Que absurdo.

Eu sabia, também, que não havia nada que eu pudesse fazer para resgatá-lo até vincular Lucien Moriarty ao crime. Se ele era mesmo culpado não vinha ao caso.

A alternativa era impensável.

— Conte a qualquer pessoa que eu sei desse leilão, conte a qualquer pessoa que eu vou, e mando te matar. Não – continuei, enquanto Watson tossia –, eu mesma te mato.

A porta se abriu atrás de mim.

– Charlotte – disse August cautelosamente, enquanto os homens atrás dele erguiam as armas. Ambos tinham cortes de cabelo Greystone; militares, só que com costeletas estilosas. Milo apreciava a estética.

Relaxei minimamente.

– August – respondi, pois é educado cumprimentar os amigos.

– Charlotte. Tem uma garota no terraço. Ela disse que se chama Lena. – Ele pigarreou. – Ela disse que trouxe o helicóptero que você pediu?

onze

No banco de trás do carro de Hadrian Moriarty, eu tinha mandado algumas mensagens a Watson, com sugestões de fuga. No processo, também descobri várias mensagens da minha colega de quarto da Sherringford, Lena, me informando que ela tinha decidido fazer compras de Natal de última hora em uma "cidade europeia" e escolhera Berlim ("Se bem que, eca, Char, tem pelo menos uma Barneys aí?") porque estava cansada de "você e Jamie me evitando. É porque ele ainda está com raiva do Tom?".

Tom e Lena, nossos colegas de quarto da Sherringford, estavam namorando. E não, Watson não estava mais com raiva de Tom, ainda que aquele sapo insosso o tenha espionado durante o semestre anterior em troca de dinheiro. Tom pensara, erroneamente, que a namorada dele, filha de um magnata do petróleo, o largaria se ele não tivesse grana para impressioná-la com presentes, viagens e coisas assim.

Coisas que impressionavam Lena Gupta, na minha experiência: jaquetas de alta moda cobertas de tachas e outros itens metálicos; excentricidade espontânea; coisas explosivas; garotos dispostos a segurar a bolsa dela. Coisas completamente irrelevantes para Lena: o histórico financeiro dos outros. Lena era o tipo de garota que me deixava tirar uma amostra do seu sangue para uma experiência sem fazer qualquer pergunta. Lena nunca fazia muitas perguntas. Essa qualidade, dentre outras, fazia dela uma excelente amiga.

Quando, diante do armazém dos Moriarty, mandei mensagens para ela e para meu irmão dizendo que eu poderia necessitar de assistência médica, Milo não respondeu de imediato. Lena, sim. Ela escreveu "ok!" e um monte daquelas carinhas sorridentes com corações nos olhos. Enquanto Watson levava uma surra, aproveitei os poucos segundos necessários para enviar nossa localização para ela, antes de me juntar à briga.

Lena chegou com um helicóptero médico, duas enfermeiras, um piloto, e um Tom de olhos arregalados e fones de ouvido. Ela tinha uma estola de pele falsa nos ombros. Era linda. Fiquei muito feliz em vê-la.

– Nós devíamos morar juntas de novo ano que vem – falei enquanto ajudávamos Watson a subir na cabine. August se sentou ao lado do piloto.

– Com certeza – gritou ela de volta, acima do barulho. – Você acha que podemos arrumar um quarto no Carter Hall? Lá tem banheiros particulares!

Watson foi deitado em uma maca e, ainda que estivesse claramente consciente, não tentou falar. A mandíbula estava inchada, do tamanho de uma toranja. Em vez disso, ele me pediu o celular dele com um gesto.

E-mails, escreveu ele, com dificuldade.

– De Leander para o seu pai? Estão no seu celular?

Sim. Leia.

Peguei o telefone. As duas enfermeiras me enxotaram. Elas colocaram uma sonda no braço dele e jogaram luz em seus olhos. Tom deu uma olhada na cara surrada de Watson e enterrou o próprio rosto nas mãos. Empatia? Culpa atrasada? Ele subiu minimamente no meu conceito.

Pedi para o helicóptero voltar a Greystone. Tinha um heliponto no telhado e médicos dentro do prédio. Eu queria evitar ao máximo o envolvimento da polícia e levar Watson ao hospital naquele estado certamente chamaria atenção.

Eles o levariam para a seção médica. August correria ao lado da maca para ajudar com os pontos de controle de segurança. Antes de partirem, eu disse às enfermeiras que procurassem hemorragias internas. Com certeza elas apreciaram o lembrete.

– Você não vem junto? – perguntou August.

– Não. Preciso de três cigarros e cinquenta minutos em silêncio. Não posso fumar em um hospital, e também não consigo pensar com ele nesse estado.

– Sua presença pode reconfortá-lo – observou August. Estavam colocando Watson em uma maca com rodas.

— O conforto dele não é minha prioridade. — Era a número cinco na lista, afinal. — Transmita a ele meu amor, se ele perguntar.

August me encarou como se eu tivesse dito alguma coisa estranha. Eu estava quase acostumada àquela expressão. Em nosso tempo juntos em Sussex, quando ele ainda era meu tutor, August fazia isso com frequência; me encarava demoradamente, quase languidamente, quando eu dava uma resposta inesperada às suas perguntas. Algumas pessoas tomariam isso como um sinal de julgamento. Eu considerava fascinação.

As coisas nunca passaram desse estágio para ele. Nunca viraram atração, como aconteceu comigo. Ainda assim, ele agia como se tivesse direitos sobre mim. Eu me pergunto se ele entende a natureza desses direitos. Eu fui o instrumento de sua derrocada. Se ele queria ficar por perto, era para garantir que eu não arruinasse mais ninguém.

— Ele *vai* perguntar — insistiu August.

— Então você responde. Vai.

Ele foi.

— Vou ficar por aqui — disse Lena. — Não se preocupe, não vou falar nada.

Como sempre, ela me entendia perfeitamente. Quando dei uma olhada, Lena estava jogando Tetris no celular.

— Charlotte — começou Tom, meio desajeitado. — Eu...

— Não — respondi. Ele se calou.

Tirei um Lucky Strike da minha cigarreira e acendi. Quatro longas tragadas. Meus nervos perderam um pouco do zumbido frenético. Eu sentia falta do zumbido quando ele sumia, mas sabia como recuperá-lo rápido, se precisasse. Sou habilidosa em regular meus sistemas, ainda que tenha precisado de muita prática. Sem falar de várias temporadas em clínicas de reabilitação.

Nos vinte e oito minutos que se seguiram, eu tramei, avaliei e finalizei meu plano. Sinceramente, fiquei feliz que August e Watson não estivessem por perto. O processo decisório democrático não tinha nos ajudado, como equipe (era isso que nós éramos?). As coisas corriam mais suavemente quando eu era a ditadora benevolente deles.

Iríamos a Praga, ao leilão de arte. Acreditei quando Phillipa disse que montaria o leilão. Acreditei também quando ela afirmou que não contaria a ninguém da nossa presença. Ela gostava muito das orquídeas, afinal. E aqueles leilões eram o ganha-pão dela. Phillipa instalaria guardas armados e torceria para que meus objetivos fossem tão infantis quanto ela pensava que *eu* era.

Isso não significava que o leilão seria seguro. Não seria. Eu só não tinha dúvidas quanto à nossa ida.

Os detalhes. Pensar sobre a vigilância. Sobre a privacidade. Quando cheguei àquela ocupação artística horrorosa, na noite anterior, passei algum tempo vagueando pelos estúdios abertos, tentando reorganizar meus pensamentos. A briga com Watson tinha me afetado mais do que eu gostaria, e minha nova localização não era muito tranquilizadora. Realmente, a quantidade de pó disponível era impossível de se ignorar. Quando o segundo rapaz me ofereceu um teco, em um período de dez minutos, eu declinei com tanta dificuldade que fiquei preocupada de dizer sim da vez seguinte.

Então me retirei para um estúdio de canto. O artista não se encontrava, mas o trabalho dele estava em exposição. Tinha a ver com CCTV, aquelas câmeras de vigilância presentes em todas as esquinas da Europa, e os meios que ele tinha inventado para escapar do olhar delas.

Ele tinha um mostruário de máscaras que eu achei intrigante.

Voltaria a isso depois.

Os últimos e-mails, então. Gastei meu segundo cigarro lendo todos.

Descobri que Leander tinha fingido, algumas vezes, que eu era filha dele. Eu nunca fingi que ele era meu pai. Pais eram exigentes e distantes e cruéis. Leander não era nenhuma dessas coisas. Mesmo assim, fiquei encantada.

Mais importante, meu tio duvidava de sua teoria de que Nathaniel era, na verdade, Hadrian disfarçado, e eu também. Como ele poderia ser um professor? Como isso poderia funcionar? Mesmo assim, se houvesse alguma chance de ser verdade, eu precisava saber.

Mandei três mensagens ao meu irmão. Dessa vez, ele respondeu rápido. Ofereceu recursos. Aprovou meu plano. Sua última mensagem dizia: *Com certeza ele queria que eu fosse filho dele também.*

Bem, ele só falou de mim, respondi, com certo prazer, e desliguei o celular.

Minha próxima tarefa era confirmar alguns detalhes financeiros com Lena. Conversamos sobre uma opção de look para o evento, pois eu sabia que isso a agradaria. Já estava lhe devendo muitos favores. Combinamos as rotas de fuga. Ela me informou que tinha me inscrito em uma coisa chamada amigo oculto, lá na Sherringford. As outras meninas no nosso dormitório trocariam presentes quando voltássemos em janeiro e, de acordo com Lena, minha participação era obrigatória. Eu lhe disse que contribuiria com um livro sobre lesmas. Ela franziu o cenho e depois concordou com um dar de ombros.

Isso resolvido, eu repassei as fotografias da família Moriarty. Todos loiros. Todos altos. Todos com cara de mau, até August, que já tinha feito um esforço para suavizar a aparência usando um corte de cabelo bem professoral. Agora estava mais curto. Aquela máscara se fora, e o que restou era espinhoso e triste. Watson frequentemente comparava nossas vidas à arte e ao entretenimento; *isso* parecia uma série de TV, *aquilo* parecia um circo. Se fosse esse o caso, August tinha migrado de um romance universitário para o papel de Hamlet, príncipe da Dinamarca.

A nova situação era mais interessante, claro, mas talvez eu tenha me demorado um pouco olhando a antiga foto dele no site de Oxford. Porque aquele homem, o homem na foto, estava morto. Eu e ele sabíamos disso, e sabíamos que a culpa era minha. Talvez nosso relacionamento agora fosse um tipo de luto compartilhado pelo velho August Moriarty. É estranho sofrer com a perda do seu antigo eu, mas também acho que é algo que qualquer garota compreende. Já descartei tantas peles, mal sei o que eu sou agora; músculo, talvez, ou só memória. Talvez só a força de vontade de seguir em frente.

Quando ergui o olhar, ainda imersa em pensamentos, flagrei Tom esticando o pescoço para espiar minha tela. Não tenho muito orgulho em dizer que rosnei para ele.

– Char – disse Lena, brandamente, sem nem tirar os olhos do celular.

– Você é desleal – eu disse a Tom. – Provou isso com o sr. Wheatley. Juro que, se você algum dia entregar informações sensíveis de novo, se trair Watson de novo, eu vou encontrar um jeito de arrancar sua pele. Pare de olhar para a minha tela.

Tom se encolheu dentro do suéter.

– Eu jogo Tetris com você – ofereceu-se Lena. Ele fez que sim, trêmulo.

Eu já tinha feito muitas ameaças naquele dia. Não é meu modo de ação preferido, mas me encontrava cercada por criminosos mesquinhos.

Acendi meu último cigarro.

Questões finais. Para aquela missão, eu teria que recrutar alguns guardas armados. Só aqueles que fossem suficientemente leais ao Milo a ponto de estender essa lealdade a mim. Ainda que eu não gostasse de trabalhar com gente fora do meu círculo (Tom estava *mascando chiclete* diante de mim naquele momento), entendia a necessidade. Não podia desempenhar meu papel se estivesse ocupada apontando uma arma. Por isso mandei um dos muitos mercenários atrás de Peterson e de alguns outros. Eles iriam conosco para Praga.

Estava decidido, então. Fumei meu cigarro até o filtro, convencendo meu cérebro a frear seu ritmo acelerado. Se eu fosse rápido demais por tempo demais, ficaria debilitada e inútil; eu *dormiria*; então desenvolvi métodos para me acalmar. Repassar declinações do latim era o melhor deles. *Amo, amas, amat* era padrão, ainda que sentimental, e eu gostava de listar as declinações para o corpo (*corpus* é uma palavra tão bonita), só que, naquela noite, eu só queria a palavra para rei.

Rex, regis, regi, regem, rege. Traguei uma última vez. Esperei um instante, soltei a fumaça. Os plurais, agora, mais lentamente. *Reges. Regum. Regibus. Reges. Regibus.* Eu apreciava a inversão e a repetição: dativo, acusativo, ablativo. Tinham certa musicalidade. Sempre amei uma reviravolta.

Apaguei o cigarro. Quarenta e oito minutos tinham se passado. Pedi ao piloto para ligar o helicóptero de novo e fiquei com os olhos fixos na porta do prédio.

— Você venceu — anunciou Lena.

— Sabe, você fica linda de macacão de piloto — disse Tom.

O olhar dela era inocente.

— Você também precisa de um.

— O seu veio com o helicóptero?

— Não — respondeu ela. — Eu tinha um em casa.

Tom sorriu. Logo eles estavam se beijando. Ruidosamente. Eu não tinha colocado meus fones mais cedo, mas coloquei naquela hora.

Quando a porta finalmente se abriu, August e Watson passaram por ela lentamente, seguidos por alguns poucos homens de Milo. Watson segurava uma bolsa de gelo no rosto. Usava várias bandagens e mancava, mas fiquei feliz em ver que ele ainda se movia com a determinação teimosa de sempre.

— Você está em condições de viajar?

— Estou — respondeu ele. Tive que ler seus lábios, por conta de todo o barulho. — Não aconteceu nada de ruim com você naquele armazém?

— *Eu* fui a coisa ruim que aconteceu naquele armazém.

Watson sorriu, e estremeceu de dor.

— Tente não mover o rosto — aconselhei. — Você se lembra do que eu disse sobre Praga?

– Que a gente ia para lá? – disse Watson, com alguma dificuldade.

Assenti. O piloto gesticulou para que nos apressássemos. Ele nos levaria até o aeroporto, e lá embarcaríamos no jato da empresa do pai de Lena. Não dava para usar voos comerciais, não daquela vez. Éramos um grupo estranho, e eu não queria que chamássemos atenção.

Essa parte viria depois.

– Qual é o plano, Holmes?

A sensação nas minhas veias quando ele me fazia aquela pergunta. Nada no mundo poderia substituí-la.

– Bem... Você vai usar uma máscara.

EU JÁ TINHA OUVIDO DIZER QUE PRAGA ERA UMA CIDADE de conto de fadas. Watson repetiu a declaração enquanto fazíamos a lenta jornada de carro desde o aeroporto. Telhados pontudos, prédios em cores pastel, ruas de paralelepípedos e caminhos em zigue-zague. Um relógio astronômico bem alto em uma praça. Eu já tinha estado lá com Milo, quando éramos crianças. Nossa tia Araminta decidira que precisávamos nos "aculturar". Acho que ela nos confundiu com bactérias.

– Mas é uma cidade de conto de fadas – insistiu Watson. – Olha só essas portas. – Nosso táxi descia trepidante uma rua de tijolos, e a cada poucos metros passávamos por uma porta de metal de aparência medieval, reforçada com fileiras pontudas de pregos. — O que será que tem atrás delas?

— Nesta rua? Lojas de lembrancinhas.

Eu detestava quando o termo "conto de fadas" era usado assim para qualquer coisa. Geralmente, era para dar a ideia de fantástico, o que é incorreto. Nos contos de fadas, a floresta te devora no almoço. Seus pais te embrulham em uma capa e te largam nas trevas. Tudo acontece em trios, e só o filho mais velho sobrevive. Como a irmã caçula, eu me ressentia particularmente dessa última implicação.

— Podemos te comprar um copo temático, se você quiser — falei.

Watson revirou os olhos, mas eu percebi que ele tinha gostado da ideia.

— Onde vamos ficar?

— Em algum lugar bem longe dessa loucura. Um lugar sensato.

— Defina sensato.

As enfermeiras o entupiram com tantos analgésicos que ele conseguia falar sem dor. Aparentemente, ele estava se aproveitando do fato.

— Meu irmão achou uma quitinete para a gente, perto da casa de leilões.

— Uma quitinete.

— Foi bem cara.

— Holmes, vamos ficar apertados.

— Também não tem janelas, então é completamente segura.

— Sem janelas? — Watson gesticulou na direção da janela, para ênfase. — A cidade está toda iluminada, como um livro de contos. Amanhã é véspera de Natal. Estamos em *Praga*. E você alugou uma quitinete sem janelas?

Eu franzi o cenho.

— Acho que originalmente era um armário de manutenção.

Só estávamos nós dois no carro; Lena e Tom tinham ido para o hotel deles. Ainda que tivéssemos voado juntos, chegaríamos separadamente ao leilão. August disse que encontraria um lugar para dormir por conta própria. Ele sabia que Watson e eu tínhamos brigado, e imagino que estivesse nos dando a chance de fazer as pazes.

— Eu te odeio — disse Watson, enfaticamente. — Qual é a dessa sua mania de armários?

— Eles quase sempre estão bem limpos. E, se não estiverem, dá para encontrar produtos de limpeza dentro deles.

— Holmes...

— Na verdade, reservei um quarto em um hotel Art Déco — anunciei.

Momentos depois, nosso carro parou na entrada. Sempre me orgulhei do meu senso de timing.

— Põe o chapéu — falei, entregando o dele — e os óculos escuros. Deixe que pensem que somos estrelas de cinema. — Não queria correr nenhum risco de sermos vistos.

– Você é terrível – comentou Watson, rindo. – Não acredito que me fez pensar...

– Você acabou de levar uma surra. Achei que era melhor te arrumar uma cama confortável. – Watson riu. Os olhos dele se enrugaram nos cantos. Horas atrás, eu pensei que ele pudesse estar morto. – Também tem vista para o rio – contei. E, como um milagre, ele riu de novo.

Com frequência, eu omito informações de Watson por esse exato motivo. Ele se ressente, eu acho. De meus "truques de mágica". Não sei se ele já percebeu para quem eu faço essas revelações.

Na recepção, a atendente ergueu uma sobrancelha ao ver o rosto espancado dele.

– Acidente com o cortador de grama – falei, e ela desviou o olhar.

– Não teria lâminas, se tivesse sido um acidente com o cortador de grama? – perguntou Watson no elevador. – Tipo, eu não estaria todo fatiado?

– Podia ter sido um cortador pilotável. Você podia ter caído dele.

– Isso, por favor continue eliminando toda a parte heroica do meu ato heroico.

– Pelo menos você o derrubou – admiti. – Antes que ele te nocauteasse, é claro.

As portas no nosso corredor eram todas apropriadamente medievais. Pregões, vitrais, essas coisas. Quando encontramos nosso quarto, Watson sorriu e abriu a porta.

Conversamos naquela noite. Não foi muito diferente das conversas que tivemos antes sobre o assunto – *Eu quero isso* e *O que você quer é impossível* e *Então o que podemos ser?*. Eu sempre achava que ele queria chegar a uma solução, como se fôssemos uma prova matemática que precisava apenas ser equilibrada. Por um longo tempo, achei que ele *me* considerava o problema, depois me preocupei de ele achar que eu seria a solução. Não sou nem um nem outra. Sou uma adolescente. Ele é meu melhor amigo. Seríamos tudo um para o outro até que não pudéssemos mais. O quarto tinha duas camas, mas dormimos em lados opostos da mesma, e, se acordei no meio da noite nos braços dele, posso dizer que ele nem despertou.

Ele também continuava dormindo quando eu me levantei e fui me sentar sozinha no chão do banheiro até os gritos na minha cabeça passarem. *Eu estou no controle*, lembrei a mim mesma. *Eu estou no controle.* Respirei fundo catorze vezes. Pensei no kit que tinha escondido na minha bolsa, para emergências, e então me obriguei a parar de pensar nele. *Eu estou no controle*, repeti, e me senti melhor, e então voltei à cama de Watson.

Nunca quis que ele me visse vulnerável. Mas e se demonstrar vulnerabilidade fosse uma decisão tomada por mim?

– Acorda.

Ele se mexeu um pouquinho.

– Acorda – eu repeti. – Preciso que você responda uma pergunta.

Dessa vez, ele se sentou. O rosto de Watson estava arrasado. Olhos roxos, lábios cortados e com hematomas. Empiricamente, eu sabia que ele precisava dormir para se curar, e, se não fosse importante, eu nunca o teria acordado. Não sou meu tata-tata-tataravô. Não gosto de colocá-lo em perigo, nem de acordá-lo antes de amanhecer.

Eu preferia observar Jamie Watson dormir, porque, se ele estivesse dormindo e eu observando, ele estaria seguro. Eu gostaria que Watson estivesse em casa, pesquisando e lendo romances, porque é natural que se prefira manter o coração trancado em segurança no peito. Quando amei August Moriarty, foi porque me reconheci nele e vi certa redenção. Nossa criação era tão parecida, nossa visão de mundo, e ele tirou o necessário daquela infância e resistiu ao resto com unhas e dentes. Ele pensava nos outros primeiro. Lia indiscriminadamente, viajava pelo mundo, me escutava como se eu não fosse um experimento ou uma boneca de corda, mas uma pessoa, uma pessoa completa, com as contradições comuns a todas as pessoas. Eu queria *ser* ele, eu, quando nunca quis ser mais ninguém. Se quis ficar com ele, foi por isso.

E Watson? Se August era meu contraponto, meu espelho, Jamie era a única fuga de mim mesma que eu já encontrei. Quando estava ao lado dele, eu entendia quem eu era. Eu falava com ele, e gostava das minhas palavras.

Eu falava com ele, e me surpreendia com as respostas. Me afiava. Se August me refletia, Jamie me melhorava. Ele era leal e bondoso, corajoso, como os cavaleiros das velhas histórias, e, sim, ele era bonito, mesmo com os hematomas no rosto e o cenho franzido, a quilômetros do lugar onde nos conhecemos ou dos nossos lares.

— O que foi? — A voz dele estava pesada de sono.

— Você quer isso? — perguntei. Já tinha perguntado uma vez antes, quando queria avaliar quanta distância eu teria que colocar entre nós, caso ele quisesse.

— Acho que sim — respondeu ele. — Só que... você quer?

Tirei as roupas. Eu estava de pijama, então não foi uma revelação particularmente lenta ou sedutora. Ele me observou com olhos escurecidos. Quando estendi a mão para a barra de sua camiseta, Jamie me impediu. *Eu tiro*, sua expressão dizia. E, com uma careta, ele a tirou. Seu tórax estava horrível, roxo e vermelho, e, pelo jeito como ele movia os ombros, estava claro que o efeito dos analgésicos tinha passado durante a noite.

— Você quer isso? — perguntou ele, com esforço.

— Quero — respondi, e odiei minha voz por ter falhado.

— Podemos... podemos entrar debaixo dos cobertores?

Eu me deitei primeiro e ele em seguida, com cuidado, puxando os cobertores sobre nossas cabeças como se fôssemos crianças. Tive uma vontade louca de rir, não porque ele estava com dor, mas porque eu também estava. Até então, eu não tinha entendido minha iniciativa. Eu era sempre tão boa com lógica, causalidade. Se, então. Se, então. Se estávamos os dois quebrados, então...

Depois do que aconteceria nos próximos dias, depois que eu tomasse as decisões necessárias para recuperar Leander, para salvar minha família deles mesmos... era possível que Jamie nunca mais quisesse ter nada comigo. Se não fosse por isso, talvez eu esperasse mais um pouco para fazer aquilo. Mais alguns meses. Outro ano. Ver se eu conseguia me curar mais um pouco. Só que eu não podia esperar.

E o fato era que eu o queria.

Jamie traçou o contorno do meu rosto com as costas da mão, depois desceu pelo pescoço e eu estremeci quando os dedos dele tocaram minha clavícula. Sua pele estava cálida. O hálito era quente. Jamie tinha muito mais experiência do que eu, e pensei, de novo, como sempre, na última vez que alguém me tocou assim, os dedos grossos de Dobson desabotoando a blusa do meu uniforme, e como eu quis dizer alguma coisa, qualquer coisa, mas tinha tomado tantos opiáceos que os fios tinham se reconectado do jeito errado, e minhas mãos estavam pesadas demais e...

Watson parou. Ele me observou, olhou meu rosto e, quando assenti, ele me abraçou e me beijou, lentamente, e conversamos o tempo todo, até o fim.

Acho que eu poderia recitar a progressão literal de eventos, mas acho que ainda tenho alguma modesta reserva de pudor. Não tínhamos proteção; não fizemos sexo. Fizemos outras coisas. *Dicere quae puduit, scribere jussit amor* – talvez, por algum tempo, eu pense nos belos braços dele. São lindos, como os de uma estátua que vi quando criança, em algum museu em algum lugar, naquele tempo em que eu ainda não tinha chorado na cama do meu melhor amigo durante a madrugada em um hotel de Praga.

Quando acordamos, nos vestimos rapidamente, pois tínhamos coisas a fazer.

Passamos o dia seguinte entocados, refinando o meu plano. Ou seja, eu contei os detalhes a Watson e o treinei no diálogo, até que ele reescreveu tudo em um ataque de irritação. Nós nunca tínhamos trabalhado juntos assim antes, não de propósito. Acabou que éramos muito bons nisso.

Ficamos nessa até a hora do almoço. Pedi para Peterson nos trazer o pendrive, os disfarces e os acessórios. Em dado momento, Watson exigiu um sanduíche. Eu tinha me esquecido do quanto ele come. Disse a ele para pedir serviço de quarto e Watson insistiu em atender a porta de máscara. Funcionou conforme planejado: o entregador fugiu gritando pelo corredor.

Não falamos em beijos, ou em voltar para a cama. Jogamos pôquer. Ele perdeu. Jogamos Euchre e ele perdeu, e perdeu de novo no Gin Rummy, e por fim me venceu no Burro, e aí era hora de ir.

– Você está com o pendrive? – perguntou ele, apalpando os bolsos.

– É claro – respondi. – Você se lembra do que vamos fazer?

– "Como disse Michel Foucault em *Vigiar e punir*..."

– Excelente. – Fiz uma pausa. – Tente curtir. Hoje. Vai ser divertido para você, eu acho. Até que não fosse mais. Até que ele nunca mais quisesse olhar na minha cara.

– Sabe – disse ele, esfregando os olhos pelos buracos da máscara –, talvez a gente até consiga fechar esse plano com sucesso.

Eu não sei por que ele soou tão surpreso. As coisas podiam acabar sendo caóticas, horríveis, destrutivas, podiam terminar com uma contagem de corpos e meu melhor amigo me abandonando, mas eu sempre fecho meus planos com sucesso.

doze

— É CLARO QUE ESTAMOS NA LISTA!

O recepcionista franziu o cenho para a prancheta.

— Eu lamento, senhorita...

Charlotte Holmes passou a mão pelos curtos cabelos negros. Os óculos de fundo de garrafa empoleirados no nariz faziam que seus olhos ficassem ridiculamente grandes.

— Não me *diga* que não está vendo Elmira Davenport. Como *ousa*? Verifique de novo. — Ela mantinha os braços meio erguidos, com as palmas para cima, e, quando se virou para mim, girou na cintura como um brinquedo. — Não posso nem acreditar que estamos sendo submetidos à tirania das listas! Listas! Eu sou uma *artista*. Você está me fazendo performar a mim mesma! Isso é inaceitável!

— Inaceitável — entoei.

— Eu ainda não vejo seu nome — disse o homem, em tom de desculpas.

— Vá buscar Phillipa, então. Certamente houve um mal-entendido. — Uma fila tinha crescido atrás da gente, mulheres de vestidos chiques, homens de terno e sobretudo, todos tremendo de frio. Holmes claramente não ia sair dali. As pessoas na fila resmungaram. – Vamos! Vá buscá-la!

Ele saiu em disparada pela casa de leilão adentro e voltou com a Moriarty loura a reboque. Se eu me esforçasse, até me lembraria de tê-la visto naquele armazém em Berlim. Não me recordava de muita coisa daquela noite, sinceramente. O tapete. Holmes dando tapinhas no meu rosto. O matraquear violento das hélices do helicóptero. O resto tinha sumido. Para alguém que praticava esportes de contato, eu não tinha uma constituição muito sólida. Phillipa se deteve ao ver que éramos nós.

– *Phillipa* – disse a Holmes. – Essa festa! Mas que festa! Estamos tão empolgados, Kinkaid e eu. Você conseguiu organizar tudo tão rápido! Sim, que ótimo!

– Que ótimo – entoei.

– Deixe-os entrar – decidiu Phillipa, depois de um momento. Com certeza ela tinha nos reconhecido, mas isso não fazia diferença. Ela já sabia que iríamos.

– Mas, senhora – sussurrou o recepcionista. – Eles não estão de acordo com o código de vestimenta. Eu nem sei o que dizer sobre a máscara...

Phillipa deu de ombros e escapou para a festa. O recepcionista não teve a mesma sorte.

– Kinkaid! – A Holmes me abriu um sorriso cheio de dentes. – Kinkaid não quer ser visto pelo *panóptico*. – Ela descreveu um arco largo com os braços. – A máscara deixa o rosto dele pixelado, sim? As câmeras nas ruas, as câmeras aqui dentro... Elas não podem vê-lo! Ele é o território não vigiado! É a obra dele: desaparecer!

— Eu sou um artista — entoei. — Sou minha própria obra.

Holmes baixou a voz a um sussurro.

— E eu visto essa calça jeans skinny porque me recuso a fingir que sou de uma classe à qual não pertenço.

— Ela não é dessa classe.

— Não sou da classe das anáguas! Sou Elmira Davenport!

— É a... É a Elmira Davenport? Deixem-na entrar! — disse o homem atrás de nós. — Ela faz instalações de vídeo. Muito estranhas. Muito interessantes.

Na fila começou um burburinho.

— Sim, acho que ouvi falar dela. — Escutei alguém dizendo. — Não foi ela que se pintou de roxo no alto da Torre Eiffel?

— Isso! — Como por um passe de mágica, a Holmes tirou um punhado de cartões de visita do bolso e começou a distribuí-los para os convidados.

— Suas obras estão no leilão? — indagou a esposa do homem, tocando meu ombro.

— Estão no leilão — entoei.

— Vocês terão que esperar até o final — declarou a Holmes, com uma piscadela. — Que é quando o melhor aparece.

Então ela me arrastou pelo pulso, até o fim, para o elevado hall central do museu, passando pelo recepcionista, que reclamava, e por um grupinho de homens de blazer.

Tinham montado um palco com um pódio de leiloeiro. Assentos arrumados em duas alas, estilo arena. Pelo visto, os leilões de arte de Hadrian e Phillipa atraíam uma bela centena de interessados, e a maioria tinha conseguido comparecer, mesmo com tão pouca antecedência.

— Ouvi falar que eles vão leiloar uma nova descoberta incrível — disse o homem ao nosso lado. — Não está nem no catálogo.

O amigo respondeu baixo demais para se ouvir.

— Não — falou o homem. — Eles são confiáveis. Vivem de vasculhar o planeta atrás dessas coisas; é claro que trazem para casa obras fabulosas que foram consideradas perdidas. Não quer dizer que são roubadas. Você não viu Hadrian em *Mundo da arte*? Ele falou desse exato assunto!

Holmes e eu fizemos um tour pelo salão. Ela apertava mãos enquanto eu contemplava o nada, emburrado. Todo mundo, aparentemente, tinha ouvido de nós em algum lugar de que não conseguia lembrar. Mentirosos, todos eles. Era incrível o tamanho do esforço que as pessoas faziam para se sentir incluídas.

Enquanto passeávamos, continuamos ouvindo incertezas sobre a legitimidade do catálogo de Hadrian e Phillipa. Alguém dizia "Mas todas essas pinturas eram consideradas perdidas" e alguém dizia, bem alto, "Então eles são muito bons em achá-las". O salão inteiro fedia a desespero, e a Holmes passarinhava por ele, jogando os cabelos arrepiados da peruca e tagarelando sobre *arte e o intelecto e a alma*. Ela soava como Nathaniel Ziegler elevado à máxima potência, o que eu acho que era o objetivo.

Minha garganta estava ficando seca. Eu ainda não me sentia muito recuperado; sinceramente, a cada hora que passava, eu descobria uma nova parte do meu corpo que doía; e puxei a Holmes para poder descansar um pouco.

– Você está se divertindo?

– Imensamente.

– Já viu Peterson e o esquadrão dele?

– Estava atrás da gente na fila lá fora. Você não reconheceu o velho? Aquele que já tinha ouvido falar de Elmira? Ou você acha que eu desenvolvi uma fabulosa reputação no mundo da arte nos últimos noventa minutos?

Eu soltei uma risada.

– Aquele era o Peterson?

– O resto do esquadrão está vindo. E Tom e Lena têm cadeiras na primeira fila. Procure a garota com o casaco de pele.

– Me diga que não é, tipo, pele de verdade.

Holmes ajustou o poncho.

– Lena não hesitaria em matar para ter o que quer.

Examinamos o salão, ombro a ombro. Avistei August do outro lado do aposento, encostado indolentemente no palco, e desviei os olhos bruscamente. Não queria chamar atenção para ele.

– Sinceramente, estou bem otimista com o nosso plano. Me sentiria ainda melhor se não estivesse a cara do Homem Elefante.

– Era isso ou a gente cobrir seus hematomas com maquiagem teatral branca e posar você como meu mímico.

Pus a mão sob a máscara de borracha para tocar meu pescoço. Uma das minhas "escoriações", como disse a enfermeira, tinha começado a sangrar de novo. Não que alguém pudesse ver. Só meus olhos e boca apareciam. O resto do meu rosto e do pescoço, até a clavícula, estava coberto por uma série de pixelizações exageradas, o tipo de borrão que se usava em fotos de nudez na TV a cabo. Eu era uma barra de censura ambulante. Câmeras não conseguiriam me captar, ou pelo menos era a ideia que eu explicava a quem perguntasse.

– Seu mímico?

– Muito cabeça – respondeu Holmes, imitando o jeito de falar robótico de Kinkaid. – Muito vanguarda.

Um grupo de senhoras passou por nós para ir buscar as plaquinhas de lance com o leiloeiro. Todas extremamente emperiquitadas. Uma delas brincava com o broche cravejado em formato de cervo no chapéu. Eu não tinha visto nem sombra de Hadrian até então, e temia esse momento, mas Phillipa estava ao lado do leiloeiro, sorrindo como uma boneca de corda.

– Quem *são* essas pessoas todas? Isso é um evento de última hora na véspera de Natal. Não era para essa gente estar em casa com a família?

Holmes me encarou.

– Marketing, Watson. Um pequeno leilão com obras raras da coleção deles? Um quarteto de cordas tocando Handel? Lanchinhos? O museu de arte moderna de arquitetura premiada alugado para o evento? É claro que todos vieram. Tem uma aura de exclusividade. Privilégio.

– Não acredito que você usou a palavra "lanchinhos" no seu argumento.

– Claro. Os lanchinhos são *hors d'oeuvres*. Eu só não sabia se você conhecia o termo. Você não fala francês, né?

Desde a noite anterior, alguma coisa entre nós tinha relaxado. Era como se estivéssemos puxando desesperadamente pontas opostas da mesma corda, e agora tivéssemos andado até o meio para dobrá-la juntos. A noite anterior tinha sido... sinceramente, não tinha nem certeza de que tinha acontecido. No meio da noite, em uma cidade como Praga, a garota que eu amava veio para a minha cama. Não conseguia encontrar um jeito de descrever sem usar termos simples e burros. Tinha sido difícil. Ela era linda. Nós dois estávamos frustrados. Eu só sabia que não queria mais brigar com ela. Também não queria tentar beijá-la. Não até que eu entendesse aquilo melhor, nos entendesse melhor. Eu queria existir naquele êxtase pelo máximo de tempo possível, naquele ponto onde tentávamos nos dar bem.

A questão era que, como éramos nós, nosso não brigar se parecia muito com... uma briga.

– Eu fiz francês – relembrei. – Eu fiz francês por anos. Você se encontrava comigo na porta da aula de francês quase todos os dias do semestre passado.

– Não encontrava, não. Eu me lembraria disso.

– Encontrava, sim. Você *sabe* que sim. Está só implicando.

– Eu tenho uma memória impecável, Watson. Me diga alguma coisa em francês.

– Não.

– Você não sabe me dizer nada em francês? Uma frase? Uma palavra?

– Sei, mas não vou dizer.

– Viu? Foi o que eu falei. Você não sabe dizer uma palavra...

– *Hors d'oeuvres* – falei, e peguei um par de *blintzes* da bandeja de um garçom que passava. – Você quer um?

Debaixo da peruca, debaixo dos óculos de fundo de garrafa, apesar de todas as brigas que tivemos nas últimas semanas e da máscara de plástico ridícula que eu vestia, Charlotte Holmes me olhou como se eu fosse seu violino.

Foi um olhar que ela não tinha me lançado em nenhum momento da noite anterior, e eu não sabia o que significava.

– "Transmita a ele meu amor" – falei baixinho.

Os olhos dela não mudaram.

– August te disse isso? – perguntou.

Ele tinha dito, enquanto me carregava pela porta de acesso do telhado até a enfermaria pessoal de Milo. Eu fui colocado em uma cama de hospital desconfortável (por que eu sempre acabava em uma cama de hospital?), e me perguntaram se eu me lembrava das últimas horas, onde eu tinha estado. Eu lembrava. Falei para ela correr, disse a August, que colocou a mão no meu ombro.

Ela está no helicóptero. Disse para transmitir a você o amor dela. Ele disse isso com uma expressão de tristeza, mas não estava triste por si mesmo.

Levei um segundo para processar. *A primeira parte não faz sentido,* falei, *mas a segunda é loucura.*

Ele está bem, disse August para as enfermeiras. *É só dar paracetamol e uma bolsa de gelo para ele.*

– Ele me disse – respondi. – Tem problema?

Ela encostou a mão na minha.

– Não tem problema – disse Charlotte conforme o burburinho de vozes se aquietava. – Eles estão para começar. Tenho que ir falar com o leiloeiro. Encontre August, pode ser? E Tom e... ah.

Ninguém nunca poderá dizer que Lena não sabia chegar com estilo.

Ela entrou sem nem erguer os olhos do iPhone cravejado de cristais. O recepcionista acorreu para segurar a porta, como se Lena fosse uma rainha. Nos ombros ela tinha um casaco de pele que servia de capa e, por baixo, um top que mal lhe cobria o peito. Ele era todo amarrado, deixando bem uns bons dez centímetros de pele nua acima da calça de couro justíssima. Os cabelos negros tinham as pontas tingidas de dourado e azul e, quando ela finalmente deu uma olhada no salão, revirou os olhos e estendeu a mão para receber a bolsa.

Foi aí que eu notei os três guarda-costas atrás dela. Mercenários da Greystone disfarçados. Eles a conduziram até seu lugar na primeira fila, deixando uma cadeira livre ao lado para Tom, que, com o terno, o rosto suado e o punhado de plaquinhas de leilão, parecia o assistente explorado de uma popstar.

Naquela tarde, os técnicos de Milo criaram uma constelação de sites e Snapchats e reportagens falsas e vídeos com letras de música para Serena, a estrela ascendente da Dance Music. E ali estava ela, em carne e osso, a fim de aumentar a coleção de arte de sua casa no Laurel Canyon. Ela tinha pedido um convite antes do jantar, que foi rapidamente concedido pelos Moriarty. Phillipa até sabia que eu e a Holmes estaríamos presentes disfarçados, mas queríamos que ela acreditasse que Serena era autêntica.

Phillipa veio apressada cumprimentar a popstar, com Hadrian ao lado. Tinha que ser Hadrian; ele era loiro e alto, mas se movia com o desengonçar encurvado de um caranguejo. Eu o observei por um momento, Hadrian em sua forma natural. Procurei sinais de Nathaniel. O nariz de Hadrian era mais longo. As sobrancelhas, mais finas e altas na testa. Todo calor e franqueza de Nathaniel estavam ausentes.

Já que os Moriarty estavam distraídos, Holmes aproveitou a oportunidade para falar com o leiloeiro, passando alguma coisa pequena para o bolso dele. Ela estava de volta ao assento antes que os Moriarty a vissem.

Um silêncio recaiu sobre o aposento. Estávamos prestes a começar. Um par de guardas armados assumiu posições nos dois lados do palco. Homens dos Moriarty, para encerrar qualquer encrenca antes que começasse.

– Senhoras e senhores – começou Hadrian, subindo os degraus do palco. Sua voz tinha o mesmo timbre de Nathaniel, mas soava menos... educada, de alguma forma. Mais grosseira. – Muitíssimo obrigado por passar sua véspera de Natal conosco. Adoramos ver todos vocês nos nossos leilões privados, sua lealdade significa muito. Estendemos esses convites com muita seletividade, e agradecemos sua discrição. Dito isso, já que o nosso negócio é de família, entendemos que os de vocês também são. Por isso, o show será bem mais curto do que de costume, para que todos possam voltar para casa para comer bolo inglês.

Bolo inglês? Agora entendia por que os Moriarty eram tão infelizes, se essa era a comida de Natal deles.

– Vamos começar – anunciou ele, e desceu do palco, sendo imediatamente puxado de lado por August.

As coisas estavam acontecendo.

O leiloeiro iniciou o procedimento com uma pintura de Hans Langenberg. Era claramente um desafio. Uma forma de tentar descobrir nossas intenções. Quando ele foi anunciado, Phillipa virou o pescoço para encarar Holmes, que deu de ombros e sorriu.

— Uma obra da mesma época que *O fim de agosto* — anunciou o leiloeiro. Uma tela atrás da pintura listava "fatos" sobre a peça. — Notem as pinceladas. O uso de cor de linho aqui nos cantos. Os rostos dos dois meninos estão de costas para o apreciador, mas dá para notar, mesmo desse ângulo, que o artista decidiu não detalhar o rosto deles. Mas a garota entre os meninos tem essas sobrancelhas espantosas e a boca vermelha. Vejam a expressão impressionante no rosto dela, que o pintor sugeriu com apenas algumas linhas. O mapa na mão dela. É uma obra extraordinária. Vamos abrir os lances com cem mil.

Houve um pequeno turbilhão de conversas, e as plaquinhas começaram a subir: números 103, 282, 78. Na primeira fila, Tom se inclinou para sussurrar uma pergunta no ouvido de Lena. Ela fez que sim sem tirar os olhos do celular. Empolgado, Tom levantou a plaquinha, 505, no ar. O preço subiu. A 505 subiu todas as vezes, sem exceção, e logo todos os outros números, um de cada vez, começaram a abandonar o páreo.

Eu devia prestar atenção ao leilão, não a August e Hadrian na lateral, discutindo em sussurros furiosos.

Duas vezes Hadrian se virou para me olhar e foi puxado de volta pelo irmão. Nós nunca tínhamos conversado, não fora do disfarce, e por isso o ódio intenso em seu olhar me espantou. Parecia tão pessoal.

Eu estava me divertindo até aquele momento, uma diversão meio tensa, mas diversão mesmo assim. Era chocante para mim que isso sequer fosse possível, que acontecesse comigo, que eu estivesse prestes a sabotar um leilão de arte de elite na República Checa durante a véspera de Natal. O que me trouxe de volta à realidade foi perceber que Hadrian claramente queria me esquartejar. Não queria nem imaginar os sentimentos dele com relação a Charlotte Holmes.

Naquele instante, me encarando, Hadrian não se parecia nem um pouco com Nathaniel. Pela milionésima vez, eu me perguntei se Leander estaria enganado.

Eu me perguntei se Leander estaria vivo.

Lentamente, me aproximei até conseguir escutar partes da conversa deles.

August tentava mudar o foco da atenção do irmão.

— Olhe para mim — sibilou ele. — Se você vai insistir que toda essa loucura é por minha causa, por causa da minha "morte", então o mínimo que você pode fazer é olhar na *minha* cara enquanto conversamos.

— Novecentos mil — dizia o leiloeiro. Lena cutucou o ombro de Tom, que levantou a placa 505 de novo. No palco, o sorriso ganancioso de Phillipa se alargou. — Vendido

— anunciou ele. – Ao 505! Nossa próxima obra também é de Hans Langenberg...

Os Moriarty zombavam de nós. Um por um, eles traziam os Langenberg falsos e os vendiam por centenas de milhares de dólares. Mesmo Hadrian, ainda metido na conversa com August, toda hora se virava para sorrir para a irmã. Os guardas armados nas laterais do palco impediriam que eu e a Holmes tentássemos qualquer ataque óbvio contra os Moriarty. Se tentássemos algo contra a vida deles, perderíamos as nossas.

Três pinturas. Cinco pinturas. Seis. Os leilões começavam, e Lena, disfarçada, os vencia. Todas as vezes. Os Moriarty já teriam confirmado os dados bancários dela antecipadamente, quando aceitaram mandar um convite. Tinham certeza daquelas vendas. Daquele dinheiro.

Debaixo da máscara, eu começava a suar. Sabia que o fim estava chegando.

– E *O pensamento de um relógio de bolso* vai para o número 505 – declarou o leiloeiro, enquanto a pintura era retirada do palco.

A plateia começou a resmungar entre si. Eu não podia culpá-los. Aquela gente era, em sua maioria, antigos e conservadores amantes da arte, que saíram de casa em uma véspera de Natal em busca de novas obras, só para perderem os leilões para uma popstar adolescente que não parava de estourar bolas de chiclete.

— Esse é o último. — Ouvi Hadrian dizendo para August. Ele colocou a mão no ombro do irmão. — Vou me despedir deles, e então terminamos nossa conversa.

August abriu um sorriso estreito.

— Sim, vai lá.

Antes que Hadrian pudesse dar mais que um passo, o leiloeiro pigarreou.

— Temos uma peça final a apresentar, que não está nos seus catálogos.

O salão se calou. Phillipa foi na direção do leiloeiro, com o sorriso congelado no rosto.

A Holmes foi mais rápida que os dois.

— Ah, sim! — exclamou ela, levantando-se do assento no fundo do salão e esticando os braços. — Sim, estou muito empolgada com isso!

— É Elmira Davenport — comentou Peterson, em um sussurro alto. — Será que é uma das obras antigas dela?

O homem ao lado dele assentiu.

— Davenport é mesmo o futuro da videoarte.

— Eu sempre disse isso — concordou a esposa.

Phillipa devia ter percebido que estava perdendo o controle da situação, porque pegou o leiloeiro pelo braço com força.

— Srta. Davenport — disse ela, em voz alta. — Certamente podemos incluir suas obras no nosso próximo evento...

— Deixe-a mostrar agora! — gritou Peterson.

– Sim! – concordou outra voz. – Ninguém está levando nada para casa! Nos dê uma chance!

Tom se virou para Lena e perguntou:

– Você não tem interesse em videoarte, tem?

– Eu odeio – respondeu ela, em uma voz monótona.

– Ela odeia! – repetiu alguém, e o salão voltou ao burburinho.

As paredes altas do museu faziam as vozes ecoar; era como se um enxame de abelhas estivesse descendo do teto. No palco, Phillipa mordeu o lábio com tanta força que ficou branco. August conteve Hadrian com mão firme e, ainda que os guardas tivessem se entreolhado (eu estava vigiando), não fizeram menção de pegar as armas.

Naquela expectativa, a Holmes e eu subimos no palco.

O leiloeiro se afastou do pódio, deixando a Holmes assumir seu lugar.

– Olá a todos! Sim, sou Elmira Davenport. Esse é meu nome. Dito isso, acho que vocês deveriam me chamar do que quiserem. A identidade é tão sufocante! É um constructo!

– Um constructo pernicioso – entoei.

– A identidade é escorregadia. Temos muitos nomes! Nossos eus têm desejos diferentes! Hoje, estou em Praga, longe da minha família em um dia em que devemos ficar com a família; será que sou uma família sem eles?

– Ela não é.

— Eu não sou!

— Ela não é família sem família — entoei.

— Hoje estou aqui por acaso. Ouvi falar do leilão e decidi que sim, eu lhes mostrarei um pedaço de quem eu sou. Quem você é. Quem *todos nós somos*, debaixo das nossas camadas. Kinkaid aqui ao meu lado, ele se esconde de todas as câmeras! Ele esconde o rosto dos seus rostos! O que é um rosto?

A Holmes fez uma pausa, contemplando o vazio sobre as cabeças da audiência. Eles a encaravam, fascinados, ou fingindo estar.

— Ah — continuou ela, com a solenidade de um sábio. — Ninguém sabe o que é um rosto. Tenho minhas teorias. Um rosto produz uma voz. Uma voz transporta som. Nesse som, nos encontramos *prisioneiros*. Agora eu mostrarei uma peça que diz *rostos. Família. Identidade. Prisioneiros!* Essas coisas todas.

Eu assenti.

— Esta é uma peça sobre essas coisas todas.

A tela atrás do cavalete escureceu. Momentos depois, todo o salão ecoante fez o mesmo. Algumas pessoas se remexeram. Outras ofegaram de espanto. No palco, um pequeno tumulto, e os momentos se alongaram até que o vídeo preto e branco começou a passar.

Era um vídeo de vigilância. O lado de fora de um armazém, visto do alto. Um homem gigante limpando as mãos na calça. Ele se endireitou, contemplou o horizonte.

Depois se inclinou e, com respiração claramente ofegante, ergueu o corpo inerte que jazia aos seus pés e o pendurou no ombro.

Era o meu corpo, mas a audiência não precisava saber disso. Minha identidade não era importante naquela história.

A estática crepitou de alto-falantes invisíveis, instalados em algum lugar atrás do palco. Eles emitiram a voz de uma garota, que soava frágil, desesperada.

– O que exatamente você espera conseguir? – indagou ela. – Não acha que vai nos manter cativos por mais que algumas horas, acha?

O homem inclinou a cabeça.

– Com licença – disse ele. – Onde eu coloco o garoto?

– Cuidado com ele – disse a garota, entrando no enquadramento. Eu me perguntei o que a audiência pensava dela, tão esguia, trêmula naquelas botas, no vestidinho.

– Por favor. Ele é meu... Cuidado com ele.

O gigante respondeu alguma coisa inaudível e levou o corpo embora.

Era só a garota na cena agora. Ela se abraçou.

– Imagino que você vá querer nossos celulares – disse ela.

Uma pausa no lugar de uma resposta. A garota falava com alguém fora da imagem.

– Estou só te ajudando a ser eficiente – continuou ela, e tirou o celular do sutiã, segurando-o na ponta dos dedos.

– Aqui, pode pegar.

(Na audiência, a voz aguda de um rapaz: "A composição da tomada não é linda." A Holmes se remexeu ao meu lado.)

— Não. Eu não vou levar para você — retrucou a menina. — O que te faz pensar que vou ajudar na minha própria destruição?

— Eventos passados — respondeu a voz, quase inaudível. Uma voz de mulher, que ainda estava fora do enquadramento. — Fico feliz em te ajudar de qualquer forma. Se quiser fugir, pode correr. Ver até onde você chega. Vamos, eu cronometro seu tempo.

— Você deve estar esperando mais guardas — disse a garota. — Tem uma pistola no bolso, mas é muito covarde para tentar me ameaçar com ela, mesmo que eu esteja desarmada.

Uma resposta incompreensível.

A garota deu um passo à frente, então outro.

— Por que você está fazendo isso?

— Pare aí mesmo — ordenou a voz.

— Não! — exclamou a menina. — Aonde você está levando ele?

— Você é cega? Ele está no armazém. Que é para onde você vai. Temos assuntos a conversar... — Dava para vê-la agora. A parte de trás da cabeça em preto e branco, os cabelos loiros e cacheados.

— Isso vale a pena? Você sequestra meu tio, tranca ele Deus sabe onde, só para poder continuar vendendo suas pinturas falsificadas? – (A plateia se espanta, alguns tossem.) – Quanto você está ganhando com elas? É dinheiro sujo o suficiente para você? Cadê o meu tio?! Ele vai acabar com isso! Ele é um detetive, e vamos levar tudo à imprensa! Eu juro!

A Holmes fez o discurso com muita clareza. Enunciou as consoantes. Ofereceu uma pura exposição de fatos, e disse cada palavra com uma nitidez de emoções digna de uma produção da Broadway. Eu me virei para ela, a ela do *agora*, ao meu lado, e sorri, ainda que não fosse visível sob a máscara. A Holmes, minha santa padroeira dos alçapões e saídas de emergência, sempre se lembrava de estabelecer a fundação para que, mais tarde, se necessário, se pudesse construir uma bela casa em cima.

Era o show dela, afinal.

No vídeo, Phillipa deu um passo cambaleante para a frente e, quando virou a cabeça, seu rosto ficou claramente visível.

– Você deveria *se* perguntar onde está o seu tio – disse ela, como um vilão careteiro, e a plateia começou a se agitar.

Alguém se levantou e perguntou:

– Isso é falso? Uma encenação? – O som de cadeiras arrastadas para trás, placas largadas no chão.

O vídeo continuava.

– Você se acha mesmo tão genial? – disse Phillipa. – E se eu te dissesse que ele estava bem debaixo do seu nariz o tempo todo?

– Ah, meu Deus – disse a Holmes do passado, com um ofegar de espanto alto o bastante para ser captado pela escuta no casaco.

Foi assim que ela arrumou o áudio, ela me contou. Os Moriarty tinham hackeado a escuta no sapato dela, a que Milo colocou para poder rastrear seus movimentos. A Holmes mandou um dos técnicos da Greystone invadir os servidores dos Moriarty para procurar o áudio que ela pudesse usar na "instalação". *O vídeo de segurança era deles,* ela me contou. *Achamos quando entramos para pegar a gravação de áudio. Eles vão ficar possessos com isso.*

– Como você pôde? Como...

– Finalmente – disse Phillipa quando os guardas chegaram para capturar a garota e arrastá-la pelos braços. – Até que enfim vocês chegaram.

O som de uma porta batendo e o vídeo acabou. Um zumbido estático de tom grave.

Silêncio.

Quando as luzes se acenderam, três coisas aconteceram em rápida sequência.

Um: a plateia de avós e avôs e refinados filhos e filhas entrou em revolta. Não havia outra palavra para descrever. Um homem pegou a cadeira e a jogou no palco, e a mulher ao lado fez o mesmo, e mais outra pessoa e mais outra, como crianças atirando pedras em uma vitrine para vê-la se partir. As senhoras que eu tinha visto mais cedo, com os broches cravejados e chapéus de Natal chiquérrimos, se viraram como dançarinas sincronizadas para correr para a saída. O recepcionista mantinha a porta aberta. Tinha que lhe dar o crédito: ele exibia a mesma expressão impassível do começo da noite.

Dois: o guarda da Greystone que estava segurando Phillipa Moriarty ao lado do palco, com a mão na sua boca, cambaleou para trás ao levar uma cotovelada na cara. Corri para ajudá-lo, e ele me dispensou com um aceno. Phillipa corria, agitando os braços, na direção da escadaria de mármore que levava ao museu propriamente dito. A placa acima de sua cabeça dizia ALA DE ESCULTURAS. Tirei minha máscara de plástico e fiz menção de segui-la. Tom e Lena e o resto dos guardas Greystone fizeram o mesmo. Cheguei a sair do palco e avançar um metro quando parei derrapando, mas eles seguiram correndo, voando escada acima e gritando o nome de Phillipa.

Três: Hadrian Moriarty arrancou a peruca e os óculos de Charlotte Holmes e apontou uma arma para a cabeça dela.

— Vão ajudar minha irmã — ordenou ele aos próprios guardas, que saíram correndo pelas escadas. — Quanto a você, garota... Queria ver seu tio? Então vou te despachar para lá.

Ele pressionou com força o cano da arma contra a têmpora dela. O rosto da Holmes empalideceu. Ela não se encolheu, não fez nenhum som. Só os olhos incolores se moviam, dardejando para os lados, como se lesse um livro que eu não conseguia ver.

— Você sabe muito bem que Leander está vivo — disse August, surgindo das sombras. Uma faca reluzia em seu punho cerrado. — Então, por favor, pare de fazer ameaças enlatadas e seja *humano*, Hadrian.

— Ele está vivo? — perguntei a August, sem tirar os olhos de Hadrian. — Você tem certeza?

— Tenho certeza. Certeza factual.

— O que significa que você tem que estar envolvido — afirmei. A arma de Hadrian ainda estava travada. A outra mão segurava a garganta da Holmes. — Como?

— Estou morto, Jamie...

— Dá para você parar de agir como a estrela de uma maldita tragédia e *responder à minha pergunta*?

August deu um passo adiante, na direção do irmão.

— No verão, Hadrian me viu em um show punk aqui em Berlim. Eu estava disfarçado. Era a primeira vez que eu saía sozinho depois... depois que tudo aconteceu. Eu me encontrei com Nathaniel. Ou, acho que deveria dizer, com Hadrian. A notícia chegou ao meu irmão, mas eu só descobri naquela noite.

— Você está se passando por um *professor* — acusei Hadrian, com desdém. — Você é desprezível.

Ele apertou a arma contra a cabeça de Holmes. Eu cerrei os punhos.

— Você não sabe absolutamente nada sobre mim, *Simon*.

– Então August te ajudou.

Enquanto Hadrian estava concentrado em mim, seu irmão chegou ainda mais perto.

– Não, claro que não. Descobri que Nathaniel estava deixando meu irmão se passar por ele para os encontros com Leander. E para as festas na piscina subterrânea, em que Hadrian procurava arte nova. Nathaniel Ziegler existe de verdade. Ele dá aula de dia, tem amigos, um apartamento em uma parte ruim da cidade. Mas ele estava deixando meu irmão se passar por ele. Aparentemente, as informações de Milo possibilitaram isso. Além do dinheiro do meu irmão.

– E certamente isso ajudou a convencer Nathaniel a recrutar os estudantes para forjar pinturas a serem vendidas.

– Todas menos as Langenberg. Essas foram feitas pelo próprio Hadrian.

– Você só pode estar muito orgulhoso – falei, furioso.

– É, bem. – August segurou a faca com mais força. – Como sempre, estou superfeliz de fazer parte da família.

– E você sabia que Leander estava vivo. Você sabe onde ele está?

August hesitou.

– Não.

– Isso é tudo muito lindo – disse Hadrian com calma. – Mas eu gostaria de adiantar as coisas.

A Holmes fechou os olhos. Seus lábios se moviam, quase como se ela estivesse contando.

— O que você quer? – perguntei a Hadrian.

— É simples. – Ele destravou a pistola. – Quero Charlotte morta. Ela passou a noite destruindo meu ganha-pão, minha reputação. Minha reputação é *tudo*. Você viu como ela se divertiu? Ontem, ela colocou meu guarda-costas no hospital. Traqueia esmagada. Ela *matou* você, August. Você não tem futuro. Não tem mais *nada*. Ela é uma criança que acha que pode brincar com os adultos, e precisa entender que isso não é um jogo. – Hadrian cravou os dedos na garganta dela, e a Holmes engasgou. – Lucien e eu podemos discordar em nossos métodos, mas nossa meta é a mesma. Queremos que ela seja punida. Meu irmão quer que seja lento. Eu quero que acabe. Agora.

Eu não tinha arma. Nem plano. Queria desesperadamente que Milo aparecesse ali. Onde ele estava? Na Tailândia? Quando tínhamos parado de resolver os casos sozinhos, do nosso dormitório, e passado a depender dos recursos dele? Estávamos na Europa. Na *Europa*, e sozinhos. Como isso tinha acontecido? E August, segurando aquela faca como se soubesse usá-la... era uma mentira, também. Mesmo agora, ele a erguia como se fosse uma vela ou uma prece. Gênios eram inúteis. Não tínhamos mais chance de escapar com vida.

August colocou a faca no próprio pescoço.

— Hadrian – disse ele, calmo. – Largue a arma.

O irmão o encarou. Eles eram muito parecidos; o nariz, o queixo quadrado. Um par de espelhos ladeando uma garota de cabelos negros. Só os olhos eram diferentes. Os de August estavam carregados de tanta melancolia amargurada que, ao contemplá-lo, eu não duvidei das intenções dele.

— Para de fingir que você se importa com o que acontece com ela — respondeu Hadrian. — Que droga você está fazendo?

Com mão firme, August pressionou a faca com mais força contra a pele. O vermelho do sangue brotou dos dois lados da lâmina.

Hadrian franziu o cenho.

— O que...

— Ela me matou — disse August. O sangue agora escorria pelo pescoço, um eco estranho do que vazava, naquele instante, dos meus próprios cortes. Involuntariamente, toquei minha garganta. — Você fica repetindo isso. Lucien *gritava* a mesma coisa, na noite em que a polícia foi à casa dela para nos levar. Meu irmão levou a culpa por mim, passou alguns meses na cadeia por vender cocaína, claro, mas quem liga? E por causa disso eu tenho que ficar escondido. Para sempre. Eu trabalhei muito duro por anos para chegar aonde eu tinha chegado. Convenci as pessoas a confiarem em mim, apesar do meu nome. Elas esperavam que eu fosse um monstro. Elas esperavam que eu fosse como *você.*

August soltou uma gargalhada, um som agudo que devia ter movido a garganta, pois a faca cortou ainda mais fundo.

— E agora, o que isso importa? Eu não tenho nada. Você salvou minha vida e então me exilou, e eu vivo na torre dourada de Milo Holmes. Estou nos escombros disso tudo. Só me resta minha ética. Você sabe como eu consigo viver minha vida? Eu só preciso pensar, o que o Lucien faria? E então faço o oposto. Espionar a empresa de mercenários de Milo? É claro que ele faria isso. Envenenar os pais de Charlotte só para que ela os veja agonizando? Ele faria isso também. Dizer a esse garoto Watson para ficar por perto para que eu pudesse mexer com a cabeça dele e usá-lo para magoar *ela*? Não. Eu o avisei. Roubei um dos carros do Milo e rodei com ele pela cidade e orquestrei um plano imenso só para tentar convencê-lo a ir para casa. O que Lucien faria? Tramar a morte dessa adolescente porque ela era viciada em drogas, estava perdida e confusa, nunca foi amada e então me agrediu quando eu não pude dar o que ela queria? — A voz dele se acelerou. — Lucien a odeia por isso. E, apesar de tudo mais, apesar de tudo que eu faço, acho que eu sou um fracasso, porque também a odeio por isso. Eu odeio ela. Eu *odeio* ela. E não odeio ela nem um pouco. — Ele respirou fundo. — Eu me recuso a vê-la como qualquer coisa além do que ela é. Charlotte é uma garota perdida, e eu fui um garoto perdido por todos aqueles anos também, enquanto crescia. E você já soube quem era, Hadrian, você ia ao teatro comigo, ficava acordado até tarde lendo *Uma dobra no tempo* e fazia esculturas de argila que nós assávamos quando a mamãe não estava por perto para reclamar do cheiro, e algumas delas rachavam, mas você fazia uma arte *linda*...

– Cala a boca – disse Hadrian.

– Até aquelas pinturas Langenberg, eu conheço o seu traço, Hadrian, elas são lindas...

– Pare – implorou Hadrian. – Por favor...

– Você era meu irmão mais velho. Eu te admirava. Não admiro mais – disse August. – Você diz que quer matá-la por mim. Só que, se você fizer isso, se você matar Charlotte, eu juro por Deus que me mato também. Para mim tanto faz, graças aos seus esforços.

Eu estava ciente do meu corpo, meus braços e pernas inúteis, como eles pareciam pesados e danificados, como eu seria lento demais para deter qualquer um dos dois. Detrás do palco vieram gritos, como se talvez Tom e Lena e os mercenários da Greystone tivessem capturado Phillipa, afinal. Eles voltariam com ela, com armas na mão e, com tantas pistolas apontadas para todo mundo, a situação só ficaria mais complicada.

Ao longo daquilo tudo, da confissão de August, da faca no pescoço, os olhos da Holmes não tinham se focado nele nem uma vez. Estavam fechados, tão gentilmente como se ela estivesse dormindo.

– Charlotte! – chamou Lena, de uma balaustrada superior. – A gente pegou ela! A gente pegou ela! Acho que deixei ela com um olho roxo!

Na minha frente, a Holmes respirou fundo. Abriu os olhos. Em um único movimento elegante, ela agarrou o braço de Hadrian que segurava a arma e o afastou de si enquanto acertava uma cabeçada no rosto dele. Hadrian Moriarty gritou, cambaleou para trás, e Holmes o desarmou com uma só mão.

A pistola caiu no chão.

Uma pausa, quando ninguém sabia exatamente o que fazer, e então Charlotte Holmes mergulhou sobre Hadrian, pressionando seu nariz no chão de mármore e prendendo seus braços nas costas.

— August — disse ela, olhando para trás. — Se você já terminou de tentar se matar, poderia por favor me trazer algemas?

treze

Nós voamos todos juntos de volta à Inglaterra em um dos aviões militares do Milo. Eu e Holmes e August e um par de Moriartys acorrentados. Sem falar nos guardas armados, ainda anônimos e intercambiáveis, todos encarando Hadrian e Phillipa como se os dois fossem cães raivosos prestes a escapar da coleira.

– O sr. Holmes requisitou que eles sejam vigiados atentamente até que ele chegue para buscá-los – explicou um soldado, quando perguntei o que aconteceria em seguida.

– Eles estão presos? Presos legalmente? Tipo, a caminho da cadeia?

A Holmes deu de ombros.

– Que diferença faz? – perguntou ela. – Vamos nos livrar deles de um jeito ou de outro. Mas primeiro vamos a Sussex, por favor.

– Quando Milo vai chegar?

– Ele já está a caminho – respondeu a Holmes. – Tem informações sobre Lucien que precisa me contar pessoalmente.

August tinha os olhos baixos.

— Vocês podem levar os dois para algum outro lugar? — pediu ele, baixinho, e os soldados conduziram seu irmão e irmã para o fundo do avião, fora de vista.

Tínhamos deixado Tom e Lena no aeroporto de Praga. Eles estavam prestes a embarcar em um voo de volta a Chicago para passar o Natal com a família do Tom. Uma compensação, explicou Tom, por ter passado tanto tempo das férias rodando pela Europa com Lena.

— E seus pais te deixaram passar esse tempo todo longe? — perguntei.

Estávamos na calçada do setor de embarque. A Holmes e Lena estavam lá dentro, providenciando o despacho dos Langenberg falsos de volta à Alemanha. Era Natal; só o aeroporto estava aberto.

Ele fez que sim, com as mãos nos bolsos.

— A família dela está pagando tudo, sabe? Meus pais concluíram que seria a minha melhor chance de viajar pelo mundo. Eles não têm como pagar por nada dessas coisas. Mesmo depois da minha suspensão, eles pensaram... bem, por que desperdiçar uma oportunidade?

Então eles não eram pais muito exemplares. Eu estava começando a entender melhor o Tom.

— E valeu a pena? Digo, você e Lena se divertiram?

Para minha surpresa, Tom balançou a cabeça.

— Eu meio que sinto saudade deles. Da minha família. Depois de todas as merdas que aconteceram esse semestre, achei que queria fugir deles... mas, tipo, Lena e eu fomos a um monte de restaurantes chiques e lojas incríveis onde eles fazem *chá* para você enquanto ela prova os vestidos e, sim, foi muito interessante, mas eu meio que sinto saudade do meu sofá. E da minha TV. E então aconteceram essas coisas com você e a Charlotte...

– É? – Puxei meu chapéu mais fundo sobre a cabeça. Sem a máscara de plástico, eu ficava constrangido em público, especialmente agora que meus hematomas estavam ficando verdes nas beiradas. Eu parecia um pedaço de carne podre. August estava com o pescoço enfaixado. A Holmes não falava com ninguém exceto Lena, e só em sussurros misteriosos. Eu não precisava de Tom me dizendo que os últimos dias tinham sido difíceis.

– Cara, é só que... Você tem que cair fora dessa, agora. Tipo, armas? Soldados de aluguel? Uma família inteira de gente bizarra tentando matar a sua namorada? Você não está casado com ela, e eu gosto *muito* da Charlotte, acho ela interessante e, sinceramente, muito assustadora, mas eu meio que acho que, se você continuar andando com ela, vai acabar morto.

– August já cuidou disso – respondi.

Tom deu de ombros.

– Talvez. Se for o caso, é um baita anticlímax, né?

Antes que eu pudesse responder, Holmes e Lena atravessaram as portas deslizantes, vestidas com os casacos e chapéus escuros. Lena colocou a mão enluvada no bolso de trás de Tom.

— Pronto? — ela perguntou.

— Me avise se os alemães não reembolsarem o preço das pinturas — disse a Holmes. — Os Moriarty tiveram muita cara de pau de leiloar todas elas assim. Eu acho que você tem um conjunto completo. Não acho que meus vídeos de segurança seriam admissíveis em um tribunal, mas temos provas suficientes para pelo menos convencer o governo a lhe passar um cheque.

— Está tudo bem — respondeu Lena. — Eu meio que gosto das pinturas, de qualquer maneira. Acho que vou colocar uma no nosso quarto quando voltarmos às aulas.

Holmes assentiu, séria.

— Se eles criarem problemas, fale para iluminarem as telas com uma lanterna e procurarem pelos de gato.

— Pelos de gato?

— A barra da calça de Hadrian estava coberta deles. Brancos — explicou Holmes. — Então presumo que seja um daqueles persas desgraçados de pelo longo. É fato conhecido que Hans Langenberg morreu sozinho. Levou semanas para que o encontrassem. Já que não ouvi falar nada sobre a cara dele ter sido comida...

Há quanto tempo será que ela estava guardando aquela informação?

— Nada de gatos. Entendi. Eu conto a eles, se perguntarem. — Lena se inclinou para beijar a colega de quarto no rosto, deixando uma marca vermelha. — Tchau, gente, feliz Natal. A gente se vê na escola!

A Holmes sorriu por um momento.

– Vai, vocês vão perder o voo.

Nos encontramos com August na pista do aeroporto. O avião da Greystone nos esperava, assim como ele, parado ao pé da escada com os cabelos soprados pelo vento e olhos exaustos. Ele parecia uma fotografia de si mesmo, em vez de uma pessoa real.

Trocamos acenos de cabeça, cansados demais para conversar. Quando embarcamos e nos sentamos, a Holmes se encostou em mim e puxou meu braço em volta dos ombros dela. Mesmo com as camadas de casacos e cachecóis, eu ainda a sentia tremendo, então a apertei mais forte.

Ela quase tinha morrido. Eu também. Ainda não sabia bem por que estávamos vivos, onde estava Milo, por que estávamos voltando a Sussex, em primeiro lugar. A mãe dela ainda estava em coma. Leander, ainda desaparecido. Tínhamos realizado um grande feito em Praga, com certeza, mas, se as coisas tivessem desviado um centímetro para a esquerda ou para a direita, estaríamos todos em gavetas refrigeradas. Eu ainda estava processando tudo, lá no lobby do museu, com a máscara nas mãos, quando a Holmes fitou Hadrian Moriarty algemado e declarou, de forma sombria:

– Acho que não dá mais para adiar. Temos que ir para casa.

– Vá, então – disse August.

— Não – disse ela. – Você vem junto.

Ela se recusou a responder a qualquer outra pergunta. Eu estava farto de tentar perguntar.

Os Moriarty foram levados ao avião e então para o fundo. O avião decolou. Nós nos entreolhamos.

— Então, agora o que acontece com você? – perguntei a August. Ele deu de ombros.

— Não sei. Acho... acho que talvez eu tenha mentido um pouco para mim mesmo, ultimamente.

— Você jura? – zombou Holmes.

— Ei, sem sarcasmo – respondeu ele com um meio-sorriso. – Eu desapareci porque era o que os meus pais queriam. Na verdade, aceitei aquele emprego na sua casa porque eles queriam, e aceitei aquele emprego do seu irmão na Greystone porque estava determinado a tentar encerrar essa guerra. Grande ajuda que foi. Só que esta noite me mostrou que eu não preciso mais fazer isso.

— A Greystone? – indaguei.

— Tudo – disse ele. – Fazer paz, oferecer minha vida. Agora talvez eu possa... voltar ao meu trabalho acadêmico com matemática. Assumir uma identidade. Uma nova, sabe, feita do zero. Eu poderia forjar alguns diplomas ou talvez até refazer o doutorado. Seria legal terminar sem pressa, dessa vez, e arrumar uma cátedra de professor. Ouvi falar que Hong Kong tem muitos expatriados. Talvez eu vá para lá.

Eu ri.

– Não é trabalho demais fazer o doutorado de novo?

– O que você ia preferir, Jamie? Fazer digitação pelo resto da vida? – Ele sorriu. – Mesmo que essa seja a sua vocação, você estará seguro. Meu irmão Lucien não vai tocar em um fio de cabelo de vocês. Não se souber que estará me matando também.

– Não sei se podemos contar com isso.

August deu de ombros.

– Desculpa, mas não sinto a necessidade de te convencer da sua segurança. Você não a valoriza mesmo. Eu te sequestrei e mandei que voltasse para casa, avisei dos perigos da situação, e você só fez redobrar os esforços.

Eu o encarei. Mesmo depois de ter ouvido quando ele contou para Hadrian, depois de ouvir de novo agora, não conseguia acreditar totalmente.

– Isso em vez de me falar "Ei, talvez você esteja em perigo, Jamie". O que teria sido fácil demais. Ou pouco psicopata.

Para minha surpresa, August se virou para a Holmes.

– Eu fui criado para resolver problemas de uma certa forma. – A voz dele soou entrecortada e áspera, uma simulação da voz de Charlotte. – Geralmente, ignoro minha educação. Naquele momento, me pareceu adequada. Eu cumpro as minhas promessas, Charlotte.

A Holmes bufou.

– Você estava falando sério. Falando sério sobre se matar para nos salvar.

– Eu estava falando sério.

– Hong Kong – ecoei.

Tentei imaginar. O August das fotos, da pesquisa que eu fiz. Com uma barba professoral e uma maleta e um monte de trabalhos para corrigir. Em algum lugar fora de alcance, longe de tudo aquilo.

Não consegui sustentar a imagem. Não parecia possível dar as costas para um desastre daqueles com um nome novo e nenhuma cicatriz além do arranhão no pescoço.

– Bem, boa sorte com isso – comentou a Holmes, se recostando no meu casaco.

– Pare de ser criança, Charlotte – disse August.

– Eu não estou sendo criança. Estou sendo realista. Como você pode acreditar que seu irmão não é um completo monomaníaco? Que ele sente remorso? Acha que ele não vai caçar você por esporte? – Ela soltou uma risada. – Você usaria o nome Felix. Daria aula em uma universidade de língua inglesa. Eu te acharia em dez minutos. Lucien? Em segundos.

– O problema não é comigo – disse ele formalmente. – É com você. Está magoada por eu ter dito aquelas coisas. Eu entendo, sabe. Pode ser difícil.

– *Difícil?*

– Ações têm consequências...

– Não me venha com essa merda condescendente, August, eu não suporto – retrucou Charlotte, e August fez um gesto de desistência. – Eu achei que você fosse o último dos bons. Dentre todos nós. Eu achei que você tinha me *perdoado*.

– Como eu poderia? Como você acha que eu poderia, quando... – August então pigarreou. – Você sabe onde Leander está.

Não era uma pergunta.

– Por que você acha que estamos voltando para Sussex?

– Como? Há quanto tempo você sabe?

– Não. – Ela o encarou, ainda recostada em mim. – Primeiro demonstre a sua solução.

Aquela expressão correu pelo rosto de August de novo, aquela que eu o vi esconder tantas vezes antes. Naquele momento ele não tentou mascará-la. Lentamente, ela se firmou, o olhar de um homem que botou fogo na própria casa só para se apaixonar pelas chamas. August se odiava, qualquer um via isso. A bandagem no pescoço ainda estava manchada de sangue. Mas não acho que ele odiava Charlotte Holmes tanto quanto dizia. Acho que era uma coisa completamente diferente.

Ele queria ser ela? Ele queria ficar com ela? Agora não importava. Aquela era a reta final, o epílogo. Depois do que ele nos disse em Praga, eu não conseguia imaginar que nossos caminhos seguiriam juntos por muito mais tempo.

August se inclinou para a frente, as pontas dos dedos unidas.

– Você não teve nenhuma urgência no assunto desde que chegamos. Todas as ferramentas do mundo para rastrear seu tio e, em vez disso, você fica repetindo a mesma mensagem de voz, sem parar, sem desmembrá-la em uma análise, mas ouvindo como se estivesse de luto por ele. Meu irmão e minha irmã estavam aos seus pés. À sua *mercê*. Você estava com uma arma apontada para os dois e, então, em um leilão que você mandou que realizassem, em vez de extrair informações deles à força sobre o paradeiro do seu tio... não me olhe assim, eu sei muito bem como você é sanguinária... você mostra um videozinho fofo de segurança que implica os dois no desaparecimento e compra todas as pinturas Langenberg, um dois três? Não tinha nenhuma prova sólida ali. Foi uma péssima investigação, pura e simplesmente. Você está resolvendo o caso *desleixadamente*, Charlotte, com dinheiro e poder emprestados, e vai usar Milo, que, ao contrário de você, tem um código moral por baixo de toda aquela eficiência, para colocá-los em qualquer que seja a caixa-preta onde você enfiou Bryony. Parece que você está tentando correr para alguma conclusão antes que lobos uivantes te alcancem, e isso faria sentido se você temesse pela vida de Leander, mas não é o caso. E agora você me diz que ele esteve na Inglaterra esse tempo todo? Não sei o que você está fazendo, mas por que está me arrastando junto?

Eu não estava mais abraçando a Holmes. Estava inexpressivo, em choque, tentando me atualizar o mais rápido possível. Não. Aquilo era mentira, e eu sabia que era. Só que a forma como a Holmes abordou o caso tinha sido estranha desde o momento em que pousamos em Berlim, e meu coração exausto só tinha condições de torcer para que August tivesse alcançado as conclusões erradas.

— Meu irmão vai se encontrar conosco lá – disse a Holmes. – Temos que falar com meu pai, então precisamos ir todos. Imediatamente. Nós três.

Ela deu as costas a August, enterrando o rosto no meu casaco. Ele tirou um notebook do bolso e o girou nas mãos. E eu? Me sentia tão traído, tão abandonado, que mal sabia o que pensar. Ela me abraçava como se achasse que eu nunca mais fosse deixá-la chegar perto.

E, se ela escondeu isso tudo de mim, talvez seja verdade, pensei, e olhei pela janela escura, esperando as primeiras luzes de Londres aparecerem.

Pegamos um táxi até o trem, e o trem até Eastbourne, e um carro da estação até a casa da família. Havia neve no chão, uma leve camada que girava e girava no vento. Não estávamos nos falando. Nenhum de nós. Eu não sabia o que dizer a August, especialmente agora, e nem tentei. Quanto à Holmes, ela desapareceu em seu baú mágico e engoliu a chave. Não haveria como tirá-la da caixa, não até a grande revelação.

Eu achava que sabia o que poderia ser. Torcia para estar errado.

A casa apareceu no fim da estrada e, ao meu lado, August respirou fundo. Ele não tinha voltado ali desde a noite em que Lucien entregou o último carregamento de cocaína. Aquele foi o último lugar onde ele foi August Moriarty.

Holmes pareceu não ter notado. Estava sentada entre nós, com as mãos no colo e o queixo travado.

— Você tem que decidir o que faremos com Hadrian e Phillipa — disse ela a August.

— Achei que você tinha delegado essa decisão ao Milo.

— A Greystone está tomando conta deles. Quero que você decida o que acontece agora.

— Não podemos pedir a opinião do Milo?

Sem olhar, Holmes apontou pela janela.

— Ele não está aqui. Só tem as nossas marcas de pneu na estrada. As coisas estão prestes a acontecer muito rápido. Tome uma decisão. Senão eu vou tomar.

August suspirou.

— É difícil, Charlotte. É o meu irmão. Minha irmã. Eu não sei.

— Droga, August, Milo vai *mandar matá-los*. Foi isso que aconteceu com Bryony. Está bem? O que você quer? Tome uma decisão!

O carro começou a virar na longa estradinha, mas a Holmes mandou o motorista parar. August ficou sentado, atordoado, sem conseguir falar.

A Holmes respirou fundo.

— Certo — disse ela, se recompondo, e se esticou por cima de mim para abrir a porta. — Vou fazer do meu jeito.

Como eu queria ter feito o tempo todo. Deus me ajude... Watson, sai.

– O que você...

Ela me empurrou e eu caí de quatro no cascalho. A Holmes saiu em seguida e, antes de bater a porta na cara de August, a ouvi dizer:

– Você sempre se omite e deixa outra pessoa ser o monstro. Hadrian. Lucien. Eu, aliás, mas isso acaba agora. Vamos.

Eu fiquei ali no chão, sem acreditar. Eu nunca tinha visto a Holmes fazer algo tão cruel. Não comigo, pelo menos. Ela passou por cima de mim, enrolando o cachecol mais apertado no pescoço e, em vez de seguir pela estradinha até a casa, foi pela trilha que cortava até o quintal dos fundos. Tomando cuidado, mesmo na pressa, para não deixar pegadas na neve.

Atrás de mim, August saltou do carro e me ofereceu a mão para levantar.

– Seguimos ela? – perguntou.

Eu limpava o cascalho dos meus joelhos.

– O que você acha?

Não fomos tão bons em evitar pegadas, ainda que eu tenha tentado. A luz já se esvaía, às quatro da tarde, e atrás de nós, penhasco abaixo, no mar, a ressaca castigava a costa rochosa. A Holmes não olhou para trás nem uma vez. Avançava velozmente pela propriedade, cabeça baixa, se mantendo entre as árvores e arbustos nus até alcançar a casa. A pilha de lenha estava lá, aquela que eu tinha feito com Leander, meu machado ainda cravado no tronco caído.

Nada daquilo a interessava, nem por alto, ao contrário da janela do porão, rente ao solo. Holmes tirou um espeto de metal do bolso interno do casaco. Ela estudou a borda afiada por um momento, antes de cravá-la no topo do batente da janela, arrancando-a das dobradiças. Eu já estava logo atrás dela, então Charlotte a entregou a mim.

– Você não contou para o Milo desse ponto de acesso? – perguntou August, atrás de mim.

– Se ele tiver um mínimo de competência, deve ter doze alarmes buzinando na Greystone agora mesmo. – Ela limpou as mãos. – Venham.

Descemos para um depósito, cheio de ancinhos e enxadas e latões de armazenamento, e atravessamos uma porta para um aposento que parecia ter sido usado como ringue de treinamento. Para combate, talvez, ou alguma outra coisa, mas havia um ringue no centro, demarcado com fita. Nas paredes, facas e bastões de madeira, um conjunto de sabres de esgrima, uma pistola com o anel de plástico alaranjado na ponta para indicar que era um brinquedo. Será que Alistair a usara ao treinar a filha para desarmar um inimigo? Fitas pretas pendiam de um cano, suficientemente grossas para servirem de vendas e, abaixo delas, rolos de corda e uma cadeira de madeira com o assento recortado. Eu não olhei muito. Depois de toda a minha curiosidade, os anos que passei sonhando com o treinamento que eu poderia receber da família Holmes em espionagem e dedução, como eu poderia ser transformado em uma arma nas mãos deles, ali estava a prova. Quando eu pedi treinamento ao meu pai, ele me deu romances de espiões para ler, mas Alistair e Emma tinham aperfeiçoado os filhos até que reluzissem como lâminas.

O porão cheirava a serragem e mofo. Uma escada levava ao térreo. A Holmes já estava na porta do outro lado do aposento. Ela tentou a maçaneta uma, duas vezes e então tirou a ferramenta de novo e se ajoelhou.

– Essa porta nunca fica trancada – comentou ela consigo mesma, como se para confirmar.

A porta era reforçada com barras de aço. A tranca era à moda antiga, com um buraco de fechadura grande através do qual dava para espiar. Eu me lembrei das portas de que tinha gostado tanto em Praga. O que a Holmes me dissera que havia atrás delas? Lojinhas para turistas? Eu ergui os olhos para o batente.

– Tem fio – falei, apontando para cima. – Deve ter um teclado de código do outro lado, algum tipo de alarme.

– Do outro lado? – perguntou August. – Eu conheço esta casa. A única entrada para aquele aposento é por essa porta.

– O que tem lá dentro? – perguntei, mas ele desviou o olhar.

A Holmes mexeu a ferramenta para a esquerda, para a direita e parou.

— O alarme silencioso vai ser disparado. Se já não tivermos sido detectados, seremos agora. Não quero que vocês comentem o que vão ver. Não quero julgamentos. Quero que me sigam e então vamos embora.

Ela parecia doente. Pálida, emaciada, olhos baços como moedas.

E, com essa última confirmação, eu me deixei pensar, colocar em palavras, a coisa que eu já soubera desde que embarcamos no voo de volta à Inglaterra, mas em que não queria acreditar. Leander estava preso naquela casa. Naquele cômodo. Eu não sabia por que (apesar de ter minhas suspeitas) ou quais seriam as consequências de libertá-lo, mas, enquanto a Holmes arrombava a fechadura, cantarolando aquela estranha musiquinha sem melodia em voz baixa (mesmo naquele momento, ela era uma criatura de hábitos), tentei não pensar no que aconteceria em seguida. Depois.

Se ele ainda estava vivo lá dentro.

Um clique. Um rangido. A Holmes entrou a toda, com passos largos. August me empurrou para fora do caminho e, ao entrar, só consegui ver os casacos deles. Havia um zumbido grave no ar, como a vibração de um telefone tocando em um bolso, mas amplificado, alguma coisa que pendia entre as paredes de blocos de cimento. Naquele aposento sem luz.

Vinha de um gerador, e o gerador alimentava uma série de máquinas que bipavam, algo que chiava e algo que apitava e outra coisa que tinha tubos de plástico transparente e fios que saíam da base e iam até a cama de hospital onde Leander jazia deitado, em uma camisola de algodão azul, com os cabelos grudados e oleosos como se não tivessem sido lavados desde a nossa partida. Um tubo preso com fita adesiva na boca, como se para alimentá-lo. Um suporte de soro ao lado, com bolsas que não continham soro e sangue. Eu sabia como eram soro e sangue. Já tinha visitado hospitais suficientes. A sala tinha muletas, uma cadeira de rodas e algo que parecia um tapete persa. Era um hospital improvisado.

    A ideia de que Leander esteve ali o tempo todo, sedado para que não pudesse atrapalhar qualquer que fosse o plano em jogo, já bastaria para me espantar, mais do que se a sala estivesse montada para tortura ou interrogatório (embora, olhando melhor, eu visse o equipamento metálico para ganchos e correntes ainda pregado nas paredes e no teto).

    Só que ele não estava sedado. Estava acordado. E Emma Holmes estava ao lado, de máscara e jaleco, com um bisturi na mão enluvada.

    Então ela estendeu a mão e puxou o fio da câmera de segurança no canto.

    Instintivamente, procurei uma arma nos meus bolsos; ao meu lado, August fez o mesmo, mas só achou a faca manchada de sangue que tinha usado no museu em Praga.

Charlotte Holmes correu e se jogou nos braços da mãe.

– Lottie – disse ela, um braço em volta da filha, o outro tirando a máscara. – Chegou na hora certa. Ele está bem para viajar. Temos por volta de quatro minutos. Mexam-se.

Sob as instruções rápidas de Emma, August ajudou a remover as sondas. Eu peguei meias e um suéter de uma mala no canto (de Leander) e o ajudei a se vestir, tomando o cuidado de chegar bem perto para sussurrar:

– Ela está te machucando?

– Ela, não – respondeu ele, com voz estranhamente forte. – Ele.

Alistair? August? Ele se aproximou para ajudar Leander a sair da cama e sentar-se na cadeira de rodas.

– Me solte – disse Leander, se levantando. – Eu estou bem.

– Onde está a dra. Michaels? – perguntou a Holmes à mãe. – Onde ela está presa?

– No meu quarto – disse Emma. – Seu irmão mandou instalar uma câmera lá. Ele está bem? Leander, você está pronto para ir?

Eu estava chocado em ouvi-la falando com ele com tanta ternura.

– Saída mais rápida – falei. – A janela por onde entramos?

– Pronto. – Emma Holmes tirava coisas da mala: um par de passaportes, um envelope, cachecóis, luvas e um

chapéu, e as metia em bolsos do jaleco. – Vão – disse ela.
– Eu vou atrás.

Corremos. Leander nos acompanhou de perto, movendo-se rápido demais para um homem que parecia estar tão doente. A janela estava logo adiante, mas passos soavam acima das nossas cabeças, passos de gente andando rápido demais.

August se ergueu pela janela e saiu.

– Aqui – ele me disse. – Ajude ele a subir.

– Ah, pelo amor de Deus – disse Leander. – Venha, Charlotte, mexa-se.

Eu a segurei pela cintura e a ergui até que August pudesse puxá-la para o chão nevado. Leander foi o próximo; juntei as mãos para ele pisar e o levantei para a abertura.

Passos na escada, passos diferentes atrás de mim. Emma tinha os braços cheios de arquivos. Sem dizer nada, ela me entregou metade da pilha e nós os passamos para a Holmes até que estava tudo lá fora. Em seguida eu a ergui até a janela e a empurrei para fora, meus braços doendo, os hematomas repuxando dolorosamente a pele e, bem quando August estendeu as mãos para me puxar do porão, uma voz atrás de mim disse o meu nome.

Não precisava olhar para saber que era Alistair Holmes. Ele disse meu nome de novo, mais alto, um grito agora, *"James Watson"*, como se não houvesse diferença alguma entre mim e o meu pai, como se fôssemos intercambiáveis, aqueles Watsons idiotas que eram espancados e enganados pelos inimigos, sequestrados e jogados para fora de carros pelos amigos, homens que deixavam as próprias famílias para trás para se meter em uma guerra que deixaria uma pilha de corpos antes de acabar.

– Jamie – repetiu Alistair, se aproximando com as mãos estendidas de modo apaziguador. – Você não sabe o que está fazendo. Lucien fez ameaças por meio de Hadrian. Ele vai ficar sabendo. Ele tem que ver Leander doente naquela cama de hospital. Tem que ver minha esposa debilitada no quarto dela, incapaz de trabalhar. Tem que ver que nós estamos à mercê dele.

– Do que você está falando? Não foi isso que eu vi...

– Garoto idiota. As câmeras não são oniscientes. Eu sedei a "médica" que ele mandou, Gretchen Michaels, a vesti como minha esposa e a coloquei na cama de Emma. Tranquei Leander, como ele exigiu, mas coloquei Emma para cuidar dele. Ele está bem. Completamente bem. Isso é...

– Jamie – sibilou August. – Venha.

Só que eu estava tão perto de entender. Alistair se aproximava, com olhos ferozes, e eu disse:

– Isso é loucura. É isso que é. Por que a sra. Holmes ajudou Leander a escapar? Por quanto tempo você ia manter essa farsa?

– Hadrian e Phillipa estão aqui, não estão? – A voz dele soava como aço. – *Não estão*, garoto?

– O que você está planejando...

Alistair Holmes tentou me agarrar.

– *Agora* – gritou August, e eu segurei as mãos dele. No que August me puxou pela janela, Alistair Holmes agarrou minha perna.

Eu o chutei na cara, e ele cambaleou para trás.

Não havia tempo para processar o que eu tinha feito.

Não havia mais para cima e para baixo, ou caminho certo a se tomar. August colocou a janela no lugar e Holmes estava ao lado, segurando um pedaço de lenha da pilha e um martelo. Eu segurei a tábua enquanto ela martelava.

Segurei Charlotte pelos ombros.

– Seu pai...

– Não importa – ela me interrompeu, se livrando das minhas mãos. – O carro está na frente. Ajude ela... não sei se os guardas da Greystone ainda estão do nosso lado...

A mãe de Holmes falava com Leander.

– Eu vou te dar algo que vai te deixar muito doente. De verdade. Você compreende.

– Compreendo – respondeu Leander, torcendo a boca.

– Lembre-se – continuou ela. – Não tem antídoto. Vai piorar antes de melhorar. Você vai falar com a polícia. Vai mandar que façam exames em um hospital. Vai culpar Hadrian e Phillipa. E então vai se recuperar e desaparecer. Minha sugestão é que vá para os Estados Unidos. Visitar James. – Ela arqueou uma sobrancelha na minha direção.

— É claro — concordei. — Meu pai pode ajudar. E não tem nada... nada que você possa dar para melhorar? Ele foi envenenado, como você?

— Não tem nada que ele possa tomar — confirmou ela.

— Sou uma química, Jamie. Preparei isso pessoalmente. *Testei* em mim mesma até que ficou perigoso demais para continuar. Tem uma dra. Gretchen Michaels em coma no meu quarto. Hadrian a mandou para cá para supervisionar a operação, e ela ficou tempo suficiente para que eu tivesse que apagar Leander por uma noite. Só que, no dia seguinte, eu apliquei nela uma dose suficiente disso para colocá-la em coma. Ela é mais ou menos parecida comigo, o bastante para enganar as câmeras de Milo, para enganar qualquer um que assista ao vídeo. Não queria que ele se preocupasse. Não queria que ninguém mais soubesse.

— Escute — disse a Holmes. — Sei que você está cansado, mas...

— Não *ouse* ser condescendente comigo, Charlotte — retrucou Leander. — Não agora.

— Eu sei o que você passou — continuou ela, segurando o braço do tio. Era quase como implorar a si mesma. — Eu não podia vir antes. Precisava saber como botar isso na conta de Hadrian e Phillipa, até os trouxe para cá, mas não podia aceitar que fosse culpa do meu pai...

Emma encarou a filha.

— Culpa do seu pai?

– Você está doente – disse Holmes baixinho. – Não está trabalhando. Perderíamos a casa. Ouvi suas brigas sobre dinheiro pelos dutos de ventilação. Ouvi vocês gritando um com o outro. Deduzi... – A Holmes baixou a cabeça. – Deduzi que papai estivesse mantendo Leander em cativeiro até que ele concordasse em nos dar dinheiro para garantir nosso bem-estar. Não havia um registro digital da partida de Leander, não um que fosse crível. Tinha um leve eco na mensagem dele, do tipo que só acontece em um aposento com paredes de concreto. Eu conheço cada centímetro desta casa. Fui obrigada a explorá-la tantas vezes, de olhos vendados, e eu... Ele não tinha ido embora. Eu sabia que estava aqui. Quando você elimina todas as outras opções...

– Não ouse citar Sherlock Holmes. Você... Você estava tentando armar para eles – falei, apressado. – Hadrian e Phillipa. Esse tempo todo... você estava tentando atraí-los o bastante para poder *culpá-los* por algo que você achava que seu pai estava fazendo.

A Holmes virou-se para a mãe.

– Ele não estava... Eu não estava...

– Lottie – disse Emma. – Não foi seu pai. Não foi questão de dinheiro. Foi por sua causa. Sempre foi por sua causa. Você entende? Não há *tempo* para isso. Aqui.

Ela tirou um frasco do bolso e entregou a Leander. Depois de um longo e tenso momento, ele arrancou a tampa com os dentes e bebeu tudo. Emma nos deu as costas, celular no ouvido.

— Alô? Sim, estou solicitando assistência policial... — disse ela, e foi andando na direção da casa, para longe dos nossos ouvidos.

Ninguém se moveu. Acima, a lua pendia pesada no céu. Nuvens corriam velozes, apressadas pelo vento. Eram gritos que eu ouvia, vindos da casa? Era só o oceano contra os penhascos?

— Alistair me perseguiu no porão — contei. — Eu tive que... eu o chutei, para sair. Ele veio pra cima de mim.

Ao meu lado, August levou a mão à boca. Estava rindo. Um riso silencioso, horrível, de olhos bem fechados.

— Vocês são todos uns *monstros* — disse ele. — Monstros, todos vocês! Tentando jogar a culpa na minha família, tentando nos fazer parecer piores do que somos, e olhe só esse horror que vocês construíram com as próprias mãos.

— Não — retrucou Leander, fechando mais o casaco. — Não finja que não sabe como tudo isso começou. Não quando Lucien Moriarty pode dizer meia dúzia de palavras ao irmão no telefone e Alistair Holmes recebe duas opções: entregar Charlotte e todas as posses ilegais dele, as pinturas, as contas bancárias em paraísos fiscais, *tudo* à polícia... Lucien tem a informação, seria coisa de minutos transmiti-la às autoridades... ou me manter nesse porão até que Hadrian e Phillipa encerrem a operação Langenberg em segurança, sem que eu os prenda. Lucien quer uma guerra total. Ele quer derrubar todos nós. Quando ele falou com Hadrian e descobriu que August ainda estava vivo, quando ouviu de seus espiões que August trabalhava para *Milo*...

— Ah, meu Deus — falei.

— Bem — concluiu Leander. — Dá no mesmo. Todos têm duas caras. Hadrian e Phillipa foram capturados?

A Holmes assentiu, a expressão ilegível.

— E eu serei a prova que servirá para enforcá-los. Serei a vítima envenenada. Veneno... bastou uma única dose no chá de Emma, aplicada pelo lixeiro, para o mundo inteiro explodir. Bem, eu conheço o meu papel. Serei usado, e então acabou. — Leander se virou e cuspiu no chão nevado. — Depois disso, já deu para mim.

Dei um passo à frente antes de processar direito o que ele disse.

— Já deu para você?

Leander fez um gesto com o braço.

— Tudo isso, para que serve? Você não ouviu o menino Moriarty? Monstros. Foi preciso o filho de sádicos profissionais para nos chamar do que realmente somos. E você seguindo esse caminho. Eu pensei... Eu pensei que, de alguma forma, Charlotte encontraria um jeito de transcender tudo isso. Só que agora até ela está colocando sangue antes da justiça. Ela e a mãe, também. Eu tenho que agradecer Emma por ter cuidado de mim, em vez de só me jogar em uma jaula... Mas seria isso Síndrome de Estocolmo? — Leander passou a mão trêmula no cabelo. — Só Deus sabe. Eu quero ir embora.

– Espere... – August entrou entre nós, de costas para mim. Daquele ângulo, ele parecia idêntico ao irmão. O cabelo loiro bem curto. As roupas escuras. O leve encurvar dos ombros, como um homem que está sempre fitando a guilhotina. – Me desculpe, me desculpe pelo que eu disse. Não tem que ser verdade. Nós não precisamos todos acabar assim. Eu tinha o mesmo plano, sabe, fugir... mas e se nós dois ficássemos? Construíssemos uma ponte entre as nossas famílias? Era o meu plano inicial, e deu errado, mas poderíamos encontrar um jeito de fazer funcionar. Tem homens sãos dos dois lados. Tem que haver um jeito de resolver...
– Ele estendeu a mão para Leander, tocou-lhe o peito.

O menor dos sons. Como uma lata sendo aberta, ou o clique de uma porta se fechando atrás de você. Como sua mãe apagando a luz quando você estava pronto para dormir. Eu não consegui identificar. Não soube dizer de onde veio. Não conectei o som ao jeito como August caiu, de repente, de joelhos, e então desabou em um mergulho lento de cara no chão.

Enquanto Leander e eu fitávamos August, confusos, e um halo escuro se formava ao redor da cabeça dele, Holmes rastreava o atirador.

– Ali – rosnou ela, apontando um grupo de árvores do outro lado do campo, e saiu em disparada, sem hesitar, como uma flecha.

Eu a segui. Não sabia mais o que fazer. Eu tinha acabado de ver August ser alvejado? Será que Hadrian ou Phillipa teriam escapado para fazer isso, ou foi outra pessoa, talvez Alistair? Ele tinha caído quando o chutei, mas teve tempo suficiente para se recuperar. Será que ele decidiu que já estava farto e que ia matar qualquer Moriarty que entrasse na mira? *Dinheiro*, pensei, *e a manutenção do velho monumento que é esta casa, e todas as coisas de que você precisa desistir para mantê-la...*

August. O maior erro da Holmes. Nosso anjo salvador, com a faca no pescoço. Hamlet, o príncipe da maldita Dinamarca. Fuzilado no quintal dos Holmes.

O bosque estava logo adiante.

– Estou vendo você – gritou a Holmes, com o casaco drapejando ao parar derrapando. – Desça daí. Desça daí. – A voz dela falhou no fim da última palavra. – Desça daí e *me encare*.

Com um remexer de galhos, um homem se deixou cair para a neve. O colarinho estava levantado contra o frio.

– Lottie – disse Milo, trêmulo. – Hadrian ainda está vivo?

– Você... o que você fez?

– Abati o Hadrian – explicou ele, com olhos confusos. – Eu vim para cá o mais rápido que pude, Lottie. Tenho uma coisa para te contar... uma coisa...

– Milo, *o que você fez?*

O irmão da Holmes balançou a cabeça, como se para clarear os pensamentos.

— Minha equipe contou que ele tinha escapado da cela no avião. Eu o vi ameaçando nosso tio. Eu o abati. Lottie, você tem que saber uma coisa sobre Lucien...

Com o máximo de gentileza que meu coração acelerado permitiu, eu disse:

— Você cometeu um erro.

Ele franziu o cenho, como se ninguém jamais tivesse lhe dito isso antes.

— Que erro? Leander está bem? Admito que era um tiro arriscado, mas tenho bastante certeza de que vi...

Charlotte Holmes levou as mãos ao rosto. Ela estava chorando.

— Milo — disse ela. — Milo. Milo, não. Não, você não fez isso.

Ao longe, um carro foi ligado. Houve gritos, alguém dizendo *Não me toque, não me toque,* e então pneus no cascalho. Quando eu me virei para olhar, um vulto solitário, um homem, estava parado diante da casa sombria dos Holmes. Como alguém trancado fora de casa, ou um errante procurando um lugar para passar a noite.

Emma se fora. Hadrian e Phillipa... onde estariam?

— Eu... — Milo tremia. Segurava a arma diante de si. — O August... e Hadrian... Meu Deus, Lottie, não consigo mais fazer isso. Lucien desapareceu. Ele desapareceu. Não há vídeos, informações, nada... *Eu não posso continuar fazendo isso.* Como poderia continuar e vencer?

O mestre do universo nos fazendo essa pergunta.

A Holmes arrancou o fuzil das mãos dele. Sem olhar para baixo, ela removeu o carregador da arma e deixou tudo cair no chão.

— Leander está *farto* — disse ela. — August está *morto*. Acabou para você, também? Vai deixar nós dois aqui para arrumar essa bagunça?

— A bagunça é sua — respondeu Milo. — Já não era hora de você arrumar?

Eu não estava prestando completa atenção ao que eles diziam. Ao longe, o oceano rugia mais alto. O frio mordia minhas mãos. August Moriarty estava caído de braços abertos, e não era um sonho, eu via o contorno do casaco dele na neve. Não conseguia olhar para eles, nenhum dos dois, Holmes ou Holmes, duas faces do mesmo deus terrível encarando direções opostas. Passando sentenças. Disparando armas. E o vulto diante da casa, ele se fora, o campo estava vazio, o oceano estava ensurdecedor.

Só que não era o oceano. Eram sirenes, uma cacofonia de sirenes e, quando as luzes vermelhas e azuis alcançaram o topo da subida, Charlotte Holmes e eu estávamos sozinhos.

Epílogo

DE: Felix M ‹ fm.18.96@dmail.com ›
PARA: James Watson Jr. ‹ j.watson2@dmail.com ›
ASSUNTO: Desculpa estragar seu fim de ano

Caro Jamie,

Bem, lá vamos nós. Estou testando isso aqui. Uma dessas ferramentas de e-mail com envio em data programada. Esse aqui deve chegar por volta do Ano-Novo, depois que você estiver em casa, em segurança. Eu não quero brigar. Não quero ter essa conversa ao vivo. Então estou usando a saída dos covardes.

    Muito provavelmente nunca mais nos veremos. Isso não é um julgamento sobre a sua pessoa; por favor, não entenda assim. (Sei que você está entendendo assim. Pare.) Mas estou percebendo que minha vida não é realmente uma vida, nem para um homem que está morto. Sei que ficar sentado neste aposento em Praga, que é mais uma cela, não está ajudando, mas é mais que isso. Eu preciso sair dessa. O leilão desta noite vai acontecer, e qualquer que seja a coisa horrível que Charlotte esteja tramando, também vai acontecer, e você será o dano colateral, de um jeito ou de outro.

Como se pode olhar para uma garota assim e lhe confiar qualquer coisa além da própria vida?

Não estou sendo engraçadinho, entenda. Imagino que ela fará qualquer coisa para te manter vivo. Porém, entregar seu coração a ela é como dar uma estatueta de vidro a uma criança. Ela vai virá-la de cabeça para baixo, espiar por ela como uma lente. Chacoalhar, para ver se faz barulho. No fim, vai escorregar das mãos dela e se quebrar. No fim, a culpa é sua. Foi você que entregou a estatueta.

Imagino que você esteja pensando: *August e as metáforas horríveis dele*. Sei que você é melhor com palavras do que eu. Vejo você escrevendo naquele diário, tentando registrar uma versão de você e dela que faça algum sentido. Uma história que você pode contar com confiança. Sei como é isso, tentar criar um mito da sua vida enquanto a vive. Mas isso não é ficção. Não é uma história. Não é nada além de uma aposta horrível, e Jamie, conheço meu irmão mais velho, e você se meter nos assuntos de outra pessoa só vai lhe trazer a morte.

E se você ler isso aqui e pensar *O Moriarty está sendo horrivelmente condescendente, você não é meu pai etc.*, então pense nesta como uma carta que eu deveria ter escrito para mim mesmo, anos atrás. Pense em você como uma outra versão de mim. E, se isso também te irritar, então... pense em si mesmo, ponto final.

Se você não puder fazer isso, corra.

Feliz Ano-Novo, Jamie.

August

Agradecimentos

OBRIGADA, OBRIGADA, OBRIGADA AO MEU INCRÍVEL EDItor, Alex Arnold, porque, nas mãos dele, Jamie e Charlotte sempre ficam melhores. Agradeço também a Katherine Tegen e a todos na Katherine Tegen Books, especialmente Rosanne Romanello e Alana Whitman. Todos vocês são muito mais maravilhosos do que nos meus melhores sonhos – festas a fantasia, apoio sem limites e ainda combinamos o batom no dia do lançamento?! Com certeza quero isso para sempre.

Um agradecimento infinito a Lana Popovic, minha agente e amiga, sempre ao meu lado, sempre, com inteligência, humor e apoio. Gratidão também a Terra Chalberg e a todo mundo mais na Chalberg and Sussman por trabalharem Charlotte Holmes aqui e no exterior.

Agradeço a Kit Williamson por todo o tempo, esforço e amor que ele dedicou a este projeto, desde o book trailer até os telefonemas tarde da noite falando de cada detalhe, em leituras atentas. Eu te amo, velho amigo.

Obrigada a Emily Temple, por Berlim e Praga e à leitura e à crítica mais rápidas do mundo. Irmã querida: vamos achar um caixa eletrônico e comer uma pizza de naan.

Meus agradecimentos a Emily Henry e Kathy MacMillan, minhas incríveis leitoras e amigas, sem as quais esse mistério seria um emaranhado confuso. Obrigada Rebecca Dunham, minha mentora. Amor e emojis a Chloe Benjamin, Becky Hazelton, Corey Van Landingham, e, novamente, a Emily Temple. Um dia teremos um nome para o nosso grupo de meninas, mas, por enquanto, vamos nos chamar de Grupo de Texto.

Muito amor à minha família, principalmente aos meus pais. Espero que saibam o quanto vocês são maravilhosos. Obrigada pela empolgação.

Agradeço e peço desculpas a sir Arthur Conan Doyle.

E obrigada ao meu marido, Chase. Que a gente tenha muitos anos mais de amor e brincadeiras ridículas. Elmira Davenport, é claro, é para você.

Impressão e Acabamento:
BARTIRA GRÁFICA